U0019744

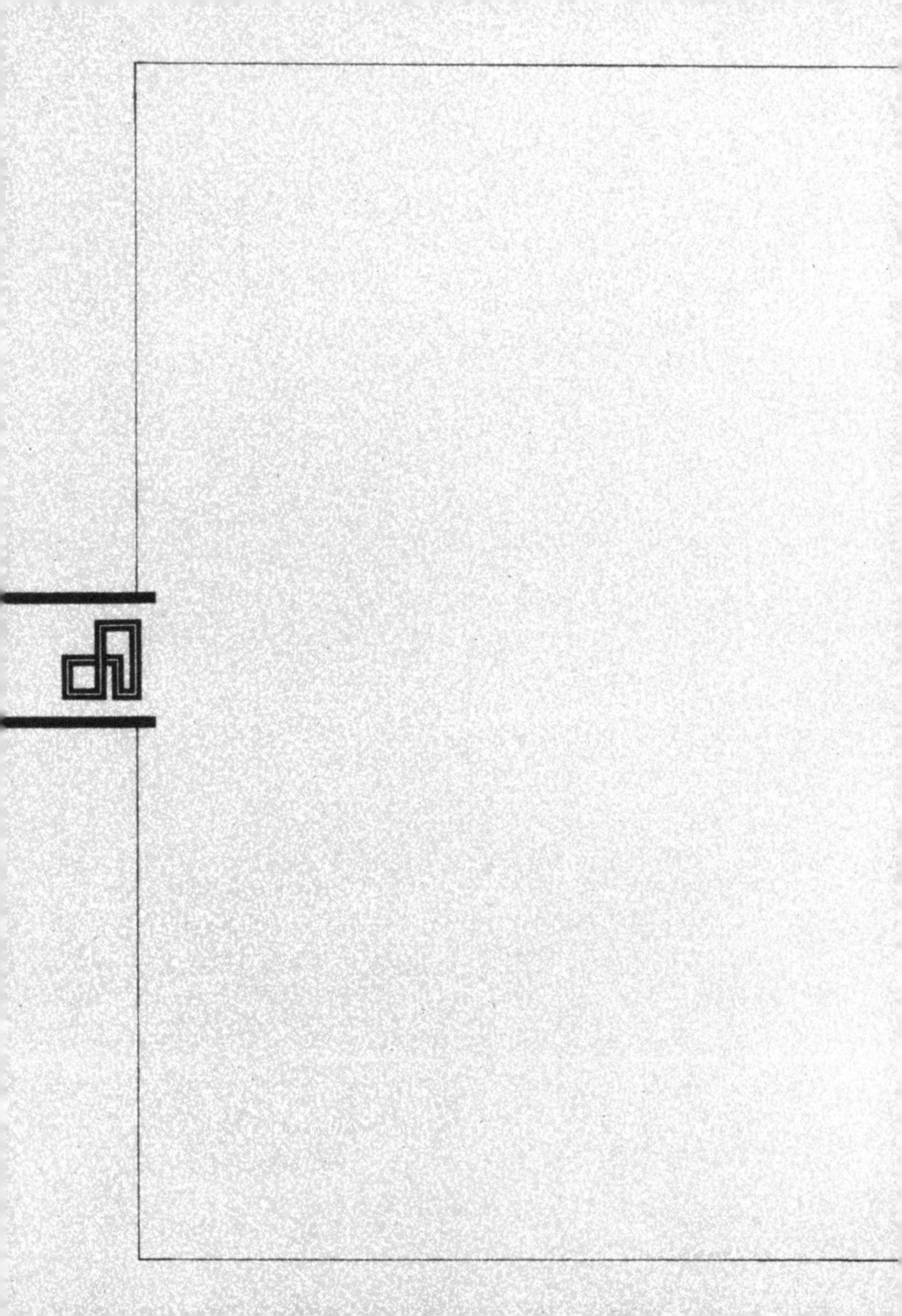

我叫劉躍進

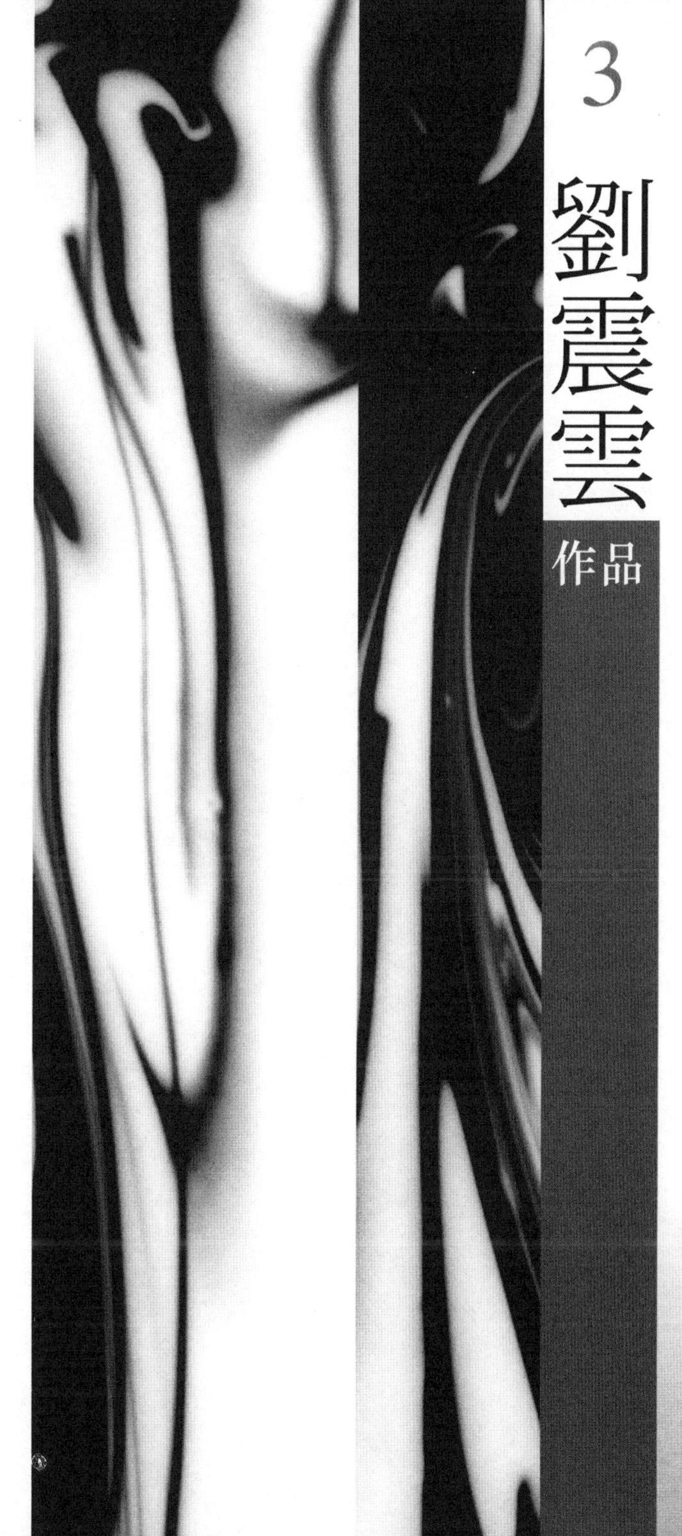

所有的悲劇都經不起推敲。悲劇之中，一地喜劇。

——劉震雲

華麗的轉身

——劉震雲說劉躍進

劉震雲說：「我們生活在一個喜劇的時代。」

現在，他面臨的是另一個喜劇的情境。許多人看到他，衝口就叫他「劉躍進」。新作《我叫劉躍進》，二〇〇七年十一月出版迄今，一直高掛大陸各大書店暢銷排行榜榜首，目前正版銷售超過四十萬冊，他還親眼看到，一位賣菜的阿婆，秤完韭菜，一邊賣著《我叫劉躍進》的盜版本。而同名電影，已於二〇〇八年一月十八日在大陸各省上映，票房紀錄直追二〇〇三年最賣座的電影「手機」。

《我叫劉躍進》，是一個「羊吃狼」的故事。藉由小說創作，劉震雲試圖顛覆社會既定的強勢與弱勢，書中主角劉躍進就像一隻闖入都市叢林的「羊」，他來自河南鄉下到北京討生活，在工地當廚子，了不起的罪行就是說點假話，占一點小便宜，買菜偷斤減兩，就像一般正常人，基本素質是「善良」。生活的小順利，讓他得意忘形，丟了包。包裡的東西，是他全部的家當，還有一張六萬元的欠條，關乎他做為男人的尊嚴與未來，所以他拚命找包；在找包的過程中，他又撿到一個包，這個包裡藏著一個隨身碟，牽涉到上流社會的幾條人命。於是被牽涉進來的幾路人馬開始四處尋找劉躍進，「羊」在群「狼」環伺中奔走，逃竄……

這部二十萬字的長篇小說，作者以人名作章節推展情節，環環相扣，離奇的偶然，緊扣住一連串的必然。藉由整起熱鬧的事件，劉震雲想藉小說為小人物說話。有好奇者問劉震雲，劉躍進是否有參考版本，他說劉躍進身上有不少自己的影子：河南鄉村出身，到北京打工，生活認真等等。然後他又透露他真的有一位堂哥叫「劉躍進」，跟他一樣也是到北京為生活打拚，有一天這位堂哥半夜打電話給他，「海珊被吊死了，你還在睡覺！」一講八小時，劉躍進堂哥的電話，讓他想到「擰巴」這個詞，「擰巴」的近似詞就是「彆扭」。伊拉克的海珊被吊死，跟遠在天邊另一方的小人物有什麼關係？他開始對小人物的邏輯有興趣。生活真的無時無刻不「擰巴」，他要藉著小說「擰巴」回來，釐清人與理之間的關係，或許，人生有許多事就是無道理可言。就像悲劇，在他的理解，經過推敲之後，是一地喜劇。而他說的喜劇，不是事件的可笑，而是像一件莊嚴的家具，內部榫頭互相不接合，家具的表面卻依然油光水滑。

作為一名出色的小說家，劉震雲是一位冷靜的生活旁觀者與敘述者。一九五八年出生於河南延津，自小，他有三個願望，到鎮上做廚子，就像劉躍進；二是到一個鄉村戲班子敲梆子，月光下，清脆響亮；三是當鄉村教員，在孩子們朗朗的讀書聲中，想自己的心事。然而他到外地上大學，成了第四種人：作者。而且還是一個暢銷書的作者。

一九八二年，劉震雲自北大中文系畢業，開始他的小說創作，成名作是《塔鋪》，到《一地雞毛》（在台灣曾以《那些微小又巨大的人》出版，現已恢復原名）發表，被譽為「新寫實小說」的代表作。而二〇〇三年的《手機》，隨著同名電影成功，劉震雲的作品成了書市暢銷與電影票房的保證，兼具文學市場與各階層讀者口味，二〇〇七年年底，由人民文學出版社主辦的當代長篇小說獎，劉震雲以《我叫劉躍進》獲得「年度最佳專家獎」、《中華讀書報》二〇〇七年度作家，而香港《亞洲週刊》則選本書為「二〇〇七年十大中文小說」，更有評論者把書中主角劉躍進譽為「比真實世界更加叱吒風雲的虛構人物」。

就像所有創作者，下一部作品當然要與上部不一樣，語言、內容都要更精進，劉震雲稱這是一種「華麗的轉身」。《一地雞毛》說的是吃的事，「民以食為天」，小老百姓的生活哲學是：家裡一塊豆腐餿了，比八國高峰會議重要。《手機》，探討的是「說對想」的背叛，「嘴對心」的背叛。到了《我叫劉躍進》，已經不是人與事之間，而是釐清「心」與「理」的拉鋸。人為什麼說一件事會扯到另一件，環環相扣，理也理不清，又生出許多事，看似偶然，卻又好像是必然。

二〇〇四年，劉震雲的《手機》在台灣出版，他高度的說故事技巧，獨特的「黑色幽默」，離奇的情節發展和人物的型態纖毫畢露，令文壇驚豔，讀者奔相走告。寫作二十五年，幾次「華麗的轉身」，由身、心到理，劉震雲給自己六十分，剛好及格。這位公認的「說故事的人」（story teller），對小說的要求樸素而直接：「先要讓人們覺得故事好看，再來講生命意義、人生哲學什麼的。」

——編　者

目錄

人物譜

一、張端端

不是因爲張端端是「雞」，是「雞」在害羞，在世界上已少見，讓青面獸楊志心動。

二、劉躍進

劉躍進丟了包，差點自殺。腰包裡有四千一百塊錢。但他自殺卻不是為這錢，包裡還有一張離婚證。離婚證裡，還夾著一張欠條。欠條上，有六萬塊錢。現在欠條丟了，等於老婆被人白搞了。

三、牛得草

牛得草四十歲那年得了白內障，世間萬物，在他眼前一片模糊。模糊之前，牛得草說話慢條斯理；模糊之後，開始高門大嗓，見人就說：「別看眼睛瞧不見，我心裡清楚著呢。」

四、韓勝利

劉躍進知道韓勝利常在街上偷東西，猜他犯了事，被人打了。韓勝利指著頭上的繃帶：「到醫院縫了八針，一百七，也算你的。」

五、李更生

李更生把劉躍進打了一頓，還光著屁股坐在椅子上抽菸：「事兒就是這麼個事兒，你告我去吧！」

六、嚴　格

嚴格回想自己的發跡，往往想起宋朝的高俅。當然，也不同於高俅。

七、任保良

任保良對嚴格說：「嚴總，咱別蓋房子了，開窯子吧。掙個錢，不用這麼費勁。」

八、馬曼麗

東北女人易滿胸，但馬曼麗例外，前邊有些虧。但平日戴一大鋼罩，仍是滿的。看馬曼麗變了樣，劉躍進吃了一驚，馬曼麗也吃了一驚，馬曼麗惱怒地叫道：「撞啥，看你娘啊？」

九、楊玉環

楊玉環來北京時，是個瘦猴；一年下來，吃成了一個肉球。這時又想減肥。但一個人吃胖易，想再減下來，就難了。也正因為這胖，倒能招攬按摩的生意。

十、老　藺

老藺近視，戴一深度白眼鏡。說話聲低，不仔細聽，會漏掉句子。每看到老藺，嚴格想起他小時候的一位中國領導人，張春橋。

十一、賈主任

晚上兩人在海邊散步，風吹著賈主任的頭髮，賈主任忽然自言自語：「死幾個人，就好了。」嚴格聽了不寒而慄。

十二、小胖子

小胖子接過這錢，用手彈著，對劉躍進說：「不為這點錢，為偷你包那人，打過我。」

十三、青面獸楊志

如果只是把錢和腰包搶走，青面獸楊志只好自認倒楣；也算大水沖了龍王廟，自家人不識自家人；問題是，錢被搶走沒啥，包被搶走也沒啥，當時他正跟張端端做那事，門「匡當」一聲被撞開，他被嚇住了。

十四、曹　哥

曹哥本名曹無傷。曹無傷打小到現在，沒偷過東西。但一個眼前模糊的人，管著一幫眼快、手快和腳快的人。曹哥感嘆，無生在亂世，成就不了一番大業，只好和些小毛賊，比劃著去取另一番天地。

十五、光頭崔哥

光頭崔哥見氣著了曹哥，從桌上躥起，衝到門口，照劉躍進心窩踹了一腳。

十六、瞿　莉

瞿莉用銀勺攪著杯裡的咖啡，低頭說：「嚴格，別再拿男女間的事說事了。咱倆的事，比男女間事大。」

十七、老　溫

老溫為人仗義，不貪錢財；但他有一毛病，那麼大歲數了，好色。如今在嚴格家開車，和嚴格家一個安徽小保母，又偷偷摸摸摸索上了。

十八、柳　永

這小夥子讀過高中，喜歡拽文。傍一野雞，自比柳永。與野雞傍著，卻被「雞」管著。蘇順卿叫他往東，他不敢往西；讓他打狗，他不敢打雞。蘇順卿可以名正言順與別的男人睡覺，柳永卻只能與她傍著。

十九、劉鵬舉

劉鵬舉對劉躍進嚷：「你不老在電話裡說，你有六萬塊錢，快拿出來吧。」

二十、麥當娜

這女子二十四五歲，大半夜，描眉塗眼；上身穿一件吊帶衫，包著大胸；下身穿一半截粉褲，包著屁股；腳踏一沒有後跟的涼鞋；她本來叫麥稭，嫌這名字土，改叫麥當娜。

廿一、老邢

嚴格端詳老邢：「你這工作有意思，整天就是找人。」老邢卻不同意：「那也看找誰。找熟人有意思，素不相識，滿世界找他有意思嗎？」

廿二、趙小軍

趙小軍販過菸，販過酒，販過大米，販過皮毛，販過貓狗……，還差點販過人。一年四季，皆穿個西服，晴天一身汗，雨天一身泥；好像世界上就屬他忙。

廿三、董媛媛

董媛媛在一家夜總會當會計。說是當會計，不知她每天晚上幹些什麼。她與馬曼麗比，有一個明顯的不同：胸大；箍住像對保齡球，散開像兩隻大白瓜。

廿四、老袁

一年刑期滿了，老袁出來了。不是看他如今落魄，或又來騙人，馬曼麗才惱；而是聽他說話，看他神態，已不是過去的老袁。不是老袁，還裝過去的老袁。什麼是騙子，這才是最大的騙子。

廿五、老賴

老賴是新疆人，漢族；不過臉盤、鼻子，長得比維族還維族。人頭一回見他，總問：維族吧？老賴一開始還解釋，後來乾脆承認自己是維族，才省下許多口舌。魏公村一帶，是一幫新疆人的地盤；老賴是這幫新疆人的頭目。

廿六、老齊

老齊除了賣茶，還會給人看相。據說這看相，卻不是信佛帶來的。坐在老齊對面，老齊大體看你一眼，就能說出你前三十年，後三十年。兩個三十年加起來，就是六十年。一眼能看穿六十年，也算慧眼了。

廿七、方峻德

老邢主要調查第三者，男女私情，拆散的是人的家庭；方峻德主要調查私人恩怨，有冤報冤，有仇報仇，拆的是人的胳膊腿。

廿八、麻生太郎

他是洗車鋪一小工，小名叫麻生。因他長得像日本人，又留一撮小鬍子，大家都叫他「麻生太郎」。麻生太郎洗車，一個月也就掙八九百元；除去吃，就來「曼麗髮廊」按摩；把錢都花在了楊玉環身上。

廿九、孫悟空

情急之中，劉躍進突然急了：「我就是一廚子，孫悟空的事，別再找我行不行？」瞿莉嘆口氣：「我也不想找你，可少了孫悟空，有人不幹呢。」

第一章　青面獸楊志

青面獸楊志碰到張端端，是在老甘的「忻州食府」。老甘嗓子壞了，說話用的是氣聲。說話費勁，還說。楊志就著羊湯，吃完五個燒餅，老甘過來結帳，收過錢，坐對面說，旁邊五環路，大紅門橋，昨天傍晚，一人從橋上跳了下來。想尋死，卻沒死成，只軋斷一條腿。但五環路上，五輛車「砰砰」追尾。一輛「賓士」橫了過來，旁邊車道上，一輛山西的運煤車，又將「賓士」撞飛了。「賓士」落下來，又一頭撞到大紅門橋的橋礅上。車裡坐著一男一女，男的盆骨摔碎了，女的當場死亡。這事還剛開頭，死的這女的，卻不是那男的老婆，而是一個第三者。這頭事故還沒處理完，那邊醫院亂成了一鍋粥。老甘：

「你不能說這是大意，真沒想到。」

楊志心裡正有事，沒理這事，抄起桌上的腰包：

「老甘，這回的燒餅，用的是啥麵呀，一股哈喇氣。」

老甘：

「讓你吃出來了。但你說錯了，這回不怪麵，怪上頭的芝麻。賣芝麻的老胡，把去年的陳芝麻，摻到今年的新芝麻裡。透過一粒芝麻，我算看透一個人。」

這時間：

「上回讓你找那人，你找著沒有？」

楊志和老甘是山西老鄉，老甘是忻州人，楊志是晉城人，雖然一個是晉北，一個是晉南，但畢竟是老鄉。楊志常到「忻州食府」吃飯，卻不是衝著老鄉不老鄉，而是衝著老甘熬的羊湯。老甘羊湯熬得好，羊的骨頭架子，也是從集貿市場買來的；骨頭架子是一樣的骨頭架子，但老甘熬出的羊湯，就是比別人家熬得鮮、濃、香。老甘仗著羊湯熬得好，便在燒餅、涼菜、熱菜上做些手腳。楊志又不喜。楊志聽人說，老甘的羊湯所以好喝，是因為他在羊湯裡，放了大煙殼子，人一喝容易上癮。上月二十五號夜裡，老甘一家正在睡覺，一個賊溜了進來。事後能看出，賊是過路賊，沒來踩過點，也不瞭解老甘。飯店前臉是些桌椅板凳，沒啥可偷的；後臉廚房放些鍋碗瓢盆，也沒啥可偷的；賊好不容易撬門進來，還是惦著偷點錢。賊以為錢放在臥室，一家人睡覺的地方；但老甘有心眼，錢沒放在臥室，一天盤點完，把錢裹在一塑膠袋裡，放在廚房一芝麻罈子裡。罈子上邊是芝麻，裡面卻埋著錢。老甘不把錢放到臥室，是怕老婆孩子亂拿；本為防老婆孩子，誰知防著了賊。賊在臥室摸了一遍，櫃子箱子，一家男女脫下的衣服，連老甘枕頭邊都摸了，只摸出三塊五毛錢。賊百思不得其解，一個人蹲在床邊犯愣。沒想到老甘早醒了，就是沒吱聲，看賊蹲床邊犯愁，終於忍不住了，「嘀嘀」笑了兩聲。他大喊「捉賊」賊不怕，這陣勢賊見多了，有人突然發笑，老甘嗓子壞了，用的又是氣聲，那賊嚇得頭髮都支愣了，自己大喊一聲「有賊」，奪門而出。但賊不走空，竄過前臉飯廳時，把老甘掛在牆上的皮夾克給順走了。皮夾克裡沒有錢，皮夾克說起來也不是皮的，是仿皮的；就像老甘的飯店，巴掌大一點地方，卻叫「忻州食府」；但皮夾克口袋裡，卻有一個小學生算術本。「忻州食府」旁邊是一集貿市場，再過去是一建築工地，許多賣菜的，建築工地的民工，也常到老甘的「忻州食府」吃飯。來吃飯的，都是為了吃飽，不是為了吃好，就給老甘在飯菜上做手腳留下了空當。這些人，身上的錢是有數的，吃著吃著，錢不夠了，就欠下老甘許多帳。單個兒來吃飯的，一般不欠帳，一頓飯吃多少錢，事先都盤算好了；三五個人來，一人請客，容易欠帳。因有人請客，大家就放開了，吃著喝著，菜不夠了，酒不夠了，請客的又假仗義，再要酒菜，身上帶的錢不夠，只好欠帳，下次來吃飯時再還。這一筆筆帳，就記在這算術本上。算術本，就裝在皮夾克襯裡的口袋裡。本來帳本沒在皮夾克口袋裡，老甘就把它掛在牆上，與皮夾克並排。一天，在集貿市場賣羊骨頭架子的內蒙的老塔，到「忻州食府」來吃飯，等菜的間歇，閒來無事，從牆上摘下這本看，邊看，邊大聲朗誦欠帳人的名字，及他們欠下的錢數。老塔念得起勁，老甘看飯館還坐著別的客人，怕這事傳出去，欠帳的人會不高興，影響自個兒的生意，便從老塔手裡，一把奪過帳本，順手掖到了皮夾克口袋裡。本來是偶爾一掖，之後成了習慣，記過帳，就掖到皮夾克裡。沒想到這帳本，被賊給偷走了。帳一筆一筆很碎，加起來，估摸有一千多塊。其實誰欠「忻州食府」的帳，老甘心裡也清楚，他心裡也有一本帳，但帳本被人偷了，做生意總顯得晦氣，也怕查無實據，欠債的人賴帳，老甘便想把它找回來。老鄉楊志，常來「忻州食府」，言談話語之中，似與幹這行的人熟；楊志到底是幹啥的，老甘沒問，楊志也沒說過；無非行為舉止，能看出個大概；老甘便託楊志，看能否找到這賊。老甘：

「皮夾克我不要了，他把帳本還回來，再給他二十塊錢。」

現在又問這事，楊志照地上啐了一口痰：

「一邊讓我找人，一邊還收我飯錢，透過一頓飯，我也算看透一個人。」

老甘攥住錢，用氣聲說：

「瞧你說的，要不我把錢退給你吧。」

楊志沒理老甘，拎腰包出門。臨出門時，從飯桌上拿一張餐巾紙擦嘴，發現門邊桌前，坐著一瘦女孩，在吃一碗羊雜麵。但她沒吃，看著窗外路過的人發呆。街上的路燈亮了，人走得有些急。楊志離開「忻州食府」，走了半站地，摸口袋掏菸，突然想起自個兒的菸落在了「忻州食府」。想回去取，又覺不值當；便到路邊菸攤買了一盒，撕開口，抽出一枝，點上，再往前走，剛才在飯館吃麵的那女孩跟了上來，攆上楊志問：

「大哥，玩嗎？」

楊志這才知道，剛才吃麵的女孩是隻「雞」。留意看，小骨頭小臉，也就十七八歲。又盯，發現這女孩不像街邊的雞。街邊的雞看人，眼神都像貓看老鼠，早不拿這事當事兒了；這女孩看楊志，卻像老鼠看貓，說過這話，臉羞得緋紅。不是因為她是「雞」，是這緋紅，也不是緋紅，是「雞」在害羞，在世界上已少見，讓楊志心動，本不想玩，也想玩了。楊志點了點頭。那瘦女孩便領著楊志，往她住處走。楊志邊走邊問：

「你哪兒人？」

瘦女孩：

「甘肅。」

楊志：

「幹多長時間了？」

瘦女孩看楊志一眼，又低下頭：

「我說昨天，你也不信。我來北京找俺哥，誰知他換了地方。給他打電話，他的手機也停機了。幹這個不為別的，為攢個車票錢。你就當我說瞎話吧。」

楊志倒「噗哧」笑了：

「咱倆這輩子，說不定就見這一面，你幹一年，我也沒吃多大虧，你昨天才幹，我也沒占多大便宜。」

兩人又往前走。楊志：

「你多大了？」

瘦女孩抬臉：

「二十三。」

倒出楊志的意料。做這行的都說自個兒小，這女孩看上去十七八，卻說自個兒二十三，倒是個老實人。楊志：

「你貴姓？」

瘦女孩：

「免貴姓張，就叫我端端吧。」

楊志知道這「端端」，該是假名。可叫上，答應，就是真名。一個稱呼，真與不真，重要嗎？說話間，已走出兩站路，好像還沒到地方。楊志停住腳步：

「還有多遠？」

端端指著前邊：

「不遠，就在前邊。」

兩人又走。但這「前邊」，又走出一站多地，終於拐進一條胡同。胡同裡有些髒，手挨手，有仨公共廁所，廁所裡的湯水，溢到胡同裡，路燈壞了，下腳要看地方。走到胡同底，拐過彎，又是一條胡同。楊志打量一下左右：

「安全嗎？」

端端：

「大哥，領你走這麼遠，就圖個安全。」

終於，走到胡同底。胡同底有間屋子，房門就開向胡同。牆上的石灰縫，橫七豎八，抹得跟花瓜似的，能看出這牆過去沒有門，屋門是臨時劈出來的。屋門是大芯板，風一吹，有些晃蕩；門框，是用幾根木條釘巴在一起的。端端從褲子裡掏出鑰匙，彎腰開門，進屋，開燈；楊志看看左右，胡同裡一個人也沒有，心裡踏實下來，也閃進了屋。端端扣上門，楊志打量屋子，也就七八平米，靠牆擱著一張床，地上擺著些鍋碗瓢盆。端端：

「大哥，開燈還是關燈？」

楊志想了想：

「關燈吧，關燈保險。」

關上燈，兩人開始脫衣服。到了床上，楊志知道端端有二十三。手嘴的用處，一切都懂。楊志一開始還主動，待入了港，端端竟開始調理楊志。看她身瘦，楊志本不敢大動，誰知幾個回合下來，瘦小的端端，在下邊，竟把楊志，玩於股掌之上。楊志這才知道人不可貌相，海水不可斗量。楊志本無興致，心裡還想著別的事，現在被端端逗弄得，也興致大發。正得趣處，屋門「匡當」一聲被撞開，屋頂的燈「啪」地一聲被打開，忽魯忽魯，闖進來三條大漢。三人嘴裡皆喘著粗氣，粗氣裡喘出酒氣。突兀間，楊志被嚇出一身汗；一開始以為是警察，但看這三人的糙皮和粗脖子，又不像；反應過來，去抓自己的衣服；但他的衣服，連同那個腰包，早被一大漢搶到懷裡。另一大漢二話沒說，照楊志臉上，結結實實搧了一巴掌：

「操你媽，敢強姦我老婆！」

楊志光著身子，顧不上捂臉，捂自己的下邊：

「大哥，弄錯了。」

看端端。這時端端變了一個人，開始捂著自己的臉哭：

「我正在屋裡做飯，他竄進來，拿刀逼我。」

這時指了指窗台。窗台上原來放著一把刮刀。第三個大漢搶過那刀，指著楊志：

「公了還是私了？」

楊志這才明白，他遇上了打劫團夥，端端就是他們放到外面的魚餌，楊志一不留神，咬著了這鉤。楊志這才明白，人不可相貌，海水不可斗量。搶衣服的大漢，開始毫不在意地搜楊志的衣服，從口袋裡掏出手機、錢包，從錢包裡掏出錢和銀行卡。又拎起腰包打量，腰包的帶子斷過，打了個結；打開腰包，從裡邊又掏出一大疊錢。掏完錢，拿出一身分證，看著念：

「劉躍進。」

仰起臉問：

「你叫劉躍進？」

楊志自認倒楣，不再理他。但這也臊不著誰，那人低頭看身分證上的照片，對著一身光的楊志端詳：

「不像呀。」

楊志這才明白，禍從老甘的「忻州食府」起，一切都怪這腰包。自己在「忻州食府」，從腰包裡掏錢，被瘦小的張端端看到了。

第二章　任保良

在工地，大家都知道，劉躍進是個賊。賊一般在街上偷東西，或入別人家盜竊，劉躍進不上街，也不去別人家，偷東西就在工地。在工地也不偷盤條、電纜和架子管，就偷工地的食堂。劉躍進是個廚子。偷食堂也不在食堂，在菜市場。劉躍進每天早起，要到菜市場買菜。在菜市場也不偷，韭菜、蘿蔔、白菜、土豆、洋蔥、肉等，明碼標價；但一個工地幾百號人，一回洋蔥土豆買得多，就能討價還價；一斤便宜五分錢，幾十斤下來，就能省出幾塊錢；固定一個攤買，不朝三暮四，又有講究；還有肉，瘦肉、五花，或只買脖子肉，價錢又不一樣。大家說，整個工地的人脖子都粗，和整天吃劉躍進的脖子肉大有關係。但賊被捉住才叫賊，劉躍進這賊無法捉，就不能叫賊。這時大家生氣的不是有賊，而是這賊無法捉。工地包工頭任保良說：

「原以為，賊被捉住才叫賊，誰知沒被捉住的，才叫賊呢。」

劉躍進和包工頭任保良，是十幾年的老朋友。任保良是河北滄州人，劉躍進是河南洛水人。十六年前，任保良，在洛水坐過兩年多牢。劉躍進有一個舅舅，在洛水監獄當廚子。舅舅叫牛得草，大眼睛，四十歲之前，眼睛像探照燈一樣亮；四十歲那年得了白內障，世間萬物，在他眼前一片模糊。模糊之前，牛得草說話慢條斯理；模糊之後，開始高門大嗓，見人就說：

「別看眼睛瞧不見，我心裡清楚著呢。」

牛得草眼好時，劉躍進隨娘走姥娘家，牛得草不大理人，劉躍進有些怵他。牛得草雖是一監獄的廚子，但架子很大。大不大不在廚子，而在「監獄」。集市上飯館的廚子，每天須把飯菜做好；監獄的廚子，每天須把飯菜做差；犯人吃飯，想做好，也沒條件，一年三百六十日，三頓皆是：鹹菜、粥、窩頭。到飯館吃飯的人，飯菜差了就罵廚子；監獄裡的犯人，吃好吃壞，都不做聲；見了廚子，反倒低聲下氣。飯館的廚子看不起牛得草，牛得草也看不起別的廚子：

「媽拉個×，普天下，都見做飯的伺候吃飯的，哪見吃飯的伺候做飯的？」

高門大嗓後，人欺他眼看不見，同事、熟人，見面愛抹他脖子。「吧嘰」一聲，從腦袋抹到脖項，轉身走開，牛得草不知是誰。這年冬天，劉躍進隨娘去監獄看舅舅，牛得草帶他去集上，給監獄買鹹菜疙瘩，一熟人又上來抹牛得草的脖子。牛得草擔著擔子習以為常，八歲的劉躍進上去踢了那人一腳：

「操你娘！」

那人被罵急了，反手摑了劉躍進一巴掌。劉躍進哭了，聚上來許多人。牛得草也罵劉躍進：

「玩兒呢。」

待走出集市，撫著劉躍進的頭：

「打虎還靠親兄弟，上陣還靠父子兵。」

落下淚來。從此開始親近。任保良在洛水坐牢時，劉躍進已娶了老婆。當時任保良開卡車跑長途，販煤，販糧食，也販化肥和棉花；分季節，啥賺錢販啥。這天從江蘇高郵拉了一車活螃蟹，往陝西潼關運；走到洛水路卡，被警察扣下。車超寬，也超高。任保良悄悄塞到攔車的警察口袋裡二百塊錢，警察沒說什麼；任保良開起卡車要走，從崗亭又下來一警察，重新檢查他的證件，說他手續不全，又要扣車。任保良不願再花錢，看看車上的活物，螃蟹們吐著沫，瞪著眼睛在著急，任保良也著急；檢查證件的警察又來找茬沒啥，收了他錢的警察也不幫他說話，轉身走開，惹惱了任保良。任保良上去揪住他，讓他還錢；這警察也急了，說沒收他錢，兩人撕把起來。警察抽出警棍打任保良，任保良挨了三下，奪過警棍，打了警察一下。警察三棍打在任保良肩上、腰上和背上，任保良一棍打在警察頭上，登時冒了血，人「咕咚」一聲，倒了。砸別人頭事小，砸警察的頭，事就大了。本是輕傷，也就出了點血，經醫院鑑定，成了重傷，腦震盪，加上妨礙公務罪，任保良被判了兩年零八個月。這天劉躍進到縣城買豬娃，他有一個中學女同學叫李愛蓮，李愛蓮有一個姑家的表哥叫馮愛國，馮愛國因偷了鄰村的牛，一頭母牛，帶兩個牛犢，被判了八個月，也住在監獄。李家爹娘死的早，李愛蓮從小由姑姑帶大。監獄一個月讓探一回監，這天不是探監的日子，李愛蓮知道劉躍進的舅舅在監獄當廚子，便托劉躍進給馮愛國往監獄捎了一隻燒雞。劉躍進在縣城買過豬娃，去了監獄，把燒雞交給舅舅牛得草。牛得草把馮愛國從號子裡叫出來，把他帶到監獄廚房，把燒雞扔給他，讓他蹲到牆角去啃。待燒雞啃了一半，號子裡有人喊：

「我叫馮愛國，我叫馮愛國。」

這才曉得蹲在廚房啃燒雞的不是馮愛國，是河北的任保良。牛得草到號子裡喊馮愛國時，馮愛國這兩天拉稀，去了茅房，任保良頂著馮愛國，來啃燒雞。牛得草上去抽了任保良一耳光：

「媽拉個×，河北沒有燒雞？」

又上去用腳踹：

「欺我看不見是不是？外頭欺我就算了，你們也敢欺我？」

又抄起桿麵杖，沒頭沒腦往任保良身上砸。劉躍進看任保良抱頭挨打，不敢動彈，也不敢出聲，嘴裡還嚼著燒雞，有些不忍，上去拉牛得草：

「舅舅，算了，不就一隻燒雞？再打，也從他肚裡掏不出來了。」

任保良這時哭了：

「不為吃口雞，兩年多了，沒一個人來看我。」

兩年零八個月到了，任保良出獄了。任保良出獄做的第一件事，是到劉家莊看劉躍進。去時，帶了十隻白條雞。五年過去，任保良成了北京一建築工地的包工頭。這期間兩人沒有見過，但有書信來往。又五年過去，劉躍進離了婚，心中正在煩惱，便離開河南洛水，來北京投靠任保良，在工地當了廚子。不在任保良手下當廚子，兩人還是朋友；現在有了上下之分，兩人就不是朋友了。或者，任保良能說劉躍進是朋友，劉躍進不能把任保良當成朋友。或者，私下裡是朋友，人多的場合，須有上下之分。劉躍進懂這個理兒，私下叫「保良」，一有人，馬上改口「任經理」。任保良看他懂事，加上有十幾年前一隻燒雞頂著，雖然知道劉躍進在食堂搗鬼，但也睜一隻眼閉一隻眼。但一次劉躍進喝多了；一起喝酒的幾個民工，在議論任保良；民工議論包工頭，難有好話；劉躍進酒前酒後是兩個人，酒前說話過腦子，酒後就忘了自己是誰，也隨人說起了任保良；說現在沒啥，順嘴突嚕，說起任保良十幾年前在洛水坐監的事，如何因為一隻燒雞，在廚房挨打。這話傳到了任保良耳朵裡。任保良不忧自己坐過監，動不動還說：

「媽拉個×，老子監獄都蹲過，還怕你們這些龜孫？」

但自個兒說行，別人說就不行了。或者，別人說行，劉躍進說就不行了。這一下，兩人徹底不是朋友了。任保良本想把劉躍進打發走，只是擔心彎拐得太陡，顯得自己心量小；便不動聲色，還讓劉躍進當廚子，但不讓他買菜；等劉躍進自個兒覺著沒了油水，提出走人。恰好任保良有一個外甥女，高中畢業，沒考上大學，也從滄州來北京發展，投奔任保良，任保良便把她安排到工地食堂，專管買菜。劉躍進知道禍起一句話，禍是酒惹的，也想一走了之，再待下去雙方都難堪；但中國別的不多，人多，另外的地方一時也不好找；工地挖溝爬架子的活兒好找，到食堂當廚子不好找，也就臊著自己先待下去，等有了機會再說。任保良的外甥女叫葉靚穎，任保良瘦，葉靚穎胖，十九歲，二百一十斤。身胖，胸卻是平的。葉靚穎興沖沖地上了任，每天早起，騎一輛三輪車，屁股一扭一扭，到集貿市場買菜。買一道菜，記一道帳。一把蔥，一頭蒜，都記在算術本上。一個月下來，密密麻麻，積了兩大本。但她哪裡知道菜市場的門道？一個月下來，葉靚穎買菜花出的錢，比上個月多出兩千多塊；食堂吃的，卻沒有上個月好。月底結帳的時候，葉靚穎把兩本帳遞給任保良，任保良把算術本「嘶啦」「嘶啦」撕了，扔到地上：

「不能不說，你是個老實人。」

又感嘆：

「用老實人，還不如用個賊。」

又撤下葉靚穎，讓她在廚房餾饅頭、蒸大米，重新把買菜的事，還政劉躍進。劉躍進這時倒端上了架子，嘬著牙花子說：

「任經理，歲數大了，說起這買菜，我也轉不過那些菜販子。」

還替葉靚穎說話：

「真不能怪咱外甥女。」

直到任保良急了：

「劉躍進，你操過我的娘，我也操過你的娘，別再裝孫子了。再拉硬弓，我真讓你滾蛋！」

劉躍進這才騎上三輪車，笑瞇瞇地去了菜市場。

第三章　韓勝利

劉躍進欠韓勝利三千六百塊錢。劉躍進欠這錢，也是吃喝醉的虧。四十歲之前，劉躍進從無自言自語過，過了四十歲，常常一個人說話。在廚房切著菜，在街上走著路，或一天忙完，要脫衣睡覺了，突然對自個兒說了一句什麼。過後一想，想起的，全是過去的爛糟事；說的，全是對這爛糟事懊悔的話；好事從不自言自語。近幾個月，劉躍進常對自個兒說的一句話是：

「再不能喝了。」

仨月前，在集貿市場賣豬脖子的老黃的女兒結婚。老黃除了賣豬脖子，還賣豬心、豬肺、豬大腸等下水。別的肉販子賣的是肉，兼賣豬脖子和下水；老黃不賣肉，專賣豬脖子和下水；所以他賣的豬脖子和下水比別人便宜。劉躍進固定到老黃攤上買豬脖子，天長日久，兩人成了朋友。劉躍進買過豬脖子，再自作主張，提溜幾條豬大腸，放到自個兒三輪車上，老黃也不計較。有時買過豬脖子，提溜過豬大腸，劉躍進還不走，坐下跟老黃扯些別的，老黃也應承。老黃女兒結婚，劉躍進去隨了份禮，坐在婚宴上吃酒。吃著喝著，吃沒多吃，又喝大了。挨劉躍進坐著的，是在集貿市場賣雞脖子的吳老三的媳婦。劉躍進平日買雞脖子，固定的也是吳老三的攤子。吳老三和老黃一樣，不賣雞肉，專賣雞脖子和雞架子。到吳老三攤上買雞脖子，劉躍進常與吳老三媳婦開玩笑。吳老三和他媳婦都是東北人，東北女人易滿胸，劉躍進：

「看，又漲了，又該吃了。」

吳老三媳婦：

「叫娘啊，叫娘就讓你吃。」

吳老三在一旁捋雞脖子，笑笑，也不搭言。現在劉躍進和吳老三老婆坐在一起，吃著喝著，兩人又開玩笑。一開始劉躍進只是動嘴，待喝醉了，忘了帶腦子，話到處，劉躍進手也到了，摸了吳老三媳婦滿胸一下。吳老三媳婦並無在意，還彎腰「嘀嘀」笑，吳老三在對面不幹了。如果沒喝多，吳老三也不會在意；現在吳老三也喝大了，就跟劉躍進急了，隔著桌子，抄起一盤子菜，扣到劉躍進臉上。劉躍進如果沒喝多，自知理虧，不敢還手；喝多了，忘了自己是誰，撥拉掉臉上的菜，端起桌上一盆雞脖子湯，潑了吳老三一頭一身。吳老三大怒，抄起一把老黃的殺豬刀，跳過桌子，要殺劉躍進，倒把劉躍進的酒嚇醒了。眾人拉住吳老三。誰知越拉，吳老三越來勁：

「別攔我，誰攔有誰，我忍了不是一兩天了！」

鬧到半下午，最後在老黃的調停下，雙方討價還價，劉躍進賠吳老三三千六百塊錢，算是「豬手費」；劉躍進身上錢不夠，同鄉韓勝利現去銀行，從韓勝利卡上取來三千三，講好三分利，借給劉躍進；湊夠三千六，交給吳老三，一場風波才罷。摸了一把胸，而且喝醉了，啥感覺沒有，出了三千六；半夜，劉躍進的酒徹底醒了，先是懊悔，接著又氣吳老三：

「跟『雞』睡一覺，才八十；這摸了一下非關鍵部位，三千六；把你妹妹搭上，也不該這麼貴呀？」

接著又氣賣豬脖子豬下水的老黃，因三千六是他說合的：

「看我喝醉了，也跟著趁火打劫，是人嗎？」

從此買豬脖子和雞脖子，都換了攤子。與吳老三和老黃的事了結過，劉躍進與韓勝利的麻煩開始了。當時跟韓勝利借錢時，講好三分利，三天還；如今三個月過去了，劉躍進沒還一分錢。欠債不還，要麼因為沒錢，要麼有錢就是不還。劉躍進說是前者，韓勝利認為是後者。打過幾次嘴仗，紅過幾次臉，韓勝利搖頭：

「好人不能做，一做好人，朋友就成了仇人。」

既然成了仇人，韓勝利就拉下臉子，一開始一個禮拜一催帳，現在天天晚上來要。劉躍進也改了說法，不說不還，也不說沒錢，只是說：

「錢有，在任保良那裡；他拖工錢，你讓我搶去呀？」

或者：

「你找任保良去，他給我錢，我就還你錢。」

韓勝利哭笑不得：

「你把事說亂了，你欠我錢，咋改我找任保良了呢？」

這天韓勝利又來了，不過不是晚上，是中午。韓勝利平日愛穿西服，西服是從工地旁邊的夜市地攤上買的，或三十，或二十，皆是來路不明的二手貨；這天他沒穿西服，穿一件白汗衫，汗衫上有血，褲腿上也有血，頭上還纏著繃帶。劉躍進正在工地食堂賣飯，食堂裡擁擠著幾百號民工，在敲飯盒。韓勝利不似平日商量著要帳，而是擠過這些打飯的人，到賣飯的窗口喊：

「劉躍進，今兒不還錢，我跟你拚了！」

劉躍進看他渾身是血，慌了：

「今兒唱的哪一齣呀，還化了妝。」

任保良的外甥女葉靚穎在旁邊打米飯，劉躍進把菜勺交給葉靚穎，轉出廚房，好說歹說，把韓勝利拉到食堂後身，把他捺坐在一堆盤條上，接著與他並排坐在一起。劉躍進：

「就這點錢，當眾喧譁，你不嫌丟人，我還嫌丟人呢。」

韓勝利抖著身上的血汗衫：

「因為你，我被打了。」

劉躍進：

「誰呀？」

韓勝利：

「誰你甭管，我也欠著人錢呢。」

又瞪了劉躍進一眼：

「我得跟人學，我要錢就是錢，人家要錢是要命。」

劉躍進知道韓勝利常在街上偷東西，猜他犯了事，被人打了。韓勝利指著頭上的繃帶：

「到醫院縫了八針，一百七，也算你的。」

劉躍進點著一枝菸，這時話拐了彎：

「勝利，做人做事，咱不能絕情。你想想，八年前，在老家，你被你後娘趕出來那回，天上下著雪，風跟刀子似的，是誰把你領回家，吃了一碗熱湯麵？」

韓勝利：

「論起這事，我該給你叫聲叔，但這事被你說過八百遍了，早過勁兒了。叔，咱閒言少敘，我也被人逼得緊，還錢。」

劉躍進：

「真沒有，再容我幾天。」

韓勝利這時看看左右，戳戳屁股下的盤條：

「工地上有的是盤條和電纜，夜裡你弄出來一些，咱爺兒倆的事就算了了。」

劉躍進看不懂韓勝利一身血的含義，但「霍」地站了起來：

「勝利，你整天幹些啥，我管不著，但我眼下還不想當賊。」

看韓勝利又要急，劉躍進也急了：

「把我惹急了，就不是偷的事了，也叫他白刀子進去，紅刀子出來。」

韓勝利喊道：

「要錢沒錢，偷又不偷，你到底想咋？」

這時一群吃過飯的民工從牆角轉來，劉躍進抓住韓勝利的手，低下聲來：

「三天，再給我三天。」

第四章 劉鵬舉

劉躍進過了四十歲，除了開始自言自語，還悟出一條道理，世界上有兩種人，一種是說得起話的人，一種是說不起話的人。說不起話的人，說了不該說的話，就把自個兒繞進去了。話是人說的，為了一句話，能把人繞死。像劉躍進，有些事說得起話，譬如今兒中午工地食堂吃啥，蘿蔔燉白菜，或是白菜燉蘿蔔，加不加豬脖子肉，加多少，可以做主；就像當年的洛水監獄，中午犯人吃啥，他舅舅牛得草可以做主一樣。但出了工地食堂，就像牛得草出了洛水監獄，就說不起話了。說了也沒用。話沒用沒啥，說了過頭話，事後又得承擔這話的後果，事就大了；如果承擔得起沒啥，你又承擔不起，因這承擔不起又會節外生枝，事情就嚴重了。但過頭話都是痛快話，人激動起來愛說。

劉躍進有個兒子叫劉鵬舉，現在老家縣城上高中。為了這個兒子，劉躍進說過一句過頭話。當時說著很痛快，說過之後，這話就變成了一座山，讓劉躍進整整背了六年，把腰都壓彎了。不是為了這個兒子，劉躍進做人也不會這麼賴，身上明明有錢，故意欠著韓勝利不還。四十歲之前，劉躍進是個爽快人。四十歲之後，劉躍進常常自言自語的另一句話是：

「我咋變成現在這樣了呢？」

六年前，劉躍進與老婆離了婚。劉躍進的老婆叫黃曉慶。離婚前，劉躍進在縣城一家叫「祥記」的餐館當廚子，做紅案，也做白案。當了一年廚子，看準機會，求了老闆，又把老婆黃曉慶引來，在前廳端菜抹桌子。劉躍進當廚子，一個月掙七百塊錢；黃曉慶端菜抹桌子，一個月掙三百塊錢。洛水縣城西關有一個釀酒廠，老闆叫李更生。劉躍進跟李更生是小學同學。當時班上五十六個人，數李更生窩囊。兩個同學打完架，吃虧那人，可以再找李更生踹上兩腳出氣。大家都踹，劉躍進也踹過。李更生個頭又高，外號「傻大個」。沒想到這個傻大個，三十年後，成了「太平洋釀造公司」的總經理。雖是一河南縣城的小酒廠，每天除了生產「小雞蹦」，還生產「茅台」。「小雞蹦」兩塊五一瓶，「茅台」三百八一瓶。當年的窩囊廢，三十年後，膽子長大了。這天李更生跟幾個朋友來「祥記」吃飯，聽說端菜的服務員是劉躍進的老婆，便把劉躍進從廚房揪出來，與他們一起喝酒。席間說些閒話，李更生的朋友問，大嫂在這裡，一月掙多少錢？劉躍進說三百，李更生馬上說，到我酒廠裡裝「茅台」，一個月給她六百。天上掉下個餡餅，劉躍進和端菜的黃曉慶自然滿心歡喜。李更生指著劉躍進：

「不為別的，為你小時候踹過我。」

大家都笑。第二天，黃曉慶便離開「祥記」，到「太平洋釀造公司」裝酒。第二年春天，黃曉慶又不裝酒了，到了酒廠推銷部，常跟李更生到全國各地賣酒。賣酒有提成，黃曉慶一個月，能掙到一千五百塊錢，比劉躍進當廚子掙得還多。劉躍進以為是傻大個對同學的關照，見了李更生，還拉著他的手說：

「對哥好，哥知道，都在心裡。」

但滿縣城都在傳，李更生和黃曉慶好上了。滿縣城的人都知道了，就劉躍進一個人蒙在鼓裡。「太平洋釀造公司」有一個門衛叫張小民，張小民是李更生表姊家的孩子，因為這層關係，才能看大門。這年冬至晚上，李更生在外喝酒。從晚上喝到深夜，喝醉了，開車回酒廠；張小民這天同學聚會，也喝了二兩，在保安室睡著了。李更生叫門，裡面無人應。這時天上飄起了雪花；李更生喝過酒，風一吹，身上一陣陣打顫。李更生又叫，還無人應。李更生趴大門跳進去，一腳踹開保安室，抄起桌上的木棒；這根木棒，張小民值班時，掛在腰間，類似警棍；李更生趁著酒勁，對床上的張小民一頓棒打。早年的傻大個，現在已習慣打人。揮棒時，又將床頭一面鏡子打碎了，玻璃紛落，一塊玻璃，將張小民臉上劃了一道長口子。看張小民出了血，李更生還不依不饒，照他的血臉又啐了一口：

「媽拉個×，養你，還不如養一條狗！」

扔下棒子，走了。打張小民，罵張小民，張小民都能忍。半個月後，張小民臉上的傷也好了，但留下一道疤。這疤在左臉正中。因為這道疤，他女朋友跟他吹了，張小民就急了。這天中午，劉躍進正在「祥記」後廚炒菜，張小民跑進廚房，趴到劉躍進耳朵上，悄悄說了幾句話。劉躍進放下炒勺，跟張小民風風火火跑到「太平洋釀造公司」，一腳踹開李更生的辦公室，在辦公室裡間床上，將李更生和黃曉慶拿了個正著。兩人都光著身子。劉躍進上去就打李更生。李更生挨了兩下，沒動；後來被打急了，也撲過來與劉躍進打。張小民見打了起來，跑了。黃曉慶沒勸架，也穿上衣服走了。兩人一場架打下來，穿著衣服的劉躍進，竟沒打過光著身子的李更生。現在的李更生，真不是當年的傻大個了。李更生把劉躍進打了一頓，還光著屁股蹲在椅子上抽菸：

「事兒就是這麼個事兒，你告我去吧！」

老婆被人搞了，捉姦又被人打了，一場窩心事，轉眼間成了笑話。當天，這笑話傳遍了縣城。像李更生當年在學校是窩囊廢一樣，劉躍進現在也成了窩囊廢。上小學窩囊不被人笑，老婆被人搞了就是真窩囊。第二天一早，劉躍進帶著一幫親戚，重回「太平洋釀造公司」找李更生。但李更生帶著黃曉慶，早到海南賣酒去了。劉躍進見不著人，帶人闖到車間，將一車間的酒瓶子全打碎了，「茅台」酒流了一地。打過，劉躍進並沒有解氣，腦子倒成了空白。夜裡躺在床上，他費解的不是老婆跟人好了，好了一年自個兒竟蒙在鼓裡，而是兩個人到底因為什麼好上的。老婆跟李更生好，劉躍進還能想通，可以說她嫌貧愛富；李更生與黃曉慶好，到底又圖啥呢？黃曉慶長得並不好看，細瞇眼，瘦臉，鼻窩裡還有一撮雀斑，人也三十多了，劉躍進都沒覺出她好，李更生哪裡找不著女人，非要跟她好呢？純粹為了敗壞劉躍進嗎？就為上小學踹過他幾腳嗎？當時踹他的同學多了，現在都娶了老婆，個個搞去，搞得過來嗎？出了這事，劉躍進只是窩心；這道理搞不明白，劉躍進會憋死。自個兒想不明白，劉躍進便去問他信得過的朋友。他信得過的朋友，莫過於在「祥記」旁邊支了個攤子打火燒的老齊。問過，老齊翻著爐上的火燒，用油手搔著頭說：

「我也正納悶呢。」

又問其他他信得過的人，沒有一人能說通這理兒，倒是覺得劉躍進有些異常，離精神失常已經不遠了。但劉躍進心裡明白，他比不出這事還正常。最後，他乾脆誰也不問了，直接給李更生打電話。李更生帶著黃曉慶，已從海南島到了廣州，又從廣州到了上海，從上海到了西安，這電話是在西安接的。李更生一開始不接電話，後來接了；以為劉躍進要說別的，見是問這個，倒也一愣；但也不遮著掩著，說：

「不圖黃曉慶別的，就圖她個腰，一把能掐住。」

劉躍進的腦袋，「轟」地一聲炸了。自個兒跟黃曉慶過了十三年，竟沒覺出她的腰，這腰與別的腰的不同。這一腰撞得，比老婆讓人搞了，還讓劉躍進擰巴。這腰他沒發現，李更生發現了；因為這腰，劉躍進成了錯的，李更生和黃曉慶倒是對的。放下電話，劉躍進活了四十二年，所有的日子都變了顏色。但這話無法對打火燒的老齊說，也無法對別的朋友說。一說，這事又轉成了另一個笑話。

劉躍進喝酒自此始。而且一喝就醉。醉前和醉後是兩個人。醉了沒啥，醉了挺高興的，把一切都忘了；第二天上午醒來，突然傷心想哭。哭也哭不出來，坐那呆想。想著想著，突然想自殺。自殺不是因為出事，也不是因為這理兒，而是這理兒把劉躍進擰巴過去，擰巴不回來了。過去聽說別人自殺，感到很可怕；現在自個兒想自殺，覺得是一種解脫。自殺的方式很多，或喝農藥，或拿刀子割脈，或跳河，或觸電，劉躍進獨想上吊。一想到上吊，整個脖子都癢癢的；想著繩子接觸脖子，脖子是甜的。有時夜裡睡覺，劉躍進還在夢裡喊：

「人呢，給我繩子呀。」

自殺雖好，劉躍進最後沒有自殺。沒有自殺不是因為劉躍進想著好做不到，而是因為劉躍進有一個兒子。黃曉慶出事之後，也牽涉到兒子。兒子當時都十二歲了；大家由黃曉慶的現在，開始懷疑她的過去；大家都說，這兒子是不是劉躍進的，也難說。劉躍進拉著兒子，進了縣醫院，兩人一塊做了DNA。結果是：兩人是父子。三個月後，劉躍進與黃曉慶離婚。離婚時，黃曉慶也想要兒子，劉躍進說，寧肯把兒子一棒子打死，也不會給她。黃曉慶自知理虧，也沒堅持，只是說：

「你養也成，我每月給你撫養費。」

劉躍進正在氣頭上，衝口說了一句：

「人騷，錢也騷。俺爺倆兒拉棍要飯，也不要這騷錢。」

當時說得痛快，在鄉里開離婚證的老胡都給劉躍進翹大拇指；但當時過了嘴癮，六年下來，劉躍進才知道自個兒吃了大虧。為這話，他把自個兒繞進去了，把腰都累彎了。同時又覺得自個兒前後矛盾。既然知道對方錢騷，離婚之前，與李更生了結此事，劉躍進卻提出讓李更生賠償六萬塊錢。錢就是錢，無所謂騷不騷。對錢，劉躍進說了過頭話。

第五章 嚴格

嚴格是「大東亞房地產開發總公司」的總經理。嚴格是湖南醴陵人，三十歲之前瘦，三十歲之後，身邊的朋友都胖了，出門個個腆個肚子，嚴格仍瘦。三十二歲之前，嚴格窮，爹娘都是醴陵農村的農民，嚴格上大學來到北京；人一天該吃三頓飯，嚴格在大學都是兩頓；也不是兩頓，而是中午買一個菜吃一半，晚上買份米飯接著吃。大學畢業，十年還沒混出個模樣，十年跳槽十七個公司。三十二歲那年，遇到一個貴人；人背運的時候，黑夜好像沒個盡頭；待到運轉，發跡也就是轉眼間的事。嚴格回想自己的發跡，往往想起宋朝的高俅。當然，也不同於高俅。自遇到那個貴人到現在，也就十多年光景，嚴格從一文不名，到身價十幾個億。嚴格在大學學的不是房地產，不是建築，不是經濟，也不是金融，學的是倫理學；講倫理嚴格沒得到什麼，什麼都不講，就在地球上蓋房子，從小在村裡都見過，倒讓他成了上層社會的人。他的頭像，懸在四環路邊上的廣告牌上；把眼睛拉出來，看著他的房產和地產。世界，哪有一個定論啊。沒發跡的時候，嚴格見人不提往事；如今，無意間說起在大學吃剩菜的事，大家都笑。大家說，嚴格是個幽默的人。

嚴格富了之後，也有許多煩惱。這煩惱跟窮富沒關係，跟身邊的人有關係。四十歲之後，嚴格發現中國有兩大變化，一，人越吃越胖；二，心眼越來越小。按說體胖應該心寬，不，胖了之後，心眼倒更小了。心眼小沒啥，還認死理，人越來越軸了。他伺候的是一幫軸人。別人軸沒啥，身邊的朋友軸沒啥，老婆也越吃越胖，心眼越來越小，人越來越軸，就讓嚴格頭疼。嚴格的老婆叫瞿莉，三十歲之前，瘦，文靜；過了三十歲，成了個大胖子，事事計較，句句計較；一個CEO的老婆，家產十幾個億，為做頭髮，和周邊的美容店吵了個遍。由老婆說開去，嚴格感嘆：中國人，怎麼那麼不懂幽默呢？過去認為幽默是說話的事，後來才知道是人種的事。幽默和不幽默的人，是兩種動物。撐巴還在於，人不幽默，做出的事幽默。出門往街上看，他們把世界全變了形，洗澡堂子叫「洗浴廣場」，飯館叫「美食城」，剃頭鋪子叫「美容中心」；連夜總會的「雞」，一開始叫「小姐」，後來又改叫「公主」。嚴格走在街上，覺得自個兒是少數派。本不幽默，也學得幽默了。人介紹他：

「『大東亞房地產開發總公司』的嚴總。」

嚴格忙阻住：

「千萬別，一蓋房子的。」

人說他瘦，講健身，他說：

「想吃胖啊，得有得吃呀。」

人說他生意大，北京半個城的房子都是他蓋的，他搖頭：

「搬磚和泥，粗活，不要見笑。」

人說他幽默。他漸漸也不幽默了。不幽默並不是幽默不好，而是因為幽默，嚴格吃過不少虧。周圍皆是小心眼的大胖子，不管是生活，或是生意，皆是刺刀見紅。水該一百度沸騰，他們五十度就沸騰了；水該零度結冰，他們五十度就結冰了；他們的沸點和冰點是一樣的。本來是一句玩笑話，待朋友翻臉後，或沒有翻臉，僅為一己之私，會把上次的玩笑，下回當正經話來說；時間一變，地點一變，人的態度一變，把同樣的話放到不同的環境和氣氛中，這話立即就變了味，一下就將嚴格置於死地，無法順著原路回到原來。話的變味，比朋友翻臉還讓人可怕。由此帶來的擰巴，比人窮不走運還大。嚴格搖頭：

「不讓幽默，我不幽默還不成嗎？」

四十歲之後，嚴格發現自己最大的變化是，四十歲之前，自己愛說笑話；過了四十歲，開始不苟言笑。久而久之，對玩笑有一種後天的反感。人跟他開玩笑，如是部下，他會皺眉：

「不能正經說話嗎？」

如是朋友，他不接這個玩笑；對剛才說過的事，不苟言笑重說一遍。或者，四十歲之後，嚴格除了瘦，其他方面也變得跟眾人差不多了。不喜歡跟這些人說話，但話每天又得說；話不是不能這麼說，只是覺得話越說越乾澀，就像日子越過越擰巴，就像老婆整天說自個兒身上疼、眼乾舌燥一樣，就像發動機缺機油在乾轉一樣，這日子早晚得著火。機油，你哪裡去了？

「大東亞建築有限公司」下邊，有十幾個建築工地。十幾個建築工地，就有十幾個包工頭。任保良是其中之一。嚴格除了跟那些大胖子打交道，也常去建築工地。建築工地的民工，沒有一個是胖的。見到這些民工，民工有河北人，有山西人，有陝西人，有安徽人，也有河南人；與大胖子說話，話越說越乾澀；倒是到了建築工地，全國各地的民工一開口，又讓嚴格樂了。他們每天吃的是蘿蔔燉白菜，白菜燉蘿蔔，但一張口，句句可笑，句句幽默。或者說，是這些民工的話，把嚴格腦子中殘餘的一點幽默的細胞又啟動了。所有的包工頭，見嚴總來了，以為是來檢查工程；工程是要檢查，但主要，是來聽民工們說話，透上一口氣。古風存於鄙地，智慧存於民間；有意思的事和話，都讓那些胖子就著鮑魚和魚翅吃沒了；僅剩的一些殘汁，還苟活於蘿蔔和白菜之中；奴隸們創造歷史，毛主席這句話沒錯。

在十幾個包工頭中，嚴格又獨喜歡河北滄州的任保良。任保良說話不但可笑，還愣。民工們跟任保良說話，覺得他很精；嚴格聽起任保良的話，句句有些傻。或者不能說是傻，是粗；不能說是粗，是愣。但話愣理兒不愣。句句是大實話。初聽有些可笑，再聽就是實話。原來實話最幽默。一天傍晚，嚴格去任保良的建築工地。一幢CBD的樓殼子，已蓋到五十多層。兩人坐著升降機，來到了樓頂上。夕陽之下，整個北京城，盡收眼底。嚴格感嘆：

「好風光啊。」

任保良指著腳下的街道，街道上像螞蟻一樣蠕動的人群：

「『雞』又該出動了。」

又啐了一口痰，狠狠罵道：

「婊子就叫婊子，還『小姐』！」

又說：

「嚴總，咱別蓋房子了，開窯子吧。掙個錢，不用這麼費勁。」

這話沒頭沒腦，初聽很愣，細聽可笑。嚴格來時，正煩惱一事，現在彎腰笑得，把一切煩惱全忘了。本來晚上還有飯局，他又多待了一個小時。這時天安門華燈齊放，從沒這麼美麗過。漸漸，平均一個禮拜，嚴格要到任保良的工地來一趟。一是來聽民工和任保良說話，遇到飯點，也到民工的食堂吃飯。民工們吃劉躍進的蘿蔔燉白菜吃膩了，一端起碗就吐酸水；嚴格卻覺得好吃，連菜帶汁，能吃上兩碗，吃出一頭汗。任保良看他吃得痛快，感嘆：

「該鬧革命了，一鬧革命，你天天能吃上這個。」

嚴格又笑。

這天中午，嚴格又到任保良的工地來了。工地正在吃中飯。任保良吃工地食堂吃膩了，沒去食堂，從外邊買了一個盒飯，正蹲在他自個小院的台階上吃。任保良的小院，不能說是院，離工棚三尺開外，靠一棵棗樹，臨時用廢板子圍成一個圓圈；房前，巴掌大一塊地方。但你又不能說它不是院。任保良吃的是栗子燒雞塊，見嚴格來了，以為又來吃中飯，嘴裡嚼著雞說：

「等著，我讓人給你打好飯去。」

但今天嚴格到工地來，既不是為了吃飯，也不是為了聽民工和任保良說話，是為了找一個人。找這個人不是為了這個人，而是為了讓他裝扮另一個人。一番軲轆話說完，任保良有些懵：

「嚴總，你要演戲呀？」

嚴格：

「不是演戲，是演生活。」

任保良一愣，接著笑了：

「生活還用演，街上不都是？」

嚴格：

「一下沒過好，可不得重演？」

接著一五一十，給任保良講了這段沒過好的生活的來龍去脈。嚴格遇事背別人，背那些大胖子，背老婆，但不背任保良這種人。原來，嚴格一直與當今一位走紅的女歌星好，這歌星整天唱的，皆是歌頌祖國和母親的歌。歌頌多了，祖國和母親沒噁心，她自個兒患了厭食症。其實患厭食症也是假的，祖國和母親歌頌多了，唱者無心，聽眾和觀眾，對祖國、母親和她，都一塊噁心了；她也是藉這種方式，轉移一下視線；藉這個轉移，自個兒也變一下路子；祖國、母親，也讓她噁心了；換句話，純粹為了炒作。這天嚴格去她家裡看她，不是為了祖國和母親，僅僅為了他們兩個人。兩人該辦的事辦了，嚴格走時，她戴一墨鏡，把嚴格送到樓下。樓下有一條小胡同，胡同裡有釘皮鞋的，烤羊肉串的，修自行車的，崩爆米花的，賣煮玉米的，賣烤紅薯的，一派人間煙火。兩人分手之前，女歌星到烤紅薯的爐子前，買了一塊烤紅薯。正好一個小報記者在對面小鋪吃雜碎湯，看到這歌星，大吃一驚，順手拍了一張照片。這照片別人拍到沒啥，被記者拍到，第二天就上了報紙，占了半個版。照片有兩張，一張是街頭全景，熙熙攘攘的人，各種做生意的攤子；全景圖片右上角，疊一張特寫，烤紅薯的爐子前，女歌星握著一塊紅薯，在往嘴裡塞。圖片下的標題是：厭食症也是炒作？這事登報沒啥，說是炒作也沒啥，這事本身就是炒作，正著炒反著炒一樣；問題是，歌星肩右，露出一嚴格的人頭。圖片上的嚴格，條瘦，倒像得了厭食症。嚴格對上報並不介意，他把自己的照片，整天掛在四環路的廣告牌上；但報上不是他一個人，旁邊還有女歌星，問題就大了；雖然他把照片掛在四環路邊，世上沒幾個人能認出嚴格；問題是，嚴格的老婆瞿莉認識嚴格，瞿莉早就懷疑嚴格外邊有人，現在報上登了這個，懷疑不就照進現實了嗎？瞿莉上個禮拜去上海走娘家，下午就回北京。一下飛機，就會看到這報紙。瞿莉的頭髮沒做好，就能跟美髮店吵翻，現在看嚴格跟一個女人在一起，又上了報紙，怕是要拿刀子殺人。瞿莉還有一個習慣，動刀之前，愛搞追查；這個追查的過程，比殺人本身還可怕。照此推論，瞿莉看到報紙，便會去現場調查。為了矇騙老婆，嚴格想把現場重新布置一遍，把昨天的生活重演一遍；待瞿莉調查時，眾人皆說嚴格和歌星不是一起來的，把必然說成偶然，把兩個關係親密的人，說成互不認識；說不定能將案子翻過來，躲過這一劫。街頭現場有十幾個攤位，烤紅薯的，烤羊肉串的，釘皮鞋的，崩爆米花的……，嚴格都交代好了；就一個賣煮玉米的，安徽人，一說話就哆嗦，怕他露餡，得找一個人替他；演他，還得像他；像他的人，工地最多，就找任保良來了。一番話說完，把嚴格累著了，任保良也聽明白了。但任保良懷疑：

「她要是看不到這報紙呢？我們不白張羅了？」

嚴格：

「她看不到，別人也會告訴她；她身邊，都是大胖子。」

大胖子沒好人的理論，嚴格也對任保良說過，任保良能聽懂。但他又感嘆：

「多費勁呀，如是我，早跟她離了，一了百了。」

嚴格瞪了任保良一眼：

「事情沒你想得那麼簡單。如能離，我早離了。」又說：「電視上，每天不都在演戲？一個人去視察，周圍都得布置成假的，和對付我老婆一樣。各人有各人的難處。」

任保良明白了，這戲是非演不可了；但他搔頭：

「可要說裝假，你算找錯了地方。工地幾百號人，從娘肚子裡爬出來，真的還顧不住，來不及裝假。」

嚴格的手機響了，但他看了看螢幕，沒接，端詳任保良：

「我看你就行。」

任保良跳了起來，似受了多大的委屈：

「我咋給你這印象？剝了皮，世上最老實的是我。」

這時話開始拐彎：

「嚴總，咱說點正事，工程款拖了大半年了，該打了；材料費還好說，工人的工資，也半年沒發了，老鬧事。」

用手比劃著：

「一個月不出，我的車胎，被扎過五回。」

任保良有一輛二手「桑塔納」。嚴格止住他：

「我說的也是正事。我要被老婆砍死了，你到哪兒要錢呢？」

任保良一怔，正要說什麼，小院的門被「匡當」一聲撞開，劉躍進進來了。進來也不看人，也不說話，徑直走到那棵棗樹下，從腰裡掏出一根繩子，往棗樹上搭。任保良和嚴格都吃了一驚。任保良喝道：

「劉躍進，你要幹嘛？」

劉躍進把脖子往繩圈裡套：

「幹了半年，拿不著工錢，妻離子散，沒法活了。」

原來，劉躍進剛送走韓勝利。這次韓勝利沒白來，劉躍進從食堂菜金裡，給他擠出二百塊錢；這二百塊錢的窟窿，還待劉躍進到菜市場去補；雖說是菜金，其實這二百塊錢，早被劉躍進從菜市場找補回來了，只是不想還債，才找出這麼個說法。但韓勝利不同往常，臨走時說，剩下的三千四百塊錢，只給兩天時間；兩天再不還，就動刀子。看他的神色，不像開玩笑。目前劉躍進身上，倒是還有三千多塊錢；但這點錢，以備不時之用，一般不敢動；身上少了五千塊錢，劉躍進心裡就不踏實。韓勝利走後，劉躍進正兀自犯愁，兒子劉鵬舉又從河南老家打來電話，說學校的學費，兩千七百六十塊五毛三，不能再拖了；也是兩天，如果交不上去，他就被學校趕出來了。欠人錢，兒子又催錢，任保良欠他錢，三方擠得，劉躍進只好找任保良要帳。兒子正好來了電話，也是個藉口。他也知道，任保良手頭也緊，想讓任保良還錢，就不能用平常手段。上個月，安徽的老張，家裡有事，辭工要走，任保良不給工錢；老張爬到塔吊上要往下跳，圍攏了幾百人往上看。消防隊來了，警察也來了。任保良在下邊喊：

「老張，下來吧，知道你了。」

老張下來，任保良就把工錢給了老張。劉躍進也想效仿老張，把工錢要回來。劉躍進本不想這麼做，跟任保良，也是十幾年的老朋友了；但因為工地食堂買菜的事，兩人已撕破了臉；加上被事情擠著，也就顧不得許多。但劉躍進用這種方式刁難自己，還是出乎任保良意料。任保良馬上急了：

「劉躍進，你胡唚個啥？你妻離子散，挨得著我嗎？你老婆跟人跑，是六年前的事。」

又指嚴格：

「知道這誰嗎？這就是嚴總。北京半個城的房子，都是他蓋的。你給我打工，我給他打工。」

又抖著手對嚴格說：

「嚴總，你都看到了，不趕緊打錢行不行？見天，都是這麼過的。」

嚴格倒一直沒說話，看他倆鬥嘴；這時輕輕拍著巴掌：

「演得太好了。」

又問任保良：

「是你安排的吧？你還說你不會演戲，都能當導演了。」

任保良氣得把手裡的盒飯摔了，栗子雞撒了一地：

「嚴總，你要這麼說，我也上吊！」

又指指遠處已蓋到六十多層的樓殼子，上去踹劉躍進：

「想死，該從那上邊往下跳哇！」

嚴格這時攔住任保良，指指劉躍進，斷然說：

「人不用找了，就是他！」

第六章 瞿 莉

這天下午，劉躍進穿著另一個人的衣服，裝扮成另一個人，蹲在十字街頭轉角處賣煮玉米。另一個人劉躍進沒有見過，嚴格告訴他，是個安徽人，高矮、胖瘦、臉上的黑，跟劉躍進差不多。其實模樣有些差別也沒啥，所有的裝扮為了哄騙一個人，為了對應一張照片，無人能分清照片上一個賣玉米的和另一個賣玉米者的細部；照片上，這個賣玉米的全身，只有豆粒大小，大體差不多就行了。何況，在這齣戲裡，這個賣玉米的並不是主角；主角是賣紅薯的，和挨著賣紅薯的那個賣羊肉串的。嚴格的老婆瞿莉如來現場調查，盤問他們的可能性最大。賣玉米的只是照貓畫虎，以防萬一。劉躍進平生第一次裝扮別人，為了裝扮這個人，嚴格付給劉躍進五百塊錢。劉躍進接過錢，馬上入了戲，他問嚴格：

「你說那人是安徽人，我是河南人，一張口，說話穿幫了咋辦？」

嚴格一愣，覺得劉躍進說得有道理，這一點他沒想到；再一想，覺得劉躍進說得沒道理。人在照片上不會說話，這人是安徽人只有嚴格知道；待戲開場，瞿莉並不知道這人的來歷；嚴格又鬆了一口氣，對劉躍進說：

「你該說河南話，還說河南話，關鍵是不要緊張。」

又交代：

「不是主角，也不能掉以輕心；我老婆像黃鼠狼，有時候專咬病鴨子；不然我也不會把安徽人換下來。」

劉躍進點點頭，撇下安徽人，又問另一個問題，指指報紙上的圖片，又戳戳報紙背後：

「給人找這麼大麻煩，照相的圖啥呢？錢？」

嚴格嘆口氣：

「錢後頭，藏著一個字：恨。恨別人比自個兒過得好。」

劉躍進點點頭，明白了。圖片的遠景，有一新蓋的綜合商城；嚴格指著商城的樓頂：

「該在這兒埋個狙擊手，『蹦』的一聲，他腦袋就沒了。」

劉躍進還有一個問題。這個問題，和任保良提出的問題一樣，嚴格這麼大的老闆，出了這事，咋就不能敢做敢當呢？與一女的好了，還就好了；老婆知道了，也就知道了；和老婆離婚，跟那個唱歌的結婚不就完了？再也不用偷偷摸摸了；幹嘛還費這麼大的勁，把生活重演一遍，去瞞哄老婆呢？在這一點上，嚴格還不如河南洛水「太平洋釀造公司」那個造假酒的李更生。李更生搶了劉躍進的老婆，倒是敢作敢為。但這話劉躍進沒敢問，只是想著各人有各人的難處；這麼大老闆，原來也為老婆的事犯愁。由此，劉躍進對嚴格產生了一絲同情。或者，兩人有些同病相憐。說是同病也不對，但在害怕揭開世界的真相上，兩人倒是相同的。

嚴格交代劉躍進不要緊張，待穿上那安徽人的衣服，劉躍進倒沒感到緊張，只是感到不舒服。不舒服不是不舒服裝扮另一個人，而是這安徽人的衣服有味兒。一眼就能看出，這身衣服是從夜市的地攤上買的二手貨；這身衣服，也不知經了幾茬人；有些餿，又有些狐臭。不知是哪茬人，在這衣服上留下的痕跡。衣服雖有味，但這安徽人的玉米卻煮得不錯。一個大鋼精鍋，座在一蜂窩煤爐子上；劉躍進一出攤，馬上有人來買。而且能看出，都是回頭客。可見賣一玉米，也能賣出名堂。劉躍進又佩服這安徽人。嚴格說這人膽小，一說話就哆嗦；劉躍進卻覺得，這個哆嗦的人，做事倒認真。劉躍進想著，待哪天自個兒跟任保良鬧翻了，也來賣玉米。劉躍進接手攤子時，嚴格交代得很清楚：

「安徽人怎麼賣，你就怎麼賣，一切不要改樣。」

但劉躍進接手之後，馬上改了樣。別的樣子他沒改，只是改了玉米的價錢。煮好的甜玉米按穗賣，過去安徽人一穗玉米賣一塊錢，劉躍進接手之後，馬上改成了一塊一。劉躍進把在菜市場買菜的經驗，移植到了賣玉米上。一穗多出一毛錢，一百穗就多出十塊錢；不能替安徽人白忙活。有顧客掏錢時問：

「不是一塊嗎？今兒咋改一塊一了？」

劉躍進：

「咋兒懷柔下了一場冰雹，地裡的玉米全砸壞了，可不就一塊一了？」

人打量劉躍進：

「咋改人了？」

劉躍進：

「我弟昨兒晚喝大了，我是他表哥。」

但劉躍進埋頭賣了仨鐘頭玉米，嚴格的老婆瞿莉還沒露面，還沒來調查。看看天色，今天是不會來了。來不來，劉躍進倒不在意；五百塊錢的演出費已經掙到手了，鍋裡的玉米賣出一半，也有五六塊錢的賺頭；如果明天再演，明天再收演出費，明天再接著賺玉米的差價；就這麼天天演下去，劉躍進還發了呢。但劉躍進的夢想馬上破滅了。劉躍進正浮想聯翩，一輛「賓士」緩緩開來，停在路邊；從車裡下來一胖女人。車的另一側，下來嚴格。劉躍進知道，鑼鼓點敲響了，大幕拉開了，戲開場了。嚴格的老婆胖雖胖，但能看出，年輕的時候並不胖；現在雖然身子走了形，臉也走了形，但仍有八分顏色。她左手牽著一條狗，右手握著一張報紙。這張報紙，就是劉躍進看過的登著女歌星和嚴格的報紙。劉躍進抖了抖精神，做好了上台的準備。

瞿莉下午四點從上海飛到北京。本來兩點該到，但上海有雷陣雨，飛機晚起飛倆鐘頭。瞿莉到上海是走娘家。本來她與娘家關係不好。瞿莉小時，與父親關係好，與母親關係不好；母親脾氣暴躁，動不動就打她；瞿莉有一妹妹，母親對妹妹卻不一樣，罵是罵過，從無動過手；可見脾氣也分對誰。家裡分成兩黨：父黨與母黨。但父黨弱，家裡是母黨的天下。上海人戀家，但瞿莉考大學，毅然考到北京，就是為了擺脫上海的母黨。瞿莉與嚴格結婚第二年，瞿莉的父親死了；瞿莉從此不再回上海。回上海，也不回娘家。但近一年來，瞿莉開始走娘家，有時一月一走；連嚴格也不知道這變化從何而來，是瞿莉變了，還是她母親變了。但不管是誰，嚴格並不反對這變化；因瞿莉一走，北京就成了嚴格的天下，嚴格就可以放心約會女歌星和其他女人了。但嚴格不知道的是，瞿莉回上海，並不是為了走娘家，而是為了看心理醫生。瞿莉認為自己得了重度憂鬱症，只是背著嚴格沒說。瞿莉與嚴格結婚十二年了。頭五年，日子窮，兩人老鬧彆扭；那時瞿莉還文靜，與文靜的人鬧彆扭，皆是冷戰。五年後，日子富了，瞿莉變胖了，兩人再鬧，開始大吵大鬧。大吵大鬧五年，又不鬧了，又開始冷戰。這時的冷戰，就不同於過去的冷戰。冷戰中，瞿莉突然發現自己有病。有病不在身體，在心，似總在擔心什麼。既擔心嚴格變心，每天睡覺前，都偷偷到廁所檢查嚴格的內褲；又擔心自己；似又不是擔心他們兩人，而是擔心整個世界。周圍一發生變化，哪怕門口釘皮鞋的換了，或國家領導人變了，本來與她毫不相干，她都覺得世界亂了，全體不對勁。明顯是憂鬱症了。別人得憂鬱症，應該睡不著覺，應該憔悴和瘦，瞿莉倒天天睡不夠，越吃越胖。一煩心，就吃漢堡包。直到吃撐吃累，倒頭便睡著了。於是就看心理醫生。北京也有心理醫生，但上海人心眼小，得憂鬱症的更多，所以上海的心理醫生，又比北京高明；瞿莉還有一個想法，這憂鬱症雖得在現在，說不定和童年也有關係，和母親也有關係，在上海就地就醫，也接地氣；於是一個月一趟，飛上海看醫生。別人看心理醫生解開了心結，瞿莉越看心理醫生，心結結得越大。給瞿莉看心理的醫生是個男的，浙江奉化人，和蔣介石是同鄉；三十多歲，也說浙江官話；但他沒鬍子，髮型、手指的舞動，像個同性戀。但他看別人心理，倒是入木三分；一樁樁一件件，由表及裡，由淺入深，透過現象看本質，說得頭頭是道。但他一開始也沒說中，也是針對現象說現象，直到半年之後，盤問出瞿莉與嚴格結婚十二年，流過三次產，一個孩子也沒保住，一切才豁然開朗。這蔣介石的小老鄉，翹著梅花指，微微點頭，用浙江官話說，這就對了，一切根源都在流產；和她的童年和母親倒沒關係。她擔心的不是嚴格，也不是自己，也不是整個世界，而是孩子。檢查嚴格的褲頭，是怕他跟別人生孩子；又開始與嚴格冷戰，做一個頭髮，卻與周邊的美髮店吵了個遍，是在往外推卸責任；越吃越胖，是破罐子破摔。更進一步，根子也不在孩子，而是怕自己沒有孩子，將來的家產落到誰手裡。換句話說，是錢。原因找到了，醫生豁然開朗了，瞿莉本也該開朗，但她沒開朗，反倒更憂鬱了。因為這根源她無法解決。本來對世界還沒有那麼擔心，現在反倒更加擔心了。本來擔心的是整個世界，經過醫生的幫助，倒漸漸落到了嚴格一個人身上。嚴格在外的一舉一動，一言一行，她都比以前留意。她也知道這種擔心和留意會使事情適得其反，也許她要的就是適得其反；想用適得其反，用爆發，用一個惡劣的最壞的結果，用殺人，用血流成河，來證明錯不在自己，把責任都推到對方和世界身上。過去擔心嚴格在外邊有人，現在嚴格在外邊沒人，她倒不放心；也許，嚴格在外邊搞得越多越好；越多，越能讓她的願望早日實現。她這次去上海，本不是為看病，就是一個習慣；昨天，她北京的一個閨中密友，打電話告訴她，嚴格與女歌星的照片上了報紙。這閨中密友也是個富人的老婆，大胖子，密友感慨之下，有些興奮，又讓瞿莉看清了這密友的真面目。也是時刻盼著身邊朋友倒楣的人。也是心裡有病。但閨中密友不知道的是，瞿莉聽到這消息，並沒有沮喪，而是像密友一樣興奮；就像戰馬聞到了戰場和血的氣息，渾身的血液，立即沸騰起來。但她在電話裡，又故作沮喪的樣子，也讓閨中密友上了一當。可她準備引而不發，她要消受這苦膽和毒汁；火山積得越久，噴發出的火焰越壯觀。她從首都機場下了飛機，嚴格來接她，手裡拿著一張報紙，她知道嚴格是在欲蓋彌彰，搶占這事的先機。待上了車，瞿莉抱上狗，嚴格打開報紙，讓她看照片。接著解釋：

「你愛信不信，當時我買紅薯時，都沒留意她是誰。」

意圖這麼明顯，倒把瞿莉的火拱上來了。本不想上閨中密友的當，這時又上當了；本想引而不發，突然又發了。她說：

「你緊張什麼？我到現場問一問，不就清楚了？」

嚴格：

「昨兒的事兒了，誰還記得？」

瞿莉不理，讓司機徑直去照片上的街頭。但她這樣做，正好也上了嚴格的當。嚴格不是欲蓋彌彰，而是欲擒故縱；他盼的就是瞿莉去現場；瞿莉過去也去過別的現場，讓他提心吊膽；但這次與過去不同，這次經過周密布置，他擔心他的戲白導了；他不是借此否定這一件事，而想借此否定整個瞿莉。嚴格也入戲了，裝作不情願的樣子：

「你愛看不看。」

隨瞿莉一塊來到了昨天的街頭。

劉躍進本來不緊張，看到瞿莉和嚴格下車，演出要開始了，劉躍進突然又有些緊張。畢竟過去沒演過戲，更沒演過生活。演生活，原來比演戲還難。讓劉躍進感到緊張的還有，他整天跟工地的民工在一起，大家都是下層人，說的是同樣的話，幹的是同樣的事，沒跟嚴格瞿莉這些有錢人打過交道，不知道他們整天幹些啥，遇事會說啥話，自己這戲該怎麼接。瞿莉牽著狗，並沒有急著上去調查，而是由著狗的性兒，隨意在街角各個攤子前蹓躂。嚴格倒有些不耐煩，催她：

「不信，你問賣烤紅薯的。」

瞿莉沒去問烤紅薯的，倒在其他攤前繼續蹓躂。但她恰好又上了嚴格的當。瞿莉蹓躂回劉躍進的鋼精鍋前，劉躍進像安徽人一樣，渾身開始哆嗦。瞿莉看劉躍進哆嗦，便停在劉躍進攤前，攤開報紙問：

「師傅，昨兒看到這歌星了嗎？」

劉躍進說不出話來，哆嗦著點點頭。瞿莉好像很隨意地：

「她幾個人來的？」

劉躍進磕巴：

「倆。」

嚴格在瞿莉身後，嚇得臉都綠了。瞿莉：

「那個人是誰？」

劉躍進：

「她媽。」

瞿莉一愣：

「你咋知道是她媽？」

劉躍進：

「我聽她說，『媽，你先吃玉米，我去買塊紅薯。』」

瞿莉鬆了口氣。嚴格在瞿莉身後，也鬆了口氣，悄悄給劉躍進翹大拇哥。看似一個民工，還真能演戲。瞿莉問完劉躍進，不再問別人；就是問別人，有這良好的開端，嚴格也不怕；瞿莉牽著狗，轉身回到賓士車旁。嚴格也跟了過來，似受了多大委屈，率先上了車，「砰」地一聲，關上自己一側的車門。這時瞿莉對司機說：

「等一下，我也買根玉米。」

牽著狗，又回到劉躍進攤前。問：

「玉米多少錢一根？」

劉躍進這時不緊張了，還為剛才的緊張有些懊惱；原來演出這麼容易。這時開始放鬆，真成了一個賣玉米的：

「一塊一。」

瞿莉扒拉著鍋裡的玉米，又似隨意問：

「這歌星，是昨天上午來的，還是下午來的？」

這一問把劉躍進問懵了。沒有台詞提示，劉躍進只好隨機應變，順口答道：

「上午，我剛出攤。」

瞿莉點點頭，笑了。劉躍進以為自己又演對了，也笑了。瞿莉挑了一穗玉米，掏出兩塊錢，遞給劉躍進：

「不用找了。」

牽著狗，又回到車旁。劉躍進以為演出圓滿結束了，嚴格在車上也以為演出圓滿成功了；賓士車在街上疾駛，瞿莉一直在埋頭啃玉米。嚴格還有些得理不饒人：

「人家報上說的是吃飯不吃飯的事，你都能往男女關係上想，心術能叫正嗎？」

又說：

「下次再這麼疑神疑鬼，我真跟你沒完。」

沒想到瞿莉猛地抬頭，將手裡的玉米，摔到嚴格臉上，把嚴格的眼鏡也摔掉了；腳下的狗也嚇了一跳，仰起脖子，「汪汪」叫起來。嚴格急了：

「幹什麼，無理取鬧是不？」

瞿莉這時滿含淚水，指著報紙：

「嚴格，下次你要騙人，還要仔細些。賣玉米的說是上午，看看你們身後的鐘錶！」

嚴格從腳底下摸到眼鏡，戴上，看報，原來，全景圖片上，遠處那座綜合性商城，商城樓頂的犄角上，豎著一電子鐘；雖然有些模糊，但能看清數位：17：03：56。嚴格傻了。

第七章 馬曼麗 楊玉環

馬曼麗是「曼麗髮廊」的老闆娘。「曼麗髮廊」與劉躍進的建築工地隔一條胡同；在胡同轉角處，亮著轉燈。髮廊有十五平米大小，分裡外兩間。馬曼麗既是老闆娘，又給人剪頭；僱了一個小工叫楊玉環，山西運城人，洗頭打雜，也兼去裡間按摩。店小，設備簡陋，來「曼麗髮廊」剃頭按摩的，皆是附近工地的民工和集貿市場賣菜的。店小，價錢也便宜。別處美容店，理髮二十元，乾洗十元；這裡理髮五元，乾洗五元，到裡間按摩，二十八元；按摩中，再提出別的服務，也過不了百。但別的服務，楊玉環幹，馬曼麗不幹；掙下錢，馬曼麗和楊玉環三七分成。一天下來，小工楊玉環，比老闆馬曼麗掙得還多。錢掙得多沒啥，楊玉環覺得是她撐起了這個門面，言談話語之中，並不把馬曼麗放到眼裡；好像楊玉環是老闆，馬曼麗是僱工。有時到了中午，楊玉環明明閒著，在嗑瓜子，也不動手洗菜做飯，反倒等馬曼麗剪過頭，做飯給她吃。兩人常為此鬥嘴。但鬥來鬥去，沒個結果，就是髮廊裡多了一份熱鬧。

馬曼麗今年三十二歲，遼寧葫蘆島人。東北女人易滿胸，但馬曼麗例外，前邊有些虧。但這虧，世上只有幾個人知道；平日馬曼麗戴一大鋼罩，仍是滿的。知道者，一個是她的前夫；她前夫叫趙小軍；兩人離婚時，老趙還說：

「你是女的嗎？你男扮女裝。」

另一個知道者，是她女兒。馬曼麗有個女兒六歲了，馬曼麗來北京，把她留在了葫蘆島老家，由她媽帶著。女兒小時吃她的奶，奶不足，老哭。還有一個知道者，就是劉躍進。那天夜裡一點，髮廊打烊了，楊玉環被她男朋友用摩托接走了；店裡就剩馬曼麗一個人。馬曼麗這天身上不方便，去裡間換紙，順便換了睡衣；因是一個人，馬上就要關門了，就沒戴鋼罩；從裡間轉出來，劉躍進突然闖進店裡。看馬曼麗變了樣，劉躍進吃了一驚，馬曼麗也吃了一驚，馬曼麗惱怒地叫道：

「撞啥，看你娘啊？」

劉躍進空閒下來，固定的去處，就是「曼麗髮廊」。從建築工地到「曼麗髮廊」，穿胡同走過來，也就七八分鐘的路程。來「曼麗髮廊」不為理髮，也不為按摩，就坐在髮廊凳子上，蹺著腿解悶。也不是為了解悶，是為了看人；也不是為了看人，是為了聽聽女聲。工地幾百號人，全是男的。任保良的外甥女葉靚穎倒是女的，但一個二百斤出頭的人丫頭，不用聽，看著就夠。按說聽聲別的地方也能聽到，街上，商場裡，或地鐵裡。在認識馬曼麗之前，劉躍進空閒下來，喜歡坐在地鐵口，夏天涼快，冬天暖和；不是圖涼快和暖和，是為了看人；不是為了看人，是為了聽聲。一天忙完，聽會兒女聲，心裡也安穩和平靜許多。但馬曼麗的說話聲，又與別的女人不同。馬曼麗胸平，說話的聲音也有些沙啞，乍一聽真像男的；但這沙啞不是那沙啞，不是嘶啞的沙，而是西瓜瓤的沙，聽上去更有磁性；比正常的女聲，還撩人的心。除了聽聲，劉躍進到這裡來，還有一個原因。六年前，劉躍進的老婆黃曉慶被老家那個賣假酒的李更生搶去，劉躍進一開始不明白，李更生為啥喜歡黃曉慶，最後問明白了，喜歡她的腰，一把能掐過來；現在馬曼麗的腰也細，也一把能掐過來。胸平的人，一般腰壯；但馬曼麗胸平，卻是螞蜂腰。弄了半天，為了一個腰。這時劉躍進又感嘆，真是走了的馬大，死了的妻賢；和黃曉慶在一起生活了十三年，沒覺出她的好；被人搶去了，六年之後，倒想著她的腰。馬曼麗還有一處與黃曉慶相似，眼細。但也有不同於黃曉慶處，黃曉慶臉黃，馬曼麗臉白；黃曉慶平日不愛說話，馬曼麗的嘴，得理不讓人。漸漸，劉躍進三天不見馬曼麗，像缺了點什麼。一次他對馬曼麗說：

「你說，這能不能就叫愛情？」

馬曼麗瞪了他一眼，朝地上啐了一口唾沫：

「你也想過你娘，能叫愛情？」

劉躍進兀自感嘆：

「光棍打了六年了，連個情人也沒混上。」

馬曼麗指著牆角：

「那不，那兒，自個兒解決。」

劉躍進一笑，不答。劉躍進自離了婚，真是六年沒接觸過女人。有時也想找「雞」，但又心疼錢；真像馬曼麗說的，那事，全靠自己解決。但越是這樣，越要聽些女聲。趕上工地食堂賣肉，劉躍進去「曼麗髮廊」時，會用塑膠袋包半斤豬脖子肉，掖到腰裡，給馬曼麗帶去。有時也帶半塑膠袋雞脖子。馬曼麗忙著，劉躍進在旁邊坐著踢腿，馬曼麗也支使劉躍進：

「別乾坐著，有點眼色。」

劉躍進便起身，拿起掃帚和簸箕，去掃地上的頭髮渣。劉躍進隔三差五來，馬曼麗倒不煩他，但小工楊玉環討厭劉躍進。因一個男的老在髮廊坐著，耽誤她按摩的生意。有男的往髮廊探頭，本來想按摩，見一男的在裡邊坐著，轉身又走了。劉躍進也覺出自己有些礙眼，但又不能不來，人往髮廊探頭，劉躍進主動說：

「沒事，街坊。」

劉躍進說沒事，那人還是轉頭走了。一見劉躍進進門，楊玉環就摔摔打打，給他臉子。楊玉環在山西運城叫楊趕妮，到北京後，改過幾次名，叫楊冰冰，叫楊靜雯，叫楊宇春，最後總覺那些名小氣，乾脆叫楊玉環。楊玉環來北京時，是個瘦猴；一年下來，吃成了一個肉球。因骨架子小，看上去雖無工地任保良外甥女胖，但身上的肉紋，都開裂著。這時又想減肥。但一個人吃胖易，想再減下來，就難了。大家都說她胖；也正因為這胖，倒能招攬按摩的生意；劉躍進知她想減肥，每次見她都說：

「玉環，又瘦了。」

為了一個「瘦」字，楊玉環才容忍劉躍進到「曼麗髮廊」來。

馬曼麗三年前與丈夫趙小軍離婚。老趙是幹什麼的，劉躍進不知道；問過馬曼麗，馬曼麗也不說。劉躍進在髮廊見過老趙幾面，每次見到他，老趙都滿頭大汗，穿一身西服，像是跑小買賣的。老趙每次來髮廊，沒有別的事，就是要帳。聽他們吵架，兩人雖然離了婚，還有三萬塊錢的糾葛。這錢也不是馬曼麗欠的，是她弟弟借老趙的；她弟弟不知跑到哪裡去了，老趙找不著她弟，便來找馬曼麗。馬曼麗不認這帳，兩人便吵。一次，劉躍進來「曼麗髮廊」，老趙又來了；這次兩人沒吵，打起來了。理髮台前的鏡子，都讓打碎了。馬曼麗被打出了鼻血，糊了一臉。劉躍進忙上前拉架，那老趙撇下馬曼麗，竟衝劉躍進來了：

「鹽裡有你，醋裡有你？錢你還呀？」

劉躍進勸：

「都出血了，有話好說，別動手哇。」

那老趙：

「今天不說個小雞來叨米，我讓它白刀子進去，紅刀子出來！」

又要上去打馬曼麗。劉躍進看馬曼麗一臉血，一時衝動，竟拉開自個兒身上的腰包，從裡面掏出一千塊錢，先替馬曼麗還了個零頭。那老趙接過錢，罵罵咧咧走了。他走後，劉躍進還說：

「婚都離了，還找後帳，算啥人呀。」

但到了第二天，劉躍進就開始後悔。後悔不是後悔勸架，而是自個兒往裡邊填錢。鹽裡沒他，醋裡沒他，人家以前是夫妻，這架吵的，說起來也算家務事，自己裹到裡邊算什麼？如果和馬曼麗有一腿，這錢填得也值；直到如今，嘴都沒親一個，充啥假仗義？這不是充仗義，是充冤大頭。第二天晚上，劉躍進又到「曼麗髮廊」來，話裡話外，有讓馬曼麗還帳的意思。馬曼麗卻不認這帳：

「你有錢，願把錢給他；要帳找他，找不著我。」

劉躍進替人還帳，又沒落下人情，就更覺得冤了。好在錢不多。但一想起來，還是讓人心疼。倒是因為這錢，劉躍進再到髮廊來，多了一份理直氣壯。

扮過安徽人第二天，劉躍進又到「曼麗髮廊」來了。這回沒穿家常衣服，換了一身夜市地攤上買來的西服，西服鐵青色，打著領帶；腰裡繫一腰包。碰到喜事，劉躍進愛穿西服。本來劉躍進沒打算來「曼麗髮廊」，要去郵局給兒子寄錢；穿過胡同去郵局，正好路過「曼麗髮廊」，看看時間尚早，就順腳來坐坐。本來只是坐坐，想到給兒子寄錢，便想借兒子這個茬口，再給馬曼麗要帳。劉躍進進來時，楊玉環正倚著門框抹口紅。邊抹，邊看街上來來往往的人；看劉躍進進來，就像沒看見，連門檻上的腳都沒挪一下，劉躍進又覺出這山西丫頭缺家教；本想再說一聲她「瘦了」，賭氣沒說。髮廊裡，馬曼麗剛給一客人洗完頭，拉著滿頭流水的客人，到鏡前吹風。劉躍進見她正忙，看到桌上擱一大桃，覺得口渴，拿起這桃來吃。吃完，又覺鼻毛長了，抄起理髮台上一把剪子，對著鏡子剪鼻毛。等那客人吹完頭，交錢走人，劉躍進說：

「來跟你道聲別。」

馬曼麗倒吃了一驚：

「你要離開北京了？」

劉躍進搖頭：

「不是離開北京，是離開這個世界。」

馬曼麗更吃驚了。劉躍進接著說：

「昨兒兒子下通牒了，今天再不寄學費，他就離開我去找他媽。六年前，把他要到身邊費多大勁呀，現在說走就走了。這六年我是咋撐下來的？投奔他媽，不就等於投奔搶我老婆那人了？我倒沒什麼，大家會咋看？被這事逼的，我不想活了。」

這段苦難史，劉躍進跟馬曼麗說過，馬曼麗也知道。看劉躍進在那裡憤怒，一開始有些不信。劉躍進不管她信不信，繼續演著；對著鏡中的自己，似對著他的兒子：

「王八蛋，你還有點是非沒有？你媽是啥人？七年前就是個破鞋；你媽嫁的是啥人，是個賣假酒的，法院早該判了他！」

又自個兒哀憐自個兒：

「世上就不容老實人了？膽大的撐死，膽小的餓死。別把我逼到絕路上，逼到絕路上，我不自殺，我拿刀子找他們去，讓這對狗男女，白刀子進去，紅刀子出來！」

也是昨天剛演過一場大戲，演戲有了體味；今天演出，比昨天入戲還快，憤怒起來，真把自己氣得臉紅脖子粗。又說：

「給你說一聲，接著我就去火車站。」

馬曼麗上他當了，也跟著入了戲：

「就這點事兒呀，這也管不著動刀子呀。」

劉躍進對她嚷：

「學費三千多呢，一下交不上，你說咋辦？」

這一嚷，馬曼麗知道他在演戲，是變著法跟她要帳。馬曼麗：

「你可真行，為這點錢，拉這麼大架勢。」

也是不願與劉躍進囉嗦，也是覺得不該欠他這麼長時間，或是覺得劉躍進小氣，從抽屜拿出一把零票，五元十元不等，扔給劉躍進：

「以後別到這兒來了。」

劉躍進撿地上的錢，查了查，二百一。這時認真地說：

「誰拉架勢了？真事。」

第八章 青面獸楊志

劉躍進這兩天撞了大運。昨天在街角演了一場戲，得了五百塊錢；錢並不重要，重要的是通過這場演出，他還認識了嚴格；嚴格是任保良的老闆；以後任保良對他說話，怕也要換一種口氣；今天又在「曼麗髮廊」演一場戲，讓馬曼麗還了二百一；二百一也不重要，重要的是馬曼麗還帳開了頭；開了頭，就等於認下這帳。加上原來積攢的，劉躍進腰包裡，共有四千一。劉躍進在去郵局的路上，步子走得理直氣壯。街上滿是汽車排出的尾氣，劉躍進卻走得神清氣爽。兒子在電話裡說，學費是兩千七百六十塊五毛三，劉躍進不準備給他寄這麼多，只準備給他寄一千五；少寄錢並不是劉躍進還要留錢以備不時，而是擔心兒子在電話裡說的話有假；這個小王八蛋，也不是省油的燈；與他共事，也得走一步看一步。

郵局旁邊有一報攤。報攤上，堆掛著幾十種報刊。昨天那張有女歌星和嚴格照片的報紙，仍掛在顯眼的位置。許多人不買今天的報紙，仍買昨天那張。劉躍進從報攤路過，看大家認真在看這報，心頭不由一笑。因為大家只知其一，不知其二；大家都覺得報上說的事是真的，劉躍進昨天卻把它演成了假的；或者昨天的戲是假的，劉躍進把它演成了真的。看到大家在認真看報，劉躍進有世人皆醉我獨醒的感覺。

劉躍進上了郵局台階，突然又停了下來。因為他聽到了鄉音。在郵局轉角郵筒前，一個五十多歲的老頭，在拉著二胡賣唱。地上放一瓷碗，瓷碗裡扔著幾個鋼蹦。藝人賣唱沒啥，但這賣唱的老頭是河南人，正在用河南腔，唱流行歌曲「愛的奉獻」；二胡走調，老頭的腔也走調，「吱吱哽哽」，像殺豬，劉躍進就聽不下去了。如果平日遇到這事，劉躍進也許沒心思管；但昨天今天，連演兩場大戲，皆旗開得勝，心氣正旺，這閒事就非管不可了。管閒事也分說得起話說不起話；遇上比自己強的人，這閒事管不得；遇上比自己差的人，才敢挺身而出。劉躍進雖是一工地的廚子，但自覺比一個街頭賣唱的，身分還高出半頭。加上賣唱的是河南人，也是怯生不怯熟，劉躍進折回頭，下了台階，走到郵筒前。老頭閉著眼還在唱，劉躍進當頭斷喝：

「停，停，說你呢！」

老頭正唱得入神，被劉躍進嚇了一跳。他以為碰到了城管的人，忙停下二胡，睜開眼睛。待睜開眼睛，看到劉躍進沒穿城管的制服，不該管他，立馬有些不高興：

「咋了？」

劉躍進：

「你唱的這叫個啥？」

老頭一愣：

「『愛的奉獻』呀。」

劉躍進：

「河南人吧？」

老頭梗著脖子：

「河南人惹誰了？」

劉躍進：

「惹了。你自個兒聽聽，你奉獻的哪一句是不跑調的？丟你自個兒的人事小，丟了全河南的人，事兒就大了。」

老頭還不服氣：

「你誰呀，用你管？」

劉躍進指指遠處的建築工地：

「看見沒有？那棟樓，就是我蓋的。」

劉躍進這話說得有些大，但大而籠統；遠處有好幾幢CBD建築，都蓋到一半；其中一幢，雖不能說是劉躍進蓋的，但是劉躍進那建築隊蓋的；正因為籠統，你可以理解劉躍進是工地的老闆，也可以理解劉躍進是一民工；但劉躍進兩者都不是，就是工地一廚子；但一廚子，也可以模稜兩可這麼說。但劉躍進話的語氣，唬住了老頭。老頭看劉躍進一身西服，打著領帶，以為他是工地的老闆。也是見了比自己強的人，賣唱的老頭有些氣餒：

「我在家是唱河南墜子的。」

劉躍進：

「那就老老實實唱墜子。」

老頭委屈地：

「唱過，沒人聽。」

劉躍進從腰包裡掏出一個鋼蹦，扔到地上瓷碗裡：

「我聽。」

老頭看看在瓷碗裡滾著的鋼蹦，又看看劉躍進，調了調弦子，改弦更張，開始唱河南墜子。這回唱的是「王二姐思夫」。唱「愛的奉獻」時走調，唱起「王二姐思夫」，倒唱得字正腔圓。他唱「愛的奉獻」時沒人聽，現在唱「王二姐思夫」，倒圍攏上來一些人。人圍攏上來不是要聽河南墜子，而是覺得兩個河南人鬥嘴有些好玩。老頭見圍攏的人多，以為是來聽他唱曲兒，也起了勁，閉著眼睛，仰著脖子，吼起王二姐的心事，脖子上的青筋都暴出來了。劉躍進見自個兒糾正了世界上一個錯誤，也有些自得，左右環顧，打量著眾人。報攤前人堆裡，一直站著一個人，在翻看報紙，見這邊喧鬧，也仰臉往這邊看；劉躍進的目光，正好與他的目光碰上；那人也覺得這事有些好玩，對劉躍進一笑；劉躍進也會意地對他一笑。那人扔下報紙，也跟人圍攏過來聽曲兒，站在劉躍進身後。老頭唱的是啥，王二姐說的全是河南土話，大家並沒聽懂；但這「王二姐思夫」，劉躍進過去在村裡聽過，自個兒倒入了戲，閉上眼睛，隨著曲調搖頭晃腦。突然，劉躍進覺得腰間一動，並無在意；想想不對，睜開眼睛，用手摸腰，原來繫在腰裡的腰包，已被身後那人，割斷繫帶搶走了。急忙找這人，這人已鑽出人圈，跑出一箭之地。由於事情太過倉促，劉躍進的第一反應是大喊：

「有賊！」

待醒過來，才想起自己有腿，慌忙去追那人。那人一看就是慣偷，並不順著大街直跑，而是竄過郵局後身，鑽進一賣服裝的集貿市場。這集貿市場是一服裝批發站，雖在一條小巷子裡，賣的全是世界名牌，但沒有一件是真的，圖的是個便宜；所以生意特別紅火。提大包小包的，還有許多俄羅斯人。待劉躍進追進集貿市場，賣服裝的攤挨攤，買服裝的人擠人，那人早鑽到人堆裡不見了。

由於事情太過倉促，劉躍進竟忘了那人的模樣，只記得他左臉上有一塊青痣，呈杏花狀。

第九章　老蘭　賈主任

嚴格除了瘦，眼下基本吃素。這也是他瘦的一個原因。嚴格從湖南農村出來，小的時候，家裡沒錢買菜，炒一鍋辣椒，就著米飯，一家人能吃三天，嘴裡圖個辣；或連辣椒都沒得炒，就些醬或醃菜疙瘩，飯上圖個鹹。等大學畢業，到結婚，嚴格一直在不同的公司跳槽，沒掙多少錢；加上老家還有父母兄弟需要接濟，日子並不寬裕；這時吃菜，以蘿蔔白菜為主。後來富了，開始拚命吃肉，接著吃海鮮。有一段時間，嚴格迷上了魚翅撈飯，中午吃，晚上也吃；請客時吃，一個人也跑到飯店吃。吃了三年，終於吃頂了；這時才知道，吃過的魚翅，大部分是假的，海裡沒那麼多鯊魚；開始還原成蘿蔔小白菜。轉了一圈，又轉回來了。有一段吃胖了，又瘦了下來。有時到任保良工地去，愛吃劉躍進做的蘿蔔燉白菜，是因為劉躍進燉的蘿蔔白菜，既不同於嚴格窮時吃的蘿蔔白菜，也不同於現在嚴格家廚子燉的蘿蔔白菜。窮時的蘿蔔白菜天天非吃不可，沒吃出個滋味；現在家裡的蘿蔔白菜又做得太精緻，用小鍋吊著，下邊點著火，像個擺設；惟有工地食堂的蘿蔔白菜，大鍋熬出來的，蘿蔔白菜眾多，燉得擁擠，燉得比別處滾熱，燉得比別處稀爛，有一種混合和眾人的味道；就兩個熱騰騰的大鍋饅頭，或泡著米飯，不但吃舒服了胃，也吃暢快了心。但賈主任的辦公室主任老藺，仍是食肉動物，不吃蘿蔔白菜，吃肉，吃螃蟹，吃龍蝦，吃海參，吃鮑魚，吃魚翅撈飯。嚴格每次請他吃飯，仍得去有肉或有海鮮的地方。看來這老藺，還沒過那個階段呀。今天兩人約飯，兩人倒沒吃海鮮，老藺說中午剛吃過，於是去了火鍋城。火鍋主要也是涮肉。等火鍋上來，老藺涮肉，嚴格涮菜。

嚴格跟老藺認識六年了。老藺今年三十八歲，七年前給賈主任當祕書，後來成了賈主任的辦公室主任。老藺是膠東人，山東出大漢，但老藺例外，小骨頭架，矮；一看小時也是窮孩子，也跟嚴格一樣，瘦過，現在吃肉吃得，渾身滾圓；但他胖臉不胖身，臉還是小臉，刀條；加上骨頭架小，倒也看不出胖來。山東人說話聲高，老藺又是個例外，說話聲低，不仔細聽，會漏掉句子；好在他說話慢，每說一句話，都想半天，才給你留下聽的餘地。老藺近視，戴一深度白眼鏡。每看到老藺，嚴格想起他小時候的一位中國領導人，張春橋。張春橋也是膠東人，身處高位，不苟言笑；從他的文章看，也算一個有理想的人，後來死在了監獄。由於嚴格跟賈主任是老相識，老藺是後來者，老藺對嚴格倒客氣。但嚴格見識過老藺的厲害。一次兩人正吃魚翅撈飯，或者老藺在吃，嚴格陪著吃菜；談笑間，老藺接到一個電話，是賈主任下邊一位局長，不知怎麼說擰了，老藺突然變了語速和音調，語速像打機關槍，聲音震得房間的玻璃響；不知電話那頭的局長怎麼樣，反正把嚴格嚇了一跳。讓嚴格知道了老藺的另一面，原來他不是張春橋。

嚴格十五年前遇到了賈主任。嚴格認識他時，他還不是主任，是國家機關一位處長。當時嚴格在一家公司當部門經理。本來嚴格跟賈處長不認識，同時參加另一個朋友的飯局，相遇到一起。那天晚上，吃飯的人多，有十幾個人；人多，吃飯就無正事；酒過三巡，大家開始說黃色笑話。說一段，笑一段。眾人笑語歡聲，惟一位賈處長低頭不語。人問他原因，賈處長嘆道：羨慕你們這些老總呀；在國家機關工作，就一點死工資，太清貧了。大家覺得這感嘆不叫真理，叫常識，無人在意，繼續喝酒說笑。嚴格卻覺得這賈處長另有心事。正好兩人座位挨著，嚴格又打問，賈處長才說，他母親得了肝癌，住院開刀，缺八萬塊錢，沒張羅處，所以犯愁；今天本無心思來吃酒，也是想跟有錢的朋友借錢，才勉強來了；看大家都在說笑，一時不好開口，所以感嘆。嚴格問過這話，便有些後悔，不知接下去該如何回答。人家沒說跟嚴格借錢，但也把他的心思說了；就是想借，嚴格當時也在公司當差，拿的也是薪水，手裡並無這麼多錢；加上初次相見，並不熟絡；於是不尷不尬，沒了下文。酒席散了，嚴格就把這事忘了。待第二天在公司整理名片，整理到昨日的賈處長，嚴格吃了一驚。昨日只知他是國家機關一個處長，沒留意他的單位，今天細看名片，雖然是個處長，卻待在中國經濟的心臟部門。嚴格心中不由一動，似乎預感到什麼。忙放下手中的名片，打車去了通縣，過通縣再往東，就到了河北三河。嚴格有個大學同學叫戴英俊，河北三河人，上大學的時候，兩人同宿舍。大二的時候，戴英俊因為失戀，幾次自殺未遂；他爹把他領回三河，大學也不上了。誰知因禍得福，他和他爹辦了個紙業廠，但並不生產紙，生產衛生巾，幾年就發了。待嚴格大學畢業，兩人也見過幾面，戴英俊吃得肥頭大耳，眼睛擠得像綠豆；一張口，滿嘴髒話；嚴格知道，這時的戴英俊，已不是大學時為愛殉情的戴英俊了。戴英俊見嚴格來了，一開始很高興，接著聽說要借錢，臉馬上拉下來了：

「我靠，咋那麼多人找我借錢呢？我的錢，也不是大風颳來的。一片片衛生巾賣出去，讓人把血流上去，不容易。」

嚴格：

「一般的事，我不找你，我爹住院了。」

聽說是同學的爹住院，戴英俊才沒退處，罵罵咧咧，找來會計，給了嚴格八萬塊錢。嚴格拿著錢，折回北京，去了這個國家機關。到了機關門口，給賈處長打電話，說今天路過這裡，順便看看他。賈處長從辦公樓出來，讓嚴格進機關，嚴格說還有別的事，接著把報紙包著的八萬塊錢，遞給了賈處長。賈處長愣在那裡：

「昨天，我也就是隨便說說，你倒當真了。」

嚴格：

「這錢擱我那兒也沒用。」

又說：

「如是別的事，能拖；老母親的事，大意不得。」

賈處長大為感動，眼裡竟噙著淚花：

「這錢，我借。」

又使勁捏嚴格的肩膀：

「兄弟，來日方長。」

雖然賈處長的母親動了手術，也沒保住性命；半年之後，癌細胞又擴散了，死了；但賈處長從此記牢了嚴格。嚴格認識賈處長時，賈處長已經四十六歲，眼看仕途無望了；沒想到他接著踏上了步伐點，一年之後，成了副局長；兩年之後，成了局長；再又，成了副主任，已是部級幹部；接著又成了主任。嚴格認識他時，他身處於低位，算是患難之交；當他由低位升至高位時，嚴格和他的朋友關係，也跟著升到了高位。交朋友，還是要從低位交起；等人家到了高位，已經不缺朋友，或已經不講朋友，想再交就晚嘍。賈主任成為主任後，一次兩人吃飯，賈主任還用筷子點嚴格：

「你這人，看事挺長的。」

也是喝多了，又說：

「別的人都扯淡，為了那八萬塊錢，我交你一輩子。」

嚴格連忙擺手：

「賈主任，那點小事，我早忘了，千萬別再提。」

老賈這個單位，主管房地產商業和住宅用地的批覆。老賈成為主任後，自然而然，嚴格便由原來的電腦公司出來，自個兒成立了房地產開發公司。十二年後，嚴格的身價已十幾個億。賈主任，就是嚴格的貴人。但貴人不是笑瞇瞇自動走到你跟前的，世上不存在守株待兔，貴人是留給對人有提前準備的人的。

但嚴格發現，十幾年中，兩人的關係也有變化。變化不是由嚴格引起的，而是由賈主任引起的。賈主任是一切變化的主動輪，嚴格只是被動輪，只能跟著賈主任的變化而變化，你不想變化都不行。兩人說是朋友，但因地位不同，嚴格地說就不能叫朋友；賈主任可以把嚴格當朋友，嚴格不能把賈主任當朋友；或者說，賈主任是賈處長時，兩人是朋友，當賈主任成為賈主任時，兩人就不是朋友了；或者說，私下裡是朋友，到了公眾場合，還須有上下之分。嚴格是個懂大道理的人，不但公眾場合，對賈主任畢恭畢敬，就是私下裡，每一句話也有分寸。當然，嚴格有錢了，等於賈主任也有錢了。沒有賈主任，還沒有這些錢。在賈主任面前，嚴格從來沒有心疼過錢。嚴格給賈主任過錢，也有講究；

賈主任從來不讓過帳，也不讓往卡上存，只要現款；兩人面對面，不給別人留下任何把柄。至於聲色犬馬，就更不須談了。十二年中，嚴格有個深刻的體會，在錢和權勢面前，人都不算什麼，別說一個「性」了。不是人在找「性」，是「性」脫了褲子找不著人。賈處長成為賈主任後，人比以前更溫和了，與人握手，手是軟的，手心是溼的；一笑，圓臉成了西瓜。過去有話還直說，現在每一句話都繞彎，愛打比方，愛說一二三點，哪怕是說笑話。譬如他談他喜歡的女人類型，說這人像鹿：一，頭小；二，脖子長；三，胸大；四，腿細；讓人聽了，倒一目了然。但他說完這些，又說：

「群雄逐鹿，群雄逐鹿啊。」

又暗藏著一股不屑和殺氣，讓人摸不著頭腦。不知他說的是女人，還是指別的。這時嚴格就知道賈主任不是過去的賈處長了。一次周末，嚴格拉著賈主任一家去北戴河看海。晚上兩人在海邊散步，風吹著賈主任的頭髮，賈主任忽然自言自語：

「不當官，不知道自己的官小呀。」

嚴格不明白他說的是什麼，不敢接話。賈主任又感嘆：

「看似在豺狼之間，其實在蛆蟲之中。」

這話嚴格聽明白了，是說當官不容易。賈主任突然說：

「死幾個人，就好了。」

嚴格聽後不寒而慄，不知這話指的是誰，為何讓這幾個人死，這幾個死了，為何又「好」了，同樣不敢接話。嚴格像當初預感到賈處長對他重要一樣，現在也預感到，總有一天，賈主任也會拋棄他；兩人交不了一輩子；他和賈主任的關係，不是單靠錢和「性」能維持長久的。總有一天，賈主任說翻臉就翻臉。等他翻臉的時候，嚴格只能讓他翻，毫無還手之力。

這一天終於來到了。從去年起，兩人共同遇到一個坎。去年四月底，賈主任到中南海開了一個會，當天晚上，約嚴格吃飯，問嚴格手裡可調動的資金有多少。嚴格想了想，保守地說：

「十來個億吧。」

賈主任說，中國的金融政策，過了「五一」，可能會做一些調整，建議嚴格把錢投入金融市場，譬如講，某種期貨，某種股票等。賈主任晃著杯中的紅酒：

「整天蓋房子，錢掙得多累呀。要想賺大錢，就不能繞彎子，還得讓錢直接生錢。」

嚴格當然想賺大錢。但他也不想賺大錢；多少錢才叫大錢？現在蓋一棟房子賺一回錢，他覺得安穩。何況他不懂金融，不知這彎子繞得過來繞不過來。嚴格將這顧慮說了。賈主任：

「不懂可以學嘛，過去你不也沒蓋過房子？」

嚴格覺得賈主任說得有道理；就是沒道理，嚴格也得聽；因兩人站的位置不同，看到事物的深淺就不一樣；他剛在中南海開完會。於是，嚴格把蓋房子賺的錢，全部投入了期貨和股票市場。一開始果然賺了；但半年之後，開始往裡賠。賠錢不是嚴格不懂金融，繞不過這彎子，而是「十一」之後，國家的金融政策再一次調整了，嚴格讓國家給閃了。繞彎子，誰能繞過國家呢？一開始還想挺著，一年之後，不但投進去的十四個億打了水漂，還欠下銀行四個多億。不但金融做砸了，整個房地產也受到牽涉。本來蓋房子還有錢，如今十幾個工地，材料費和工人的工資，都拖了半年沒付。短短一年多，嚴格就不是過去的嚴格，嚴格從一個富豪，變成了一個債台高築的窮光蛋。重回房地產收拾殘局不是不可以，問題是收拾殘局也需要錢，嚴格已欠銀行四個多億，利息拖了半年沒付，銀行不起訴他就算好的，哪裡還敢再貸給他錢？嚴格只好再求助賈主任，讓他給銀行打個招呼。但這時賈主任撤了，開始推三擋四，說銀行不歸他管。過去銀行也不歸他管，他也打過招呼；如今攤子爛了，怎麼就不打招呼了？本來是兩個人遇到的坎，現在成了嚴格一個人的。當初不是賈主任讓插足金融，嚴格老老實實蓋房子，也不會出這亂子。但自出這事後，嚴格已經兩個月見不到賈主任了。過去一打電話就接，現在打電話要麼不接，要麼轉到了祕書台。給他的辦公室主任老藺打電話，老藺倒仍溫和和客氣，說馬上轉告賈主任，但接著就沒了下文。嚴格覺出，終於，賈主任要拋棄他了。如是平日拋棄，嚴格沒有怨言，但在生死關頭，嚴格覺得賈主任缺乏道德。不說這亂子由他而生，不說十五年前嚴格幫他救過他母親，單說這十二年來蓋房子，賈主任幫嚴格批過地，但賈主任從嚴格手裡，也沒少獲利。粗略算下來，一個國家幹部，收人這麼多錢，夠掉幾茬腦袋的。但嚴格又不想把關係鬧僵，鬧僵對嚴格也沒好處。但在嚴格與女歌星的照片上了報紙第二天，賈主任的辦公室主任老藺，主動給嚴格電話，說要見嚴格一面。兩人便來了火鍋城。

雖然老藺平日對嚴格很溫和；嚴格對他也很客氣；但在內心，嚴格對老藺看法並不好。這個膠東人，不苟言笑，心裡做事。心裡做事的人易猶豫，老藺從想到做，卻很堅決。譬如講，對錢。嚴格給賈主任送錢並不經過老藺，那只是嚴格和賈主任兩個人的事；老藺也佯裝不知，但會開口向嚴格借錢。雖然嚴格和賈主任是老朋友，老藺只是賈主任一個部下；但老藺整日待在賈主任身邊，蘿蔔不大，長在梗上；正所謂一言興邦，一言喪邦；嚴格又不敢得罪他。借過三回，哪裡還等他再開口，也開始主動給他送。雖然給賈主任送的是大頭，給老藺送的是小頭；同樣是送，一個是主動給，一個其實是要，嚴格的感覺就不一樣；如賈主任是佛，等著人來燒香；老藺就是狗，是狼，動不動就咬人一口。賈主任收了錢，還說聲「謝謝」，還說「下不為例」；老蘭收了錢，連聲「謝」都沒有，覺得是理所應當；而且吃過這口，還想著下一口。賈主任六十的人了，快退了，就說是受賄，這受賄也可以理解；老蘭不到四十歲，日子還長著呢，就開始主動去撈，何時是個頭呢？嚴格不知老蘭這代人成為賈主任之後，社會又會怎麼樣。還有對女人，也能看出老蘭的凶狠。嚴格給賈主任找女人，有時是俄羅斯女人，或韓國女人；在酒店，於賈主任之前，老蘭竟敢先過一道。過後，還痛快地籲一口氣。嚴格就知道老蘭平日對賈主任的恭順，全是假的。但考慮到他是長在梗上的蘿蔔，老蘭背後幹的事情，嚴格又不敢告訴賈主任。老蘭見了賈主任，還一樣恭順。但老蘭越是這樣，嚴格越畏懼他；對他的畏懼，甚至超過了對賈主任。嚴格這兩天腹背受敵，生意上如臨深淵，還拾掇不及，和女歌星的照片又上了報，出了另一場亂子。嚴格將生活複排了一邊，以為能騙過老婆瞿莉；方方面面都考慮到了，忘記一個鐘錶和時間，亂子倒惹得更大了。瞿莉先在車上大鬧，回家之後，又鬧離婚。離婚該鬧哇，又突然跑了。她這一手挺毒的。雖然她沒說，但大家都知道她有病，現在離家出走，好像是嚴格逼的。一個病人跑了，你又不能不找。嚴格這兩天先放下一團亂麻的公司，四處尋找瞿莉。但她手機關了，也不知她跑到哪裡去了。是在北京，還是去了上海，還是去了別的地方。該問的朋友都問了，沒有。這時老蘭給嚴格打電話，要見嚴格。這見也許牽涉到生意，嚴格又不能不來；於是先放下瞿莉，來見老蘭。兩盤肉落了肚，飯桌上，老蘭一直沒說什麼，只是低頭涮肉。嚴格弄不清他的來意，也不好打問。一直等老蘭頭上臉上出了汗，放下筷子，抽菸休息；嚴格才試探著問：

「這兩天忙嗎？」

老蘭沒理這茬，從包裡掏出一張報紙，攤在桌上。這張報紙，就是昨天登有嚴格和女明星照片的那張報紙。老藺打了個飽嗝，用筷子點那照片：

「你可真行，聽說昨天，將好好的生活，又複排一遍。」

見是說這事，嚴格鬆了一口氣；搖頭嘆息說：

「沒騙過我老婆，又惹出新的麻煩。」

將老婆離家出走，四處找不著她的情況說了。老藺笑著聽完，突然斂了臉色：

「複製的，為了騙你老婆；原版的，你要幹嘛？你給這拍照的多少錢？賈主任看了，很不高興。」

嚴格見老藺說這話，知道事情瞞不過老藺。事情的第一層沒有瞞過，事情的第二層也沒有瞞過。原來，嚴格複排生活是為了矇騙瞿莉；也不純粹是為了矇騙瞿莉，是怕把瞿莉這個炸藥包點著，引爆另一個炸藥包；但原版的照片，卻不是被記者偷拍的，而是嚴格有意安排的。安排人拍這照片不為別的，只為賈主任一個人。嚴格生意上到了生死關頭，賈主任見死不救，嚴格對賈主任產生了怨恨；怨恨並不重要，還是希望賈主任回頭。於是鋌而走險，想警告他一下。那個女歌星，三年前就與嚴格傍著；她能出名，能歌頌祖國和母親，全是嚴格用錢砸出來的。去年春天，嚴格帶她與賈主任一起吃飯。一頓飯吃下來，賈主任吃得紅光滿面。飯桌上說起事情，賈主任打著比方，樁樁件件，一二三點，都說得比往常透徹和深入，女歌星聽得頻頻點頭；嚴格便知道賈主任對這女歌星有意。在權勢和金錢面前，「性」算不了什麼；暗地裡，嚴格便把這女歌星，有意向賈主任推了一把。後來女歌星和賈主任也有了一腿。但兩人時間不長，賈主任先放了手。畢竟是宦海沉浮的人，知道事情須適可而止。但時間雖短，不等於沒事。現在嚴格兩個月見不著賈主任，便將女歌星騙出家門，僱了一個人，偷偷拍了一張照片。本想悄悄把照片寄給賈主任，給他提個醒；沒想到拍照的叛變了，把它賣給了報紙。說起來，這人叛變也不是衝著嚴格；拍照之前，他並不知道被拍的人是誰，後來見是女歌星，一個厭食症在吃烤紅薯，覺得賣給報紙，賺的錢更多，便賣給了報紙；讓嚴格也措手不及；接著又引出瞿莉一場事。但禍伏福焉，沒想到賈主任見了報紙，讓老藺約了嚴格。嚴格聽老藺說賈主任很生氣，心裡不但不怵，反倒有些慶幸，這照片就沒白拍。響鼓不用重槌。老藺攤牌了，嚴格也不好再遮著掩著，對老藺解釋說：

「見報，真不是有意的。」

接著將拍照的叛變的事解釋一番。又說：

「其實事情很簡單，讓賈主任再給那誰打一招呼，讓銀行拆給我兩個億，我也就起死回生了。」

老藺冷笑：

「你再扯？就你這爛攤子，是一個億兩個億能救回來的嗎？」

老藺的眼鏡被火鍋熏上了霧氣，摘下擦著，嘆口氣：

「主任不是不救你，這仨月，他日子也不好過，有人在背後搞他。」

嚴格吃了一驚，不知這話的真假。但憑對賈主任和老藺的判斷，十有八九是個托辭。嚴格急了：

「船破了，憑啥把你一人扔下去呀？只要銀行一起訴，我知道我該去哪兒。」

手往脖子上放了一下：

「說不定，連它也保不住。」

指指報紙：

「如果你們見死不救，我也就不客氣了；能讓一個厭食症去吃烤紅薯，就能讓她把跟主任的事說出去。」

老藺倒不怵：

「這事嚇不住誰。讓她說去吧，頂大是一緋聞。」

嚴格見老藺油鹽不浸，有些生氣了；生氣倒也是假的，生氣是為了進一步攤牌。嚴格將那報紙奪過來，「嘶啦」「嘶啦」撕了：

「這也只是一警告。不聽，我也只好破釜沉舟了。」

接著從口袋掏出一U盤，放到桌子上：

「裡邊的內容，分門別類，也都給編好了。」

老藺倒吃一驚：

「裡面是什麼？」

嚴格：

「有幾段談話，這麼多年，談的是什麼，你也知道。還有幾段視頻，標著年月日，都是孝敬主任和你的場面。還有主任跟俄羅斯和韓國小姐，在酒店那些事。順帶說一句，從時間上看，你跟這些小姐在一起，都在主任前邊。」

這是老藺沒想到的，臉上，脖子裡又開始出汗，接著看嚴格：

「你可真行，來這一套。」

嚴格點一支菸：

「也不是我拍的，是我一副手偷幹的。倆月前他出了車禍，從他電腦裡發現的。他本想要挾我，沒想到最終幫了我。」

輪到老藺不知這話的真假。嚴格繼續在那裡感嘆：

「真是深淵有底，人心難測。這人生前，我對他多好哇，什麼話都跟他說，關鍵的事，都交給他辦，沒想到，你平日最信任的人，往往就是埋藏在身邊的定時炸彈。」

又說：

「不過，現在物有所用，他也算死得其所。」

老藺拿起那Ｕ盤，在手裡把玩。嚴格：

「送你吧，也拿回去讓主任看看，我那兒還有備份。」

也算刺刀見紅。嚴格本不是這樣的人，嚴格也看不起這樣的人，刺刀見紅的人，都是些大胖子；沒想到事到如今，自己也變成了這樣的人。令嚴格沒想到的是，老藺並沒接這招，突然將Ｕ盤扔到了火鍋裡。Ｕ盤裹著肉，開始在火鍋裡翻騰。

＊Ｕ盤：隨身碟。

第十章 韓勝利

劉躍進丟了包，差點自殺。這回不是演戲，是真的。腰包裡有四千一百塊錢。這錢是他的命。但他自殺卻不是為這錢，而是包裡另有東西。身分證，電話本，一張紙上記著這月工地食堂的大帳；正面是菜米油鹽的正常流水，背面是在集貿市場討價還價的差額；這些雜七雜八的東西就不說了，問題是，包裡還有一張離婚證。與前妻黃曉慶離婚六年了，這張離婚證劉躍進一直留著。離婚證本是黃色，六年過去，已褪成土色。腰包隨著劉躍進走，劉躍進常年累月在廚房裡，腰包油膩了，這張離婚證也被油煙浸黑了；不但浸黑了，也變重了。按說，婚都離了，留張離婚證沒用，除了看到它糟心；正是因為糟心，劉躍進才把它留下。有時半夜醒來，還拿出來看一看，接著自言自語：

「成，可真成。」

或者：

「這仇，啥時候能報哇。」

就像土改時的老地主，夜裡翻出變天帳一樣。但變天帳丟了，劉躍進也不會自殺，他也知道，這仇，這輩子是無法報了。問題是，離婚證裡，還夾著一張欠條。欠條上，有六萬塊錢。六年前，黃曉慶提出離婚，劉躍進向李更生提出六萬塊錢精神補償費。李更生這回倒痛快，說：

「只要離婚，給錢。」

劉躍進知道這痛快不是衝著自己，而是衝著黃曉慶，衝著黃曉慶的腰。但李更生又說，六萬給，但當時不給，六年後給；劉躍進六年不鬧事，這錢才是劉躍進的；六年中鬧事，錢就自動沒了；鬧，等於鬧劉躍進自個兒。還說：

「成就成，不成就算球。」

為了這六萬塊錢，劉躍進只好說成。李更生便給劉躍進打了一張欠條。欠條上，寫著六年不鬧事的條款。過後劉躍進才明白，自個兒在數目上，犯了大錯。離婚時爭兒子，劉躍進把兒子爭到手，黃曉慶主動說，每月給兒子四百塊錢撫養費，劉躍進意氣用事，把這錢拒絕了；當時覺得李更生和兒子是兩回事，才收下這麼張欠條；幾年後才明白，錢就是錢，出處並不重要。何況一個是欠條，一個是現錢。四百塊乘以六年，也小三萬塊錢呢。越是這樣，劉躍進越覺得這六萬塊錢重要。六萬塊錢身上，還背著三萬塊錢的包袱呢。現在離欠條到期，還差一個月。但在大街上聽曲兒，沒招誰沒惹誰，「匡當」一聲，包被人搶走了。包沒了，離婚證就沒了；離婚證沒了，欠條就沒了；欠條沒了，再找李更生要錢，這賣假酒的能給嗎？當年捉姦在床，劉躍進占理，李更生打了劉躍進一頓不說，還光著屁股，蹲在椅子上吸菸；現在欠條沒了，李更生的反應，劉躍進現在就能想到，不還錢還是小事，接著會說：

「是丟了嗎？本來就沒有！」

或者：

「窮瘋了？訛人呀？」

當時寫這欠條，前妻黃曉慶也知道，現在欠條沒了，黃曉慶可以作證；但黃曉慶已不是自己的老婆，成了別人的老婆，現在的劉躍進，對她又成了別人，她會一屁股坐到別人那頭嗎？六年之中，劉躍進僅見過黃曉慶一面。去年夏天，劉躍進從北京回河南，收地裡的麥子；收罷麥子，又從河南來北京工地當廚子。到了洛陽火車站，買過車票，蹲在廣場上候車。天熱，渴了，沒捨得買礦泉水，走到廣場旅社前；廣場旅社前，有一洗車鋪；蹲下，就著人家的水龍頭，喝了一肚子水。這時一輛奧迪停在旁邊，車裡下來兩個人，一個是李更生，一個是黃曉慶，兩人不知又到哪裡去賣假酒，也來坐火車。李更生沒發現劉躍進，黃曉慶下車之後，吩咐開車的司機回去每天餵狗，轉過臉，看到了握著橡皮管的劉躍進。劉躍進不由自主站了起來，但黃曉慶看到劉躍進，卻沒跟劉躍進說話，隨李更生進了車站。大家已經是陌路人了。劉躍進把欠條丟了，她會幫陌路人嗎？如無人幫他，劉躍進等於把錢也丟了。這六萬塊錢對李更生不算什麼，放到劉躍進手裡，卻要了他的命。他在六萬塊錢身上，還有好多想法呢。錢的來路雖然說不出口，但有這欠條在身上，卻讓劉躍進活得踏實。生活也有個盼頭。六年到了，六萬塊錢就到手了。有時也是個武器。兒子在電話那頭跟劉躍進急：

「咋還不寄錢呀，你是不是沒錢呀？」

劉躍進可以理直氣壯地說：

「沒錢？別的不敢說，六萬還有。」

兒子：

「哪還等啥？寄吧。」

劉躍進：

「存著呢。定期。」

六萬塊錢，既給他壯著膽，也給他托著底。現在陡然一丟，丟的就不光是錢，還有心裡那個底；如同樓板突然被抽掉了，「啪唧」一聲，劉躍進從樓上摔了下來。包被賊偷走，攆了一陣賊，也沒攆上；從服裝市場出來，劉躍進蹲在大街上，腦子裡一片空白。就像六年前，老婆被人搞了；感到再一次沒了活路。從街上回到工地，劉躍進都不知是怎麼回來的。到了工地，丟包的事，劉躍進沒跟任何人講。講也沒用。就是想講，也無法講。能講包裡的四千一百塊錢，咋講離婚證和欠條呢？老婆被人搞了，打下這麼個欠條；現在欠條丟了，等於老婆被人白搞了；丟包是個窩囊事，這麼一講，又變成了笑話。只能憋在心裡不說。這時不埋怨別人，就怨自己愛管閒事。本來是去郵局寄錢，聽到賣唱的老頭唱「愛的奉獻」，過去糾正人家，讓他唱「王二姐思夫」；如果當時專心寄錢，也不會出這岔子；老頭唱的曲兒改了，自己的包丟了；別人是手賤，自個兒是耳朵賤，丟包活該。胡思亂想到晚上，突然想自殺。脖子上，再一次感到繩子的甜味。在工地上吊，倒不費勁，四處是鋼梁架子，不愁沒地方搭繩子；就是不去工地，在食堂，食堂棚頂的木梁，也禁得起劉躍進的體重。但劉躍進沒有自殺。沒自殺不是想得到做不到，而是突然想起，那人搶過他的包，竄出一箭之地，又扭臉看了劉躍進一眼，對劉躍進一笑，接著又跑了。不為錢和欠條，僅為這一笑，劉躍進在自殺之前，先得找到這賊，把他吊死。把他吊死，自個兒再上吊不遲。或者，能找到他，也就不用上吊了。

但大海撈針，單憑劉躍進，哪裡能找到搶包的賊？劉躍進這才想起警察，慌忙跑到派出所報案。

值班的警察是個胖子，天不熱，一頭的汗。劉躍進說著，他坐在桌後記著。包裡的東西不多，但頭緒多。說著說著，劉躍進說亂了，他也聽亂了；這時停下筆，任劉躍進說，也不記了；對劉躍進說的，似乎不信。不信不是不信劉躍進丟了包，而是劉躍進說到離婚證和欠條那一段，他張嘴打了個哈欠。劉躍進還要急著解釋，警察合上嘴，止住劉躍進：

「聽懂了，回去等著吧。」

但警察等得，劉躍進哪裡等得？劉躍進：

「不能等啊，那張欠條，他要扔了，我就沒活路了。」

看劉躍進著急的樣子，警察似乎又信了。但他說：

「我手頭，還有三樁殺人的案子，你說，到底哪個重要？」

劉躍進張張嘴，沒話說了。離開派出所，劉躍進知道警察對他沒用了。這時想起了韓勝利。韓勝利平日也小偷小摸，和這行的人熟；說不定找到韓勝利，倒很快能找到這賊和腰包；比起找警察，倒是一條捷徑。於是去找韓勝利。韓勝利見劉躍進主動找他，以為是來還錢，以為是他上次包著腦袋，威脅劉躍進起了作用，等劉躍進說他自個兒的腰包丟了，讓他幫著找賊，馬上失望了。待劉躍進說包裡有四千一百塊錢，韓勝利又急了：

「劉躍進，你人品有大問題呀。有錢，寧肯讓人偷了，也不還我，讓我天天躲人，跟做賊似的。」

待劉躍進又說出離婚證和欠條的事，劉躍進以為他會笑；韓勝利沒笑，但也沒同情他，而是往地上跺腳，愣著眼看劉躍進：

「劉躍進，你到底算啥人呀？」

又說：

「你這麼有城府，咋還當一廚子呢？」

又感嘆：

「我說我鬥不過你，原來你心眼比我多多了。」

劉躍進見韓勝利把一件事說成了另一件事，忙糾正：

「勝利，你叔過去有對不住你的地方，咱回頭慢慢說，趕緊幫叔找包要緊。」

事到如今，韓勝利倒不著急了，端上了架子：

「找包行啊，幫你找回來，有啥說法？」

劉躍進：

「包找到，馬上還錢。」

韓勝利白他：

「事到如今，是還錢的事嗎？」

劉躍進見韓勝利趁人之危，有些想急；但事到如今，有求於人，在人房簷下，不得不低頭，又不敢急；想想說：

「找到，欠條上的錢，給你百分之五的提成。」

韓勝利伸出右手的拇指和食指，比了個「八」字。劉躍進見他得寸進尺，又想急；但急後又沒別的辦法，只好認頭：

「給你六，你可得幫我好好找。」

韓勝利：

「空口無憑。」

劉躍進只好像當年李更生給他打欠條一樣，又給韓勝利寫了個欠條。如包找到，給韓勝利百分之六的提成云云。六萬塊錢的百分之六，也三千六百塊錢呢。劉躍進又一陣心疼。韓勝利收了欠條，問：

「腰包在那兒丟的？」

劉躍進：

「慈雲寺，郵局跟前。」

韓勝利這時一頓：

「哎喲，你丟的不是地方。」

劉躍進：

「咋了？」

韓勝利：

「那一帶不歸我管。前兩天就因為跨區作業，被人打了一頓，還倒貼兩萬罰款。這道兒上的規矩，比法律嚴。」

劉躍進見煮熟的鴨子又飛了，慌了：

「那咋辦？」

韓勝利瞪了劉躍進一眼：

「還能咋辦？我只能幫你找一人。」

第十一章　曹無傷　光頭崔哥

曹哥本名曹無傷，河北唐山人，長臉，今年四十二歲。曹無傷來北京五年了，一直在北京東郊集貿市場殺鴨子。曹無傷的鴨棚不算小，四十多平米，過去是個洗車棚，改成鴨棚，水管倒是現成的。唐山產鴨子，河北白洋澱也產鴨子，北京懷柔、密雲，也有養鴨子的。曹無傷一開始殺白洋澱的鴨子，後來殺唐山的鴨子，後來懷柔、密雲的鴨子也殺。但門口的標牌永遠是：「白洋澱土鴨」。曹無傷患沙眼、青光眼，又患白內障，十步之外，一片模糊；與劉躍進在老家監獄的舅舅牛得草，大體一個毛病。劉躍進初見曹無傷，馬上感到親切。如曹無傷只是一個殺鴨子賣白條鴨的，永遠是曹無傷；但他在五年之中，成了北京東郊賊的領袖，這時就不是曹無傷了，成了曹哥。在圈裡，大家都知道曹哥，不知道曹無傷。曹無傷打小到現在，沒偷過東西；就是如今想偷，也晚了，眼前一片模糊，弄不清人在哪兒，東西在哪兒。但一個眼前模糊的人，管著一幫眼快、手快和腳快的人。曹哥的鴨棚，成了小偷的訓練營和大本營。但曹哥每天仍心平氣和地殺鴨子；管理小偷，似乎是順路捎帶。五年前來北京時，曹哥和小偷還不沾邊；但唐山出產小偷，幾個同鄉，工作之餘，常到曹哥的鴨棚來玩。

小偷間，常因為生意和地盤火拚，曹哥殺著鴨子，與他們排解過幾次；幾次即將發生的流血事件，都因為曹哥的調解，化干戈為玉帛。各路小賊，都佩服曹哥。下次遇到流血事件，還來找他。不知不覺中，曹哥成了賊的頭目。地盤漸漸擴大，別的省市的小偷，開始與河北唐山的小偷火拚；但是別的地方的小偷都是單兵作戰，亂槍打鳥，背後沒有曹哥；曹哥運籌帷幄之中，決勝千里之外，幾次火拚之後，唐山小偷的地盤越來越大，其他地方的散兵游勇或作鳥獸散，或改換門庭，直接投靠了曹哥。曹哥的隊伍，越來越壯大。這時曹哥才露出他的真面目，原來他在唐山不是殺鴨子的，大專畢業，是個讀書人。本在唐山郊區一中學教書，因患了沙眼、青光眼和白內障，看不清黑板，也看不清學生，便離開學校，到唐山一集貿市場賣魚。除了賣胖頭，也賣草魚、白鰱和鯽瓜子。曹哥養了一隻八哥，整天跟曹哥學話。曹哥唐山口音，八哥也唐山口音。曹哥在家教了八哥許多好話，如「來了」，「吃了嗎？」「恭喜發財」等；後來曹哥把牠帶到集貿市場，集貿市場人多嘴雜，八哥又學會許多壞話，如「操你媽」，「找抽哇」，「去死吧」等。八哥戀曹哥，曹哥不怕牠飛了，便不把牠關在籠子裡，就讓牠在魚攤周圍亂飛。這天曹哥去城外進魚，曹哥老婆和八哥在集貿市場賣魚。集貿市場有一賣炒貨的老張，老張老婆來買魚。因為秤頭高低，老張老婆與老曹老婆吵了起來。八哥見有人與自家人吵架，張嘴罵道：

「操你媽！」

「找抽哇？」

「去死吧！」

老張老婆見八哥罵她，跳起身去打八哥；八哥飛了，老張老婆腳下一滑，一屁股跌坐在魚池前的泥水裡。老張老婆火了，爬起來，抄起一魚砧，將老曹家的魚池砸了。老曹家的胖頭、草魚、白鰱和鯽瓜子，在地上亂蹦。老曹老婆也火了，撲上去，將老張的老婆捺在泥水裡，騎到她身子上，結結實實抽了她幾耳光。這時老張來了，一把揪住老曹老婆的頭髮，還了幾耳光不說，還用魚抄子將八哥捕到，一下把八哥的頭擰掉了。這時曹哥進魚回來，別人砸他的魚池他不急，別人打他老婆他也不急，一下把他八哥的頭擰下來，曹哥急了。曹哥抄起一酒瓶，砸向老張。原也只是出口氣，沒想傷人；正因為眼前一片模糊，這酒瓶不偏不倚，砸在老張頭上；老張應聲倒地，頭上「汩汩」冒血。曹哥以為砸死了人，趁著人亂，帶著老婆孩子，逃離集貿市場，又連夜逃到北京，在東郊集貿市場，開了個鴨棚。一個月後，聽說唐山賣炒貨的老張沒死，就是淌了一碗血。老婆孩子鬧著回唐山，曹哥在北京待了一個月，倒待服了，覺得北京比唐山好，於是把老婆孩子打發回去，一個人繼續在北京殺鴨子。原想只殺些鴨子，沒想到無意之中，成了一個團夥的領袖。不當這領袖曹哥只想著殺鴨子，當著當著，似乎找到了另一種感覺。曹哥眼睛沒壞之前，讀書用功著呢；讀著讀著，也胸有大志。讀《史記》，覺得自己像張良；讀《三國志》，覺得自己像孔明；讀《水滸》，覺得自己像吳用；吳用也是個鄉村教員。書讀罷，又掩卷嘆息，怪自己生不逢時，大專畢業，只在學校教些頑皮孩子；講課他們似乎聽懂了，又似乎沒聽懂；後來又到集貿市場賣魚，也是無人說話，才養八哥。還多虧與人打架，來到北京，殺著鴨子，入了盜竊團夥，使英雄終於有了用武之地。無生在亂世，成就不了一番大業，只好和些小毛賊，比劃著去取另一番天地。賊們偷的是錢，曹哥領導他們卻不僅為錢。同是眼前一片模糊，曹哥與劉躍進的舅舅牛得草的區別是，牛得草當年走到街上，熟人敢上去抹他的脖子；曹哥走在街上，不說前呼後擁，起碼有幾個小弟兄替他看路。每天賣完鴨子，曹哥也與一幫小弟兄推推麻將。曹哥眼神不濟，摸一張牌，要湊到眼睛上看半天。如換別處別人，同桌三個人早急了；這裡的人不急，還搶著說：

「曹哥，不急。」

或者：

「曹哥，我這兒缺三條，千萬別打三條。」

曹哥能有今天，說起來也因為一隻八哥。塵埃落定，曹哥又養了一隻八哥。為了不讓八哥學壞，這回曹哥教了八哥幾句話後，就用蠟將八哥的耳朵封上了，關進籠子。所以這隻八哥只會說，不會聽。八哥見人打招呼，永遠只是三句話。一，「有話好說」，二，「和為貴」，三，「都不容易」。

曹哥早年毛筆字寫得好，又寫了一幅對聯，貼在鴨棚左右牆上：

一燈能除千年暗

一智能破萬年愚

眾小偷看了，不明白是啥意思；沒人說好，但也沒人說不好，就在那裡掛著。

韓勝利領著劉躍進，穿過集貿市場來到鴨棚，曹哥正倚在一張太師椅上，用放大鏡看報紙。看幾行字，用一團衛生紙擦一下沙眼淌出的眼淚。牆角一個小胖子，正拿刀殺一鴨子。一看就是新手，剛來鴨棚；殺鴨子背著臉，一刀下去，鴨脖子「呼」地噴出一腔血，鴨子一彈蹬，血沒噴到地上塑膠盆裡，橫著一轉彎，噴到牆上；小胖子慌了，忙摁鴨頭，血又一轉彎，噴了曹哥一報紙，也濺了曹哥一手。棚裡有一光頭，正看電視，電視裡正走著一群光腿模特；光頭放下模特，上去踹了小胖子一腳：

「媽了個×，這下明白了吧？連個鴨子都不敢殺，還想上街？」

曹哥倒沒急，扔下報紙，用擦沙眼的衛生紙，擦著手上的血，止住光頭：

「想早點上街，也是好事。」

又和藹地問小胖子：

「洪亮，街上都是啥？」

叫洪亮的小胖子愣在那裡，想了想說：

「人。」

曹哥嘆口氣：

「那是你媽教你的，我告你，街上都是狼。」

光頭啐了洪亮一口：

「出門吃了你！」

洪亮不敢再說什麼，又去籠裡抓鴨子。籠裡的鴨子嚇得「嘎嘎」叫。韓勝利沒敢進門，扒著門框喊：

「曹哥，忙著呢。」

曹哥看不清鴨棚門口；看來跟韓勝利也不熟，也沒聽出他的聲，只是把頭轉向門口：

「誰呀？」

韓勝利：

「勝利，河南的勝利。」

曹哥似乎想起來了：

「勝利來了。」

韓勝利：

「曹哥，給您說一事，我一親戚，在慈雲寺拉一包；我想著，哪兒都是您的人。」

看來這話曹哥不愛聽，皺了皺眉：

「也不能說是我的人，都是老鄉，認識。」

接著拾起另一張報紙，拿放大鏡看起來，不再理人。韓勝利和劉躍進有些尷尬。幾隻殺過的鴨子，還在地上撲愣。光頭將這幾隻鴨子，扔到褪毛滾筒機裡；滾筒機裡的熱水，冒著蒸氣；接著推上電閘，滾筒機轉動起來。這時光頭拍拍手，來到門口：

「包裡多少錢呀？」

韓勝利：

「崔哥，四千一。」

劉躍進在韓勝利身後跟著叫：

「崔哥，不為找錢，包裡，有一信物。」

忙又說：

「偷我那人，臉上長一塊青痣。」

光頭崔哥沒理這些囉嗦：

「交一千定金吧。」

韓勝利看劉躍進，劉躍進愣在那裡。他沒想到，自己丟了包，找回來還得交錢。但想著這必是行裡的規矩，不敢再問，慌忙從口袋裡往外掏錢；但哪裡還有整錢，也就是些十塊五塊的零票。湊起來，不過一百多。光頭崔哥皺眉：

「是真想找，還是假想找？」

劉躍進：

「崔哥，身上就這麼多，我馬上回去給你借。」

這時曹哥從報紙上仰起臉，看著門口，想說什麼；他頭頂籠子裡的八哥，剛才一直在睡覺，這時醒了，張口說了一句：

「都不容易。」

曹哥看看八哥，點頭：

「就這意思。」

光頭崔哥收起這錢，又去看電視。劉躍進忙向鴨棚裡，似是對八哥，也是對曹哥：

「謝謝，謝謝啦。」

第十二章 瞿莉

瞿莉被嚴格找到了。瞿莉離家出走，並沒有去上海或別的地方，仍待在北京。這些情況，嚴格其實都知道。如想找到瞿莉，嚴格一開始就能找到，只不過假裝找不到；找不到，仍假裝在找。能找到瞿莉並不是嚴格掌握瞿莉許多線索，而是給瞿莉開車的司機，被給嚴格開車的司機收買了。也不能說是收買，是控制。瞿莉的司機，是嚴格的臥底。

給瞿莉開車的叫老溫。說起來，老溫還是嚴格司機小白的師傅；老溫在北京機控車床廠開大貨車時，小白給他打下手。小白能來給嚴格開車，還是老溫介紹的。嚴格在北京南郊有一個馬場，小白剛來時，並不是給嚴格開車，而是去馬場餵馬。這時北京機控車床廠倒閉了；給嚴格餵馬，比在車床廠拿的工資還高，小白也很喜歡。三年前端午節那天，嚴格吃過粽子，和一幫朋友來馬場騎馬。嚴格養一匹荷蘭賽馬叫「斯蒂芬」，母馬，性格溫順，善解人意，嚴格總喜騎牠。騎在牠身上，「得得」走著，說快就快，說慢就慢，嘴動腿動，兩人之間的默契，使嚴格想起與有些女人在床上的時候。但這馬、這人並不多見。這天嚴格喝了點酒，騎著「斯蒂芬」在馬場遛圈。其他朋友騎著其他馬也在遛圈。邊遛，便說些閒話。北京南郊有一軍用機場，天上常飛戰鬥機，這天也起飛幾架，在天上兜圈訓練，大家也沒在意。但突然，一架戰鬥機練習俯衝，緊貼著馬場飛了過去，尾巴上還拉著紅煙；草地上的草，次序伏倒在地。大家吃了一驚，其他馬沒事，獨獨「斯蒂芬」驚了。驚不是驚戰鬥機，而是驚戰鬥機尾巴里拉出的紅煙。也是嚴格大意了，別的馬都戴著護眼，嚴格覺得「斯蒂芬」溫順，這次沒戴，恰恰就出了事。「斯蒂芬」一開始是驚，接著是瘋，在馬場橫衝直撞，專門衝人和物去。一起來的朋友或驚呆了，或趕忙跳下馬，躲到了馬廄。幾個馴馬師也沒經過這場面，由於猝不及防，也愣在那裡。惟有新來的小白，正在馬廄裡鍘草，從馬廄衝出來，拉住「斯蒂芬」的轡繩。「斯蒂芬」拖著他跑，將他拖倒在地，他仍不鬆手，身子拖著地，被「斯蒂芬」拉著跑。直到「匡當」一聲，小白撞到一棵大樹上，肋骨被撞斷四根，「斯蒂芬」才停了下來。小白在醫院住了三個月。出院，不再餵馬，成了嚴格的司機。

老溫今年四十八歲，祖籍湖北，早年當過兵，轉業後遛到北京。老溫為人仗義，不貪錢財；但他有一毛病，那麼大歲數了，好色。這毛病不是現在才有，年輕時就有。在北京機控車床廠時，就因為和單位一個女會計糾纏不清，被那會計的丈夫打豁了嘴。如今在嚴格家開車，和嚴格家一個安徽小保母，又偷偷摸摸摸索上了。去年春天，這小保母偷了瞿莉一些首飾，戒指、項鏈、耳環等。東西倒不是一天偷的，前後分一個月。但這些首飾不是一般的首飾。戒指上鑲著藍寶石，項鏈上鑲著祖母綠，耳墜上，也滴溜著鑽石。折合起來，值十幾萬塊錢。但小保母就住在嚴格家，偷過，無放處，便交給老溫。老溫並不贊成她偷，怕出事；但安徽小保母不聽他的，說瞿莉的首飾不計其數，偷了她也不知道；老溫也奈何她不得。老溫將這些首飾帶回家，悄悄放到暖氣箅子裡。一個月過去，瞿莉突然發現自己的首飾丟了，懷疑是小保母幹的；但家裡有三個小保母，弄不清哪個是賊。搜了三個小保母的房間，沒有；久而久之，事情也就淡了。這年「國慶」前一天，老溫老婆在家裡打掃衛生，突然在暖氣罩裡摸出幾件首飾。發現寶石應該高興，但老溫老婆並不認識寶石的真假，以為是從地攤上買的假貨。東西真假並不重要，一看是女人的東西，老溫老婆便認定老溫在外邊又和別的女人勾搭；這些假首飾，是老溫買給那野女人的。說勾搭野女人並不冤枉老溫，只是這勾搭不是那勾搭。老溫晚上回到家，老溫老婆便與他大鬧。老溫一時也無法解釋。老溫老婆火氣上來，除了把首飾摔了，還把家裡的電視機砸了。每年「國慶」節前一天，小白都要看一下師傅；這習慣還是在機控車床廠養下的。這天小白扛了一箱飲料，提了一籃水果，又來看老溫，正好遇上這場面。看到摔到地上的首飾，小白馬上明白了怎麼回事。但小白佯裝不知，勸解一番，也就回去了。但第二天，小白開車跟嚴格出去的時候，在車上，悄悄將這事告訴了嚴格。背後毀人並不是小白的本意，何況毀的是自己的師傅；但老闆和師傅，誰對自己有用，小白心裡有數；何況他怕老溫老婆將事鬧大，瞿莉和嚴格知道了，再連累上自己；自己畢竟是老溫介紹來的；將事情說到前邊，也爭取個主動。說後，他以為嚴格會急，接著將老溫趕出家門；誰知嚴格聽後，倒囑咐小白不要聲張，就當這事沒有發生。嚴格這麼做，小白以為是嚴格忠厚，老溫在嚴格家幹了這麼多年，不忍翻臉，給老溫一個改正的機會；誰知嚴格不是這意思，是為了讓小白藉此擺平老溫，用「知道」收買老溫，接著控制老溫，老溫在給瞿莉開車，從此讓老溫在瞿莉身邊，當一個「臥底」。從此瞿莉的一舉一動，從老溫到小白，又到嚴格，便可知道得一清二楚。嚴格這麼做的初衷，本是明細瞿莉的一舉一動，好給自己與其他女人的來往，留出一個安全的空間；但沒想到它的用處不止這些，遇到其他事，嚴格也有了迴旋餘地。這時嚴格感嘆：

「古人說得好，與人方便，自己方便。」

又感嘆：

「這就是孟嘗君結交雞鳴狗盜之徒的用處。」

這些話，小白聽得懂，但又聽不懂。懂不懂，對他用處不大；只要老闆高興，小白就能坐穩自個兒的位置。這次瞿莉離家出走，瞿莉以為自己三天來的行蹤只有自己和司機知道；還專門交代老溫，不許告訴任何人；但她不知道，她的一舉一動，老溫馬上打電話告訴了小白，小白馬上告訴了嚴格，嚴格只是佯裝不知，在繼續尋找。嚴格這麼做有兩個目的：一是讓瞿莉繼續出走，弄清她到底要幹些啥；同時也給嚴格留出時間；這次留出時間不是為了女人，而是用來處理他和賈主任和老藺之間的事。據老溫報告小白，小白報告嚴格，三天來，瞿莉先後去了八個地方，時間有白天，也有晚上；地點有酒店，有別人家，也有郊區和洗浴中心。嚴格問：

「都見了些什麼人？」

小白：

「她進去的時候，都讓老溫在外邊候著，是些什麼人，老溫也沒見著。」

這時嚴格倒覺得有些蹊蹺。蹊蹺不是蹊蹺瞿莉出走，四處見人，而是她見人的目的，好像跟嚴格和女歌星的事毫無關係。出走是為了這件事，出走後並不糾纏這事，好像另有企圖，倒讓嚴格心中不安。另外的企圖到底是什麼，嚴格一時也想不明白。

這邊跟蹤瞿莉沒有結果，那邊和賈主任和老藺的事也在懸著。嚴格自和老藺在火鍋城見面，拿出U盤向老藺攤牌後，賈主任那邊一點回音也沒有。嚴格知道，老藺與嚴格見面後，會馬上把見面的結果向賈主任彙報。雖然當時老藺把U盤扔到了火鍋裡，好像毫不在意，但嚴格知道，那不過是虛張聲勢；見到報上嚴格和女歌星的照片，賈主任就慌了手腳；現在知道有個U盤在別人手裡，賈主任肯定會大吃一驚。但把U盤抖落出來，賈主任反倒沉默了。嚴格知道，不是在沉默中爆發，就是在沉默中滅亡。但嚴格又知道，事情沒這麼簡單；抖出U盤，和抖出女歌星的事，性質完全不同。抖出女歌星的事，只能傷及賈主任的皮肉，正像老藺說的，大不了是椿緋聞，傷不到他的筋骨；而U盤裡的事抖出來，卻能要了賈主任的命。賈主任不會坐以待斃，讓事情就這麼向深淵滑下去。這些事沒發生之前，嚴格常請賈主任打高爾夫。一次打著打著，賈主任要撒尿。嚴格要開電瓶車送賈主任去廁所，賈主任說：

「不勞大駕。」

走出兩步，轉過身，解開褲扣，掏出傢伙，就對著草地直接泚。嚴格也只好掏出傢伙，陪他撒尿。這是嚴格第一次陪賈主任撒尿。不撒不知道，一撒嚇一跳。也是憋得久了，賈主任尿線之粗，對草地衝擊之重，尿味之臊，之渾濁；一聞就是老男人的尿；但又不同一般老男人的尿；它彌漫之有力，之毫無顧忌，讓嚴格感到，賈主任溫和之下，不但藏有殺氣，似乎還有第三種力量。通過一泡尿，嚴格明白自己還嫩，不是賈主任的對手。但嚴格將球踢給了賈主任，只能等著賈主任回球。在賈主任回桿之前，嚴格也束手無策。他也不想走到大家共同毀滅的地步。扯出女歌星和U盤，只是為了挽回大家過去的關係。嚴格與賈主任事情的懸著，比嚴格與瞿莉關係的懸著，更讓嚴格揪心。嚴格揪心的時候，愛拚命吃菠菜；就像瞿莉煩心的時候愛吃漢堡包一樣；直到吃得肚圓，緊張才能緩解，才能舒心地籲一口氣；只不過漢堡包胖人，菠菜不胖人。這天嚴格正在吃菠菜，吃到一半，還沒舒心，司機小白給他打電話，說瞿莉的司機老溫給他打電話，說瞿莉現在正在銀行。一聽瞿莉去了銀行，嚴格從沙發上「噌」地跳了起來。銀行和錢連著。她去銀行，就和去別處找人不一樣。嚴格終於明白了瞿莉的意圖。嚴格不能再假裝尋找了，忙讓小白開上車，去了那家銀行。在銀行門口，堵住了瞿莉。三天沒見，瞿莉似乎變了。瞿莉過去是個遇事摟不住火的人，為做一個頭髮，跟小區周邊的美髮店吵遍了；現在遇到這麼大的事，她倒沉住了氣；她沒有因為這事更粗暴，人倒變得更溫和或者有些文雅了。瞿莉過去胖，三天不見，似乎也變瘦了。她的變化，比她的態度，更讓嚴格摸不著頭腦。瞿莉見到嚴格，既沒有感到意外，也沒有發火。嚴格：

「咱們談談吧。」

瞿莉也沒說不談，只是用手指，輕輕指了指旁邊的咖啡館。兩人在咖啡館坐下，嚴格想把話往回說。話往回說，就不能像平常那麼說，就不能再說些漫無邊際的假話，總得有些乾貨或硬通貨；於是嚴格搓著手，把自己跟女歌星的關係如實交代了。說完又說：

「跟這些人，有事，沒感情。」

又說：

「都是逢場作戲，都是完事就走，沒在一起，睡過一夜。」

他以為瞿莉聽後會發火。如瞿莉發火，嚴格的目的就達到了。兩人就可以沿著女歌星這條路，乘著憤怒的翅膀，順原路折回到原來。但瞿莉沒上嚴格的當，既沒發火，對這事似乎也不關心；好像在聽一件別人的風流韻事。看來她已經走得很遠了。如僅是這樣，說不定事情還可挽救，沒想到瞿莉乾脆把兩人間的把戲拆穿了。瞿莉用銀勺攪著杯裡的咖啡，低頭說：

「嚴格，別再拿男女間的事說事了。咱倆的事，比男女間事大。」

說這話的時候，瞿莉眼裡憋出了淚。正因為憋出了淚，說完這些，瞿莉長出了一口氣，似乎輕鬆了。一件物什，就這麼拆了；一盆水，就這麼潑到地上了。事情或人，露出了真相和底牌，事情也就無可挽回了。見瞿莉攤牌，嚴格也只好換個話題攤牌，就像對老藺和賈主任一樣；嚴格指指窗外的銀行：

「您開始準備後路了，對吧？」

瞿莉也看著窗外：

「夫妻本是同林鳥，大難臨頭各自飛。」

嚴格愣在那裡。他甚至懷疑，瞿莉多年的憂鬱症，也是假的。

第十三章 劉躍進

劉躍進的頭被打破了。像前幾天來工地要帳的韓勝利一樣，頭上纏著繃帶，外邊戴一冒牌棒球帽。如是平日挨打，劉躍進不會拉倒；如是別人打的，劉躍進也不會拉倒；打破他頭的人，是曹哥鴨棚的人；但這兩項都不重要，重要的是，劉躍進得趕緊找包，也就顧不上頭，沒工夫與打他的人糾纏。

那天韓勝利帶他去了鴨棚，托曹哥找包。離開鴨棚，韓勝利與他約好，第二天晚上，兩人再來鴨棚聽信兒。到了第二天下午，劉躍進動了個心眼，想甩開韓勝利，一人去聽信兒。他已經見識了曹哥的威風，他知道曹哥出面，這包肯定能找著。在劉躍進和曹哥之間，韓勝利只是一個牽線的人；現在線頭接上了，韓勝利也就沒用了。何況曹哥也有白內障，十步之外，一片模糊，劉躍進見到他，像見到了舅舅。那天韓勝利把話說錯了，曹哥已經生氣了；付定金的時候，劉躍進口袋裡的錢不夠，光頭崔哥不幹，曹哥還替他說了好話。如曹哥把包找著了，有韓勝利在，按事先說的，當場就得還韓勝利錢，還有六萬塊錢的提成。但包裡的錢，劉躍進還另有用處。兒子劉鵬舉又來電話，說三天到了，因交不上學費，他已經被學校趕出來了。不管這話的真假，聽他的口氣，火燎屁股，這錢是不能再拖了。還有找包的定金，光頭崔哥說要一千，當時被曹哥擋住了；現在錢找著了，他不知光頭崔哥那裡會不會再出岔子。包丟了，覺得為找包付韓勝利錢是對的；包找到了，又覺得付他錢有些冤。不是欠錢不還，是這錢可以再拖一拖。於是沒等到第二天晚上，第二天下午，一個人來到鴨棚。

這回棚裡沒有殺鴨子，棚裡有一幫人，在陪著曹哥搓麻將。那個殺鴨子的小胖子洪亮，在提著茶壺侍候牌局。曹哥幹別的事認真，打麻將也認真，於是桌上的人都認真。曹哥摸張牌要湊到眼上看，出牌慢，帶得眾人都慢。慢也叫認真。牌桌上並無廢話。桌上亂七八糟扔著些錢。劉躍進看人正忙著，又皆認真，沒敢進去打攪，就在門口候著。待一局下來，桌上響起「忽啦」「忽啦」的洗牌聲，劉躍進才扒著門框喊：

「曹哥。」

曹哥從牌桌上仰起臉，往門口看；看不清是誰，對劉躍進的聲音更不熟，問：

「誰呀？」

劉躍進：

「昨天跟勝利來的，丟包那人。」

蹭進門來。曹哥突然想了起來：

「噢，那事呀，對不住你兄弟，那人沒找著。」

劉躍進滿懷信心而來，沒想到是這麼個結果；幸虧手把著門框，才沒跌到地上。一個包沒找著，對曹哥他們算不得什麼；但對劉躍進，卻是晴天霹靂，把腦袋都炸暈了。暈間，還在那裡思摸。思摸間，忘了說話的場合，只是照著自己的思路在說：

「那人是你的人，咋會找不著呢？」

劉躍進說出這話，曹哥就有些不高興；就像昨天韓勝利說街上的賊都是曹哥的人，曹哥有些不高興一樣；但曹哥沒說什麼，只是皺了皺眉。光頭崔哥見曹哥不高興，朝劉躍進喝道：

「你腦子有病啊，他腿上長著腳，咋一準會找著呢？」

劉躍進腦子裡一片空白，仍照著自己的思路說：

「那我昨兒的定金，不是白交了？」

「別是找著了，你們昧起來了吧？」

突然想起什麼，對棚裡說：

「昧錢事小，包裡的東西，還我呀。」

曹哥見劉躍進這麼不懂事，嘆了口氣；對劉躍進仍沒說啥，對牌桌上的人說：

「我又犯了個錯。」

又說：

「孔子說過，惟小人與女子難養也。」

牌桌上的人見曹哥這麼說，有些不解，也有些緊張。曹哥接著說：

這話桌上的人沒聽懂，有些愣怔。曹哥又說：

「從今往後，我不幫人了，幫人就是得罪人。」

這話大家聽懂了。懂與不懂並不重要，重要的是，曹哥開始檢討自己，就證明曹哥徹底生氣了。

曹哥一生氣，從來不怪別人，只檢討自己。這是曹哥跟別人的區別。光頭崔哥見氣著了曹哥，從桌上躥起，衝到門口，照劉躍進踹了一腳：

「媽拉個×，會不會說話？」

這一腳踹到劉躍進心窩上，劉躍進猝不及防，後仰身，直挺挺倒在地上；鴨棚門口，摞著一筐筐鴨毛；劉躍進倒時，把鴨毛筐也帶翻了，鴨毛在鴨棚裡，飛了個滿天。平日這麼踹劉躍進，劉躍進不敢對光頭崔哥這樣的人計較，踹了也就踹了；現在包、包裡的錢和欠條，統統無望了，劉躍進就失去了理智；本來他膽子沒這麼大，現在也顧不得了；從鴨毛堆裡爬起來，沒理光頭崔哥，抄起案上一把殺鴨刀，往前又竄了一步，晃著對眾人：

「我傾家蕩產了，知道不知道？」

牌桌上的人，都愣在那裡。愣在那裡不是怕劉躍進手裡的刀，他們整天殺鴨子，或跟人火拚，都是白刀子進去，紅刀子出來；而是驚奇劉躍進的反應和態度。曹哥皺了皺眉，推開麻將，出鴨棚走了。光頭崔哥見劉躍進攪了牌局和曹哥的心情，又要上去踹劉躍進；但沒等光頭崔哥上手，牌桌上另一大胖子，捷足先登，先一腳將劉躍進手裡的刀踢掉，又一腳踢在劉躍進小腹上；看他胖，身子竟靈活，踢的是連環腳；連吃兩腳，劉躍進的身子先被踢到空中，又落在殺鴨子的案前；身子前衝，頭一下磕在案角上，登時就出了血。腦袋一出血，倒讓劉躍進清醒了，跪在地上，不敢再說什麼；想想又委屈，捂著臉，「嗚嗚」哭起來。

劉躍進從曹哥鴨棚回到工地食堂，用繃帶把腦袋纏上了。好在磕的口子不大，纏上繃帶，血倒是止住了。躺在床上，一夜沒睡。包丟了就夠倒楣的，沒想到又挨了一頓打。挨打該去報仇，可丟了的包，又比挨打事大；時間拖得越長，這包越不好找；又暫時顧不得報仇，還得先找包。可這包接著怎麼找，他又犯了愁。警察值不上，曹哥值不上，韓勝利這樣的人也是白找，條條道都堵死了，可謂山窮水盡；到了窗戶上發亮，劉躍進作出一個新的決定：既然別人都值不上，只好值自己了；別人不幫自己找賊，只好自個兒上街找賊。

第二天一早，劉躍進向包工頭任保良請了三天假。但他沒說自己丟包的事。一是怕任保良笑話，二是這事從頭至尾說起來，兩句三句也說不清楚。只說自己在街上被人打了，要去醫院看傷。任保良一開始不信，但看劉躍進的頭，繃帶上浸著血；張張嘴，倒沒說什麼。劉躍進戴上一棒球帽，騎一自行車上了街。第一個要去的地方，就是自己丟包的郵局門口。郵局轉角郵筒前，那個五十多歲的河南老頭，仍在拉著弦子唱曲兒。不過不再唱河南墜子，又改回流行歌曲；不再唱「王二姐思夫」，又改回「愛的奉獻」。劉躍進倒沒心思跟他計較這個，從丟包那天起，他就盼著偷包那賊，又回到郵局門口；於是每天給河南老頭兩塊錢，讓他替他盯著。也是昨天剛挨了打，看老頭又閉著眼睛，在拚命唱「愛的奉獻」，跟沒事人似的，劉躍進氣不打一處來，上去又喝老頭：

「停，停。」

老頭睜開眼睛，見是劉躍進，停下唱說：

「你說的那人，一直沒來過。」

劉躍進急了：

「你老這麼閉著眼睛唱，他來了，你也不知道。我每天給你錢呢。」

老頭見他這麼說，也急了：

「不就兩塊錢嗎？就把我看死了？我退你還不成嗎？」

又嘟囔：

「到底誰有毛病啊，你想他傻呀？偷罷東西，還能再回來？」

劉躍進一愣，覺得老頭說得也有道理。但他顧不得與老頭理論，再理論也沒用，轉身騎車走了，另去別的地方尋賊。

劉躍進在街上尋了一天。原想著尋賊就是個尋，待到上了街，到哪裡去尋，卻是個問題。劉躍進知道賊都有地盤，就算他不回郵局門口，每天出沒，大概離郵局也不會遠。郵局附近的集貿市場，服裝市場，公交站，地鐵出口，凡是人多的地方，劉躍進都去了個遍。人多的地方，就是賊容易出沒的地方。但一天下來，見到無數的人，卻沒找到偷他包的那賊。也找到幾個人，背影像，一陣驚喜；待轉到前邊，又不是，一陣失望；或前面也像，但左臉上又沒有青痣。待街上的路燈開了，才想起一天下來，只顧找人，忘了吃飯；一天沒吃飯，肚子也不覺得餓。本想回去，明天再接著找；但想著晚上也是賊出沒的時候，在路邊買了一個煎餅，吃過，又騎車在街上找。轉到八王墳一十字街口，地鐵裡湧出許多人。劉躍進紮上自行車，蹲在路邊，細細看這些人，賊沒在其中。站起身，又騎車往前走。騎在車上，只顧看左右的行人，沒注意前邊有一輛轎車，緩緩停在了路邊。開車的人打開前門，劉躍進只顧看左右，沒留意前邊，「匡當」一聲，撞到剛打開的轎車前門上。猝不及防，劉躍進一下被摔到馬路牙子上。自行車的前輪，馬上扭成了麻花，但還努力在空中轉。這車是輛「凌志」，開車的是個中年胖子，被嚇了一跳。待明白事情的前因後果，下車沒管劉躍進，先查看自己的車。車的前門被撞凹進去一窩，後門也被自行車的車蹬子，刮下一長道漆。中年胖子馬上火了，衝向劉躍進：

「找死呀？」

劉躍進摔到馬路牙子上，胳膊腿雖沒摔斷，後腰被馬路牙子挌著了，而且挌在腰眼上，疼得差點昏過去。他想爬起來，但沒爬起來。待掙扎著坐起來，腿又覺得鑽心的疼；拉開褲管，腿上也被撞出一大塊青瘀。中年胖子沒管這個，只顧吼：

「知我這車值多少錢嗎？」

劉躍進疼之外，覺得自己這些天咋這麼倒楣，包丟了還沒找著，又撞了人的車；一波未平，一波又起；儘是想不到的事，接二連三都找來了。他的第一反應是：

「我沒錢。」

中年胖子聽劉躍進口音，看他的穿戴，知他是一民工，揮著拳頭嚷：

「就是把你家的房子賣了，也得賠我。」

劉躍進揉著腿：

「我的房子在河南，沒人買。」

那人還要說什麼，一交警騎著摩托，閃著警燈，從這裡路過。看這裡出了事故，便把摩托停在了路邊。路邊還停著幾輛開往唐山和承德的長途汽車，這些車皆是無照的私車，趁著夜色，在招攬顧客，有人拿著喇叭在喊；看到交警，幾輛車慌忙開走了。交警沒理這些長途車，關上摩托和警燈，打量事故現場。他肩上的步話器，不時傳出別處的斷續的呼叫聲。中年胖子跟著交警，憤怒地叫著：

「叫他賠，不然他下次還不長記性。」

交警摘下頭盔，露出一國字臉，二十多歲，一看是個新警察。他昨天在四環路處理了一起交通事故；由於沒有經驗，分別被雙方的事主騙了，事故處理得有些亂；把甲方的部分責任，算到了乙方頭上；把乙方的部分責任，算到了甲方頭上；弄得雙方都不滿意，今天告到了交通隊。隊長剛才把他叫到辦公室，訓了一頓。現在正沒好氣。如中年胖子平心靜氣跟他說話，他會再打量一下事故現場；見中年胖子用命令的口吻跟他說話，他馬上皺了皺眉。加上中年胖子說這話時，臉貼他很近，口氣噴到了他臉上；口氣中有些晚飯的酸臭；這些有錢人，嘴裡都酸臭；他們在車裡開著空調，風吹不著，雨打不著；自己一天到晚騎個摩托，風吹日晒，在街上吸些塵土和汽車尾氣；本來就沒好氣，這時就更不耐煩了。他先用頭盔將中年胖子往遠處推了推，事故現場也不打量了，不緊不慢地說：

「誰不長記性了？我怎麼覺得怪你呀。」

中年胖子一愣，馬上跟交警急了：

「你看清楚，我的車沒動，是他撞的我。」

年輕交警看中年胖子：

「這是人行道，是你停車的地方嗎？」

中年胖子這才想起，自己停車停錯了地方。剛才還氣勢洶洶，一下偃旗息鼓。他先是支吾：

「我就買包菸。」

忽然又說：

「我認識你們隊長。」

不提隊長還好，一提隊長，年輕交警乾脆不理他了，上去看劉躍進。劉躍進這時又倒在馬路牙子上，口吐白沫，似乎昏了過去。加上頭上本來就纏著繃帶，交警以為他傷勢嚴重，扭頭對中年胖子說：

「快拉人去醫院吧。」

中年胖子慌了，以為真把人撞壞了；或這人在「碰瓷」，要訛自己；顧不上追究別人，轉身想開車溜。警察倒喝住他：

「哪兒去？」

中年胖子不敢再動。這時劉躍進見自己占理，從地上又「咕嚕」爬起來，原來他口吐白沫是假的。他對交警說：

「我不去醫院，叫他賠我自行車。」

年輕交警看中年胖子。中年胖子看看劉躍進，看看交警，又看看腕上的錶，從口袋掏出二百塊錢，扔到地上：

「這叫什麼事呀。」

又瞪了交警一眼，開上自己受傷的車，走了。劉躍進這時對交警解釋：

「不是不去醫院，還有別的事，顧不上。」

這時年輕交警跟劉躍進也急了：

「別以為你就沒事，騎車不看路，想啥呢？」

因年輕交警幫了他，劉躍進便把這交警當成了自己人；也是好幾天無人說話，又剛被撞過，有些委屈，便把交警當成了親人，從自個兒丟包開始，包裡都有些啥，如何報案，如何找人，如何自個兒上街找賊；沒跟任保良說的話，跟一個陌生人說了。但說著說著亂了，年輕交警也沒聽出個頭緒。只是聽他說丟了六萬塊錢，有些不信，趴劉躍進臉上看了看：

「河南人吧？就會說假話。」

騎上摩托，閃著燈走了。劉躍進愣在那裡。

第十四章 青面獸楊志

青面獸楊志這些天有些鬱悶。四天前，他在慈雲寺郵局前偷了一包。本來那天他不想偷東西，那天他工休。一個禮拜，青面獸楊志偷五天，歇兩天；這是他和其他小偷的區別；和大家到公司或單位上班是一樣的。但他一般休在周三和周四，周六、禮拜天不休；這是他和上班族的不同。在慈雲寺郵局前偷這包，等於加班。同時，慈雲寺一帶，並不是他的地盤；在這裡偷東西，等於跨區作業；而跨區作業，違反行內的職業道德，青面獸楊志一般不冒這種風險。就像人做生意一樣，掙錢是沒盡頭的，須講個適可而止。青面獸楊志本該這天休息，最後沒有休息，加班搶了個包，是被搶那人，那天太可氣了。那人身穿西服，挎個腰包，在喝斥一賣唱的老頭；青面獸楊志雖然是個賊，最看不得恃強凌弱；又見那人指天劃地，指著遠處一片CBD建築，說是他蓋的；不是大樓的開發商，起碼是個小工頭。看他的腰包，鼓鼓囊囊，估計裡邊錢不少。當眾欺負人，當眾露富，都讓青面獸楊志瞧不過去。這才臨時加了個班。待腰包搶到手，逃脫那人的追趕，躲到一公廁裡，打開腰包，卻讓青面獸楊志失望。原以為包裡起碼有幾萬塊錢，誰知只有幾千塊錢；幾千塊錢並不是不值得偷，而是跟原來的設想有些落差；剩下的，皆是些亂七八糟的雜物，青面獸楊志也懶得翻。這時才知上了那人外表的當。一個好端端的工休日，被他攪了。從公廁出來，青面獸楊志也就把這事忘了。

但令青面獸楊志沒想到的是，這腰包在他身上還沒捂熱，僅待了三個多小時，就又被別人給搶走了。那天青面獸楊志還另有心事，顧不上別的，這也是他那天不準備偷東西的另一個原因。從公廁出來，先到澡堂洗了個澡，又到「忻州食府」老鄉老甘處吃飯。吃飯中，碰到一甘肅女子張端端。如張端端像「雞」，也就沒了後面的事；正因為「雞」不像「雞」，才打動了青面獸楊志，與她去做了一回露水夫妻。沒想到這是個圈套，兩人夫妻正做著，「匡當」一聲，門被撞開了，闖進來三條大漢，把青面獸楊志身上的錢，連同那個腰包給搶走了。這個張端端，原來也是個賊。如果只是把錢和腰包搶走，青面獸楊志只好自認倒楣；也算大水沖了龍王廟，自家人不識自家人；問題是，錢被搶走沒啥，包被搶走也沒啥，當時他正跟張端端做那事，門「匡當」一聲被撞開，他被嚇住了。人被嚇住沒啥，膽子被嚇住也沒啥；膽子嚇小了，還可以慢慢長大；問題是：他下邊被嚇住了，突然就不行了。當時只顧慌張，只顧搶衣服往自己身上搭，還沒搶到，沒過多留意；待被搶了個乾淨，又被他們踹了幾腳，灰溜溜回到自個兒住處，才突然覺得下邊不行了。青面獸楊志出了一身汗。這就不是小事了。本來是件小事，現在變成了大事。被搶是件大事，現在變成了小事。青面獸楊志還不甘心，自個兒躺到床上擺弄，誰知越擺弄越不行。青面獸楊志開始恐慌，拿上些錢，又上街找「雞」。找到，到了床上，還是不行。又換了一「雞」，胖的，胸大的，到了床上，仍是不行；胖的，還不如剛才那瘦的。還不甘心，又找了一不胖不瘦的；路上還有些躁動，到了床上，下邊早變成一根軟麵條。青面獸楊志滿頭是汗在那裡鼓搗；身下的「雞」一開始讓他鼓搗，半個小時過去，急了，想翻身起來：

「你有完沒完呀？」

又說：

「自個兒不行，折騰我幹嘛？」

青面獸楊志「啪」地搧了那「雞」一耳光，倒把那「雞」給嚇住了，又躺下，不敢再動，任青面獸楊志動。但這時青面獸楊志不動了。他知道事情徹底完了。自己搶別人，只是搶包；這三男一女，搶的不僅是包，還有人的命。這時他不恨那仨搶包的大漢，單恨那甘肅女子張端端。床上是床上的事，咋能拿這事嚇人呢？從第二天開始，青面獸楊志開始反過來找那三男一女。老甘的「忻州食府」去了；被搶的那間小屋去了；凡是有「雞」的街頭和地段都去了；但再沒找到張端端和那三個男人。越是找不到，青面獸楊志越著急。三天來，青面獸楊志沒偷東西，就顧找人了。不找到一女三男，青面獸楊志不會再幹別的。找到他們，不為別的，不為那仨男的，只為張端端；解鈴還需繫鈴人；找到，一刀宰了她，解了心頭之恨，才能剜出心中那個怕，說不定身子下邊，才能恢復正常。說起來，引起這一切，全因為一個腰包。但青面獸楊志正在氣頭上，只記得他的腰包被人搶了；由這腰包，又引出別的枝杈；現在要殺人報仇；已完全忘記這腰包的來路，他也是搶別人的；世上還有一個叫劉躍進的人，不是工地的老闆，只是工地一廚子，也正在滿世界找他。這包要了青面獸楊志的命，也要了廚子劉躍進的命。

通惠河邊有一小吃街。通惠河在民國水是清的，還行船；現在成了一臭水溝。但臭水溝左岸，矗起一大片CBD建築；右岸，沿著河，晚上是一望無際的小吃攤。白天這裡倒安靜，但一片髒亂；到了晚上，燈火通明，地上的髒亂，倒被夜色掩蓋了。本是一河渾濁的臭水，現在星星點點，映著左岸的高樓大廈，竟顯出都市繁華。水往東流著，沿著右岸，賣烤串的，賣雜碎湯的，賣滷煮火燒的，賣麻辣燙的，買麻辣小龍蝦的，賣朝鮮涼麵的，賣土耳其烤肉的，一片煙氣彌漫；熙熙攘攘的吃客，擁擠不動。吃客中，還有許多外國人。靠河邊欄杆，站著許多晚上出來工作的小姐。青面獸楊志找人找了三天，沒有結果，這時想起，張端端是甘肅人；那三條大漢，說話也西北口音；在行裡打聽，甘肅有幫竊賊，常來通惠河邊小吃街作業；這地界在行裡屬三不管，邊遠地區一些毛賊，便來這裡小打小鬧；於是改尋找為蹲守，第三天晚上，到小吃街來等那幾個西北人。也不是乾等，挨攤打問；在一家賣麻辣燙的攤上，打問出常有三個甘肅男人，帶一甘肅小女孩，到這裡吃夜宵；便認定是張端端他們，便在這麻辣燙攤前坐下，等幾個甘肅人自投羅網。從晚上六點，等到深夜兩點，他們沒來。賣麻辣燙的攤主是個陝西人，以為青面獸楊志在等熟人，也感到奇怪：

「天天來呀，今兒咋不來了呢？」

青面獸楊志不答，也不急，第二天晚上又來等。這天等著等著，甘肅三男一女還沒露面，劉躍進來了。劉躍進能找到青面獸楊志，知他在小吃街待著，還得感謝在曹哥鴨棚裡殺鴨子的小胖子洪亮。這天劉躍進尋了一天賊，仍沒尋著；本想夜裡接著尋，但上午淋了一場雨，身上有些發燒，便提前收工，回到工地食堂。工地食堂山牆上，臨時用碎磚壘出一小屋，是劉躍進的住處。既住，夜裡又看食堂。趁著工地晃過來的光亮，劉躍進正撅著屁股開門，突然有人從後邊拍他肩膀，把他嚇了一跳。扭頭，竟是在曹哥鴨棚裡殺鴨子的小胖子。一見曹哥鴨棚的人，劉躍進就氣不打一處來，惡聲問：

「找打呀？」

小胖子知劉躍進誤會了，一邊解釋：

「那天在鴨棚打你，我可沒動手。」

一邊單刀直入：

「想跟你做個小買賣。」

劉躍進仍沒好氣：

「我沒空跟你扯淡。」

小胖子洪亮：

「給我一千塊錢，告你搶你包的人在哪兒。」

劉躍進愣在那裡。一開始有些激動，接著有些不信；這賊曹哥都沒找著，一個連鴨子都不敢殺的小胖子，哪裡能找著他的蹤影？以為小胖子來騙他的錢，嚷道：

「上回你們收的定金，還沒還我呢！」

又上去踢他：

「再惹我，真不饒你！」

小胖子挨了一腳，並沒後退，倒伸出手，向劉躍進堅持。劉躍進看他神色非常認真，又有些疑惑。也是找賊心切，欲先信他一回；如是假的，再跟他計較不遲；於是從身上掏出一百塊錢；還是昨天在八王墳撞車，那車主給的；那人給了二百，劉躍進掏出一百：

「就這麼多，拿命換來的。」

小胖子接過這錢，又伸手堅持；這回劉躍進有些信他了，但揚起胳膊：

「不信你搜，身上發燒，連瓶水都沒捨得喝。」

小胖子收手，這時彈著那錢：

「不為這點錢，為偷你包那人，打過我。」

又說：

「我本該告訴曹哥，可崔哥他們也打過我，也沒對他們孫子說。」

又說：

「我今兒晚上偷著上街，去了通惠河小吃街；沒偷著東西，卻看到你找那人，正吃麻辣燙呢。」

劉躍進摞下小胖子，騎上自行車，飛馳到通惠河邊。自行車那天被撞壞了，換了一個二手圈，花了三十。夜裡八九點鐘，小吃街正是人多的時候。劉躍進鎖上自行車，開始在人群裡踅摸。小胖子說那賊在吃麻辣燙，劉躍進就專門尋麻辣燙的攤子。但麻辣燙攤位不只一家，劉躍進尋了一家，又尋一家。終於，挨著通惠河大鐵橋，一家麻辣燙攤前，看到了青面獸楊志。仇人相見，分外眼紅。找了幾天沒找到，原來卻在這裡；這裡前天晚上劉躍進也來過，沒有特別留意；正是踏破鐵鞋無覓處，得來全不費工夫；花了那麼大工夫沒尋見，尋見，竟因為一個殺鴨子的小胖子。本來身上正在發燒，現在意外找著了賊，渾身來了精神，竟不燒了。找著賊，就找著了自己的包；找著包，就找著了自己的錢；這些都不重要，重要的是，找著包，就找到了那張欠條；心中的驚喜和暢快，似乎找的不是自個兒的包，而是丟了的整個世界。東西失而復得，往往比丟失的原物，還讓人珍惜呢。劉躍進喘喘氣，定定神，想猛地撲過去；但察看左右，小吃街的吃客熙熙攘攘，擁擠不動；擔心兩人打起來，又被這長著青痣的賊走脫。觀察這賊，看他左顧右盼，不像在吃東西，也似在尋人；便不敢大意，將棒球帽的帽簷往下拉了拉，坐到麻辣燙旁邊的一餛飩攤上，要了一碗餛飩，邊吃，邊盯著青痣；待小吃街人少後，再下手不遲。既然找到他，就不能讓他走脫。接著又想，只要在外面，就不能說十拿九穩，撲打起來，賊都有可能走脫；更好的辦法，不是撲打，是跟蹤；他在，盯著；他走，跟著；一直跟到他的住處，待他睡下，再去工地叫幾個人，將他堵在屋裡，甕中捉鱉，才萬無一失。這樣想下來，終於想明白了，心裡也不焦急了；不存在撲打，只存在跟蹤，心裡也不發慌了。這時才感到肚子餓了，又是一天沒吃東西；便安心吃自個兒的餛飩。又擔心頭上纏著繃帶引人注意，低頭摘下棒球帽，將繃帶一圈圈解下，又戴上棒球帽。好在離在鴨棚挨打，已過了兩天，頭上的傷已結了痂，並無大礙。帽子重新戴到頭上，顯得有些空。餛飩吃完，那青痣還在麻辣燙攤前坐著，沒有走的意思。一直等到夜裡十一點，青痣不著急，劉躍進不著急，賣麻辣燙的陝西人見青痣在他攤前坐了一晚上，老占一個座位，耽誤他生意，有些急了，寒著臉對青痣說：

「都啥時候了，別等了。這時候不來，不會來了。」

青痣看看左右，站起來，朝通惠河鐵橋走去。劉躍進也慌忙結了餛飩帳，找到自己的自行車，推上，跟了上去。過了鐵橋，穿過一條巷子，到了寬闊的大街上。青痣上了一公交車，劉躍進忙騎上車，跟著公交車。公交車一站一停，從車上下人，又從車下上人；幸虧是晚上，乘客不多，如是白天，下車上車的人熙熙攘攘，非跟丟不可。那青痣坐了五站，下車，又換了一輛去郊區的公交車，劉躍進又跟這車。這車走了六站，青痣下車，朝一條胡同走去。劉躍進鬆了口氣，青痣住的地方，終於到了。劉躍進將自行車鎖到胡同口一槐樹上，悄悄跟進胡同。胡同裡有些髒，手挨手，仨公共廁所；廁所裡的汙水，溢到胡同裡；路燈壞了，下腳要看地方。走到胡同底，拐彎，又是一條胡同。那青痣又向這條胡同走去。終於，走到胡同底，有間房子，房門就開向胡同。牆上的石灰縫，橫七豎八，抹得跟花瓜似的，能看出這裡過去沒門，屋門是臨時從牆上劵出來的。屋門是塊大芯板；門框，是用幾根木條釘巴起來的。門上掛著一把鎖。劉躍進知道，地方到了；這裡，也像一個賊待的地方。但令劉躍進沒想到的是，青痣來到這門前，並沒有彎腰開鎖，而是扒著窗戶，往屋裡張望，似乎又不是他的住處；看過，又用手扽那鎖，那鎖鎖在門上，紋絲不動。突然，那青痣發狂了，抬起腳，踹門一腳；頭一腳把門踹晃了，又一腳把門踹爛了，第三腳，「匡當」一聲，門被踹倒了；那青痣才啐口唾沫，作罷。劉躍進躲在牆角，不明就裡，愣在那裡。踹完門，那青痣有些垂頭喪氣，沿原路返回胡同口。這裡既然不是他的住處，劉躍進只好再跟著他。看他垂頭喪氣，放鬆了警惕，又想撲上去把他摁翻；快刀斬亂麻，也早點有個了結；跟來跟去，何時是個盡頭？這賊要轉遊一晚上，不回住處呢？到了明天早上，街上人一多，賊逃脫起來就更方便了。從這條胡同轉到另一胡同，劉躍進悄悄接近青痣，正要一躍而起，突然從胡同口閃出兩個人，正面攔住青痣，又把劉躍進嚇了一跳，忙又躲進胡同口的廁所，扒著牆角往外看。

正面攔住青面獸楊志的兩人，一個是曹哥鴨棚的光頭崔哥，另一個穿著飯館服裝，留著分頭，學生模樣。曹哥這邊，尋找青面獸楊志也四五天了。尋找青面獸楊志不是為了給劉躍進找包，而是與青面獸楊志另有過節。同在找一個人，找的目的不同。本來目的可以有部分重合，那天讓劉躍進在鴨棚一鬧，徹底鬧沒了。單說曹哥等人與青面獸楊志的過節，青面獸楊志是山西人，曹哥等人是唐山人，同城為賊，各有各的地盤。全北京的賊都知道，唐山人不好惹；惹了唐山人，要麼沒了，要麼投奔了唐山人。其實事情很簡單，不到唐山人的地盤跨區作業，井水不犯河水，大家也相安無事。青面獸楊志半年前乍來北京，一是不熟悉地面，二是不知人的深淺；加上他在賊的十八般武藝中，最善溜門撬鎖；別人撬這門被抓住了，青面獸楊志第二天再去，仍能滿載而歸；也是藝高人膽大，沒把唐山人放到眼裡；一個月之中，先後四次，到唐山人地盤跨區作業。頭三回安然無事，第四回，沒被偷的人家抓住，被曹哥的人抓住了；偷的東西被沒收了不說，還把他吊在鴨棚，用皮帶抽。曹哥嘆息：

「兄弟，讓你三回了。」

又說：

「這麼聰明的人，咋就不知道事不過三呢。」

青面獸楊志這才知道了曹哥的厲害。本想像其他地方的賊一樣，要麼退避三舍，再不到唐山人的地盤；要麼投奔唐山人，有生意大家一塊做。唐山人占的地盤，全是富人區和商業繁華區。富人住的和去的地方，才能偷些東西；窮人待的地方，去偷些窮氣呀？但入鄉就得隨俗，入了唐山幫，又怕太受唐山人的限制，一時還沒拿定主意。但不打不成交，青面獸楊志一個禮拜作業五天，剩下兩天，便時常到鴨棚來玩。大家一起搓麻將。青面獸楊志溜門撬鎖行，搓麻將差些；幾個禮拜下來，已欠下曹哥、崔哥小四萬塊錢。越輸越不服，越不服越輸，到上個月底，已欠下二十來萬。這時突然明白，也許輸錢事小，這賭錢本身，說不定是個圈套。明白這一點已經晚了，這一點又不好挑明；從此偷東西就不是為了自己，而是為了曹哥。偷了錢，就得趕緊還債。為唐山人偷錢，唐山人的地盤又不能去，只能去窮人待的地方小打小鬧，如此這般，這債何時能還完？這時便恨曹哥等人陰險。啥是賊呢？賊偷人不叫賊，賊偷賊才叫賊呢。人被偷了，還可以報案；青面獸楊志被曹哥等人偷了，只能打碎牙往肚裡嚥。不馬上搶銀行，一時三刻，這二十多萬就難以還上。為了躲債，青面獸楊志不敢再到曹哥的鴨棚去。曹哥鴨棚裡的人，便開始找他。這是青面獸楊志老悶悶不樂、藏在心裡的另一樁煩心事。青面獸楊志以為曹哥他們找他是為了讓他還錢，其實曹哥找他，另有別的事。正是因為有別的事，事來了，就找得緊；沒事，或事過去了，就放鬆了。或鬆或緊。但這鬆緊，曹哥這裡知道，青面獸楊志不知道。這月上半月沒事，還鬆；這幾天又有事了，於是便緊了。本來找了幾天，沒有找到青面獸楊志；再過兩天，等事過去，就又鬆了；也是因為殺鴨子的小胖子，今天晚上偷偷上街；偷偷上街，也違反紀律，回來被光頭崔哥抓住，搧了幾耳光；崔哥搧他僅為上街，但小胖子做賊心虛，以為他幹的事，崔哥都知道了；崔哥搧著問：

「街上都見誰了？」

只是隨口一問，小胖子順嘴吐嚕，便把青面獸楊志的行蹤，也交代出來；但他沒交代把這事告訴了劉躍進；因劉躍進給了他一百塊錢，怕交代出去，這錢也被收走。所以青面獸楊志離開小吃街，不知劉躍進在後面跟蹤；劉躍進跟著青面獸楊志，不知同時跟蹤的還有光頭崔哥兩人。只是劉躍進騎著自行車，光頭崔哥兩人開著一輛二手「桑塔納」，一方走的是人行道，一方走的是快車道，相互沒注意罷了。崔哥在胡同口攔住了青面獸楊志，不但青面獸楊志吃了一驚，劉躍進也吃了一驚。青面獸楊志見被曹哥的人堵住，知道事情發了，向光頭崔哥解釋：

「崔哥，咱的事，回頭再說；我在找人，比那事急。」

接著從後腰裡，抽出一把刮刀，在路燈下閃著寒光。光頭崔哥見刀倒沒在意，將這刀抽過來，用手拭著刀鋒；但把躲在廁所牆角的劉躍進嚇了一跳，幸虧有光頭崔哥兩人橫插一杠子，否則剛才自己上去撲青面獸楊志，他身上帶著刀，不知會是個啥結果。光頭崔哥拭著刀鋒問青面獸楊志：

「找誰呀？」

青面獸楊志本想將自己偷包又被劫，劫包事小，下邊又被嚇住的遭遇，向光頭崔哥說一遍；一是這話不好出口；二是說也白說，不解決任何問題；三是說出下邊被嚇住，一件煩心事，怕轉成笑話；便忍住沒說，說：

「你別管，找誰誰倒楣。」

光頭崔哥用手止住他：

「先把你的事放放，說說咱的事；你欠大夥的錢，可過期好多天了。」

聽到這話，青面獸楊志倒有些發怵，解釋說：

「崔哥，殺人償命，欠債還錢，這道理我懂，我沒躲的意思。」

光頭崔哥又止住他：

「曹哥說了，錢是小事，做人是大事。」

青面獸楊志：

「這是大道理，我也懂。」

光頭崔哥還要說什麼，穿飯館服裝的學生模樣的人攔住他：

「崔哥，既然老楊懂大道理，咱就別囉嗦了，還是商量正事要緊。」

這時從口袋掏出一張紙：

「老楊，今晚辛苦你一趟。」

將紙攤開，紙上畫著一張草圖，用手指這圖：

「就這地兒，貝多芬別墅；就這家，天天夜裡打麻將，叫外賣。」

光頭崔哥也戳那張紙：

「曹哥的意思，讓你立功贖罪；室內作業，也是你的強項。」

又掏出一支菸點著：

「沒拿你當外人，這裡，也是曹哥的地盤。」

又說：

「也是為你好。有錢人家，輕鬆走一趟，你欠大傢伙的錢，也就全結了。」

青面獸楊志愣在那裡。劉躍進躲在遠處，聽不清他們說些啥，只見三人圍著一張紙，指指戳戳，劉躍進在廁所裡乾著急。

第十五章 青面獸楊志

待青面獸楊志換上飯館的服裝，騎著一輛外賣車在街上走，劉躍進又騎著自行車在後邊跟蹤。現在的跟蹤，跟剛才的跟蹤，又有不同。剛才跟蹤只為找自個的包，盼青痣有個安定的時候，好一舉擒住他；現在橫出另一條岔子，這賊更不安定了，又去幹另外一件事；劉躍進找包之前，先得跟蹤另一件和自己毫不相干的事。但他一不敢上去阻止青痣，光頭崔哥，又把那把刀，還給了青痣，青痣又把它掖到了腰裡；同時他也不敢不跟蹤，好不容易找到這賊，怕他又跑了。只能眼睜睜看著這賊又去幹別的事；只能等他幹完這件事，安定下來，或返回老窩，另想辦法擒他。青痣換上了飯館的服裝，馬上變成了另外一個人。劉躍進一是納悶，不知他要去哪裡，去那裡幹啥；同時又覺得改頭換面，要去幹的，肯定不是小事；小打小鬧，還用喬裝打扮嗎？青痣在前邊騎車倒不緊不慢，劉躍進騎車跟在後面，倒比剛才跟蹤公交車輕鬆。待到了紅領巾東橋，青痣看看腕上的錶，在橋下下車，紮上外賣保溫車，坐在馬路牙子上，開始抽菸。劉躍進也只好在橋的另一側，下車等他。青痣抽著菸，望著馬路上來往的行人和車輛，面無表情。夜深了，行人和車輛不像白天那麼多。青痣望著空曠的馬路，突然嘆了一口氣，又自言自語一句什麼；接著又低頭抽菸。這神態，這嘆氣，接著又自言自語，劉躍進倒有些熟悉。劉躍進遇到煩心事時，也這麼望著遠處嘆息，接著自言自語。一個賊，原來跟自己在許多方面有些相像。劉躍進也不禁嘆了一口氣。但賊就是賊，想辦法擒住他，讓他還包要緊。青痣吸完菸，又騎車上路。劉躍進又騎上車跟蹤。順著大街，過了七個紅綠燈，開始向左轉；又過了三個紅綠燈，轉進一條胡同。從一條胡同又轉到另一條胡同。從這胡同出來，眼前豁然開朗，原來到了一別墅區。夜深了，別墅區門前的水池子裡，兩隻石獅子嘴裡還在噴水。別墅區大門上，閃著彩燈。燈下的石壁上，寫著幾個大字：貝多芬別墅。兩個保安，頭戴貝雷帽，身穿「偽軍」服，在門口站著。青痣在路上還無精打采，一看到燈火處，精神突然抖擻起來。劉躍進也跟著抖擻起來。青痣不慌不忙，騎著外賣車到了別墅區門口。劉躍進在胡同裡下車，躲在牆角，看他動靜。青痣從口袋裡掏出一張紙，指著那紙，對保安說著什麼。保安拿起手裡的對講機，與人通話；放下對講機，揮手讓青痣進去。青痣推車進了大門，一蹁腿，上了外賣車，向別墅深處騎去。一開始還能看到他的身影，漸漸就看不見了。這時劉躍進有些著急，不知賊接著去哪裡；辛辛苦苦跟了半夜，別再把人跟丟了；也想進別墅區跟蹤，但想不起進別墅的理由；也怕把理由說不周全，再讓保安把他當成賊。又想著這賊進去，不管幹啥，總會有完事的時候；完了事，總會出來；出來，總會經過大門。於是紮上自行車，蹲在地上抽菸，耐心等青痣。菸抽著抽著，也不禁像剛才的青痣一樣，嘆了口氣，自言自語道：

「媽的，這叫啥事呀？」

青面獸楊志不知後邊有人跟蹤。來貝多芬別墅的時候，心頭還是亂的。亂不是亂將要去偷東西，是亂這幾天的遭遇。搶他包的那三男一女，找了四天還沒找到。有股氣在體內憋著，下邊越來越不行了。前天一個人時還行，見了女的不行；從昨天起，一個人時也不行了。正一點點往深淵裡墜。他擔心不及時找到張端端，拖得時間長了，那時找到，把人殺了，怕也救不了自個兒了。這時又橫出一岔子，被曹哥鴨棚的人拿住了，派他來貝多芬別墅偷東西。本來死的心都有了，哪裡還有心思偷東西？但情勢所迫，又不能不來。不過青面獸楊志畢竟是職業盜賊，就像職業球員一樣，在場下千頭萬緒，一上球場，把場外的一切都忘了，精力馬上集中起來；青面獸楊志看到一園林別墅區矗立在自己面前，也像球員上了燈光閃耀的球場一樣，精力馬上集中了，人也抖擻了。這是職業和非職業的區別。正是因為精力集中，對之前的煩惱，倒有些放慢；事情一放慢，心裡一下似輕鬆了。於是又感謝這場偷盜，使自己暫時忘了一連串的煩惱。為什麼要當賊？是因為能忘記煩惱。精神抖擻後，欲比以往的偷盜，更大幹一場。青面獸楊志邊騎車，邊留意一幢幢別墅的樓號。拐了七八個彎，到了別墅區俱樂部；夜深了，俱樂部已黑燈瞎火；過了俱樂部，下車看一幢別墅的樓號；又掏出那張紙核對；接著上前摁這別墅的門鈴。門鈴響過兩遍，別墅的門開了。門開處，裡邊傳出「忽啦」「忽啦」的洗麻將聲，及男男女女的喧鬧聲。一男人，留著長髮，穿一睡衣，走了出來；出門，先仰天打了個哈欠，足足打了一分多鍾，打得鼻涕眼淚，總算打透了；接著又活動頸椎，頸椎傳來「嘎蹦」「嘎蹦」的骨頭錯位聲；看來牌局時間不短了；做完這一切，那人才看了青面獸楊志一眼。青面獸楊志率先入了戲，成了飯館送外賣的；憨厚地看著那人：

「老闆，和昨天一樣，八份炒飯，五份炒麵。」

接著打開車後座上的保溫箱，往外提十三份盒飯。那人接過盒飯，青面獸楊志又將飯單擱在一托板上，從口袋掏出一碳素筆，用嘴咬下筆帽，遞上，讓他在上邊簽字。那人接過筆，又打量青面獸楊志，這時一愣：

「換人了？」

青面獸楊志不慌不忙：

「那兄弟病了，老闆讓我替他一天。」

那人也沒在意，簽過字，又仰天打了個哈欠，拎著盒飯回屋，「匡當」一聲，關上了房門。

這時青面獸楊志將飯單翻過來，原來後邊還貼著一張紙，紙上又有一張草圖，畫著別墅區的全景；一個箭頭，從這棟別墅，指向了另一棟別墅。青面獸楊志騎上車，沒回別墅區大門口，按著箭頭的標示，又往別墅區深處騎去。別墅區的小路崎嶇蜿蜒，草地裡有蟲子在鳴。又往裡走，深處有一人工湖。湖邊有鶴棲息，不時傳來幾聲鶴鳴。青面獸楊志繞著湖走，到一轉角別墅前，青面獸楊志下車，藉路燈看了看門牌，又看看左右無人，只聞鶴鳴，便將外賣單車藏在路邊草叢裡，從保溫箱裡掏出一魚皮口袋，繞到這別墅後身，從腰帶上拔出一鋼絲，撥開窗戶，跳了進去。

這別墅面積甚大，上下打量，有五百多平米；一樓中空挑高；雖然屋裡黑著燈，但路燈從窗外映進來，能模模糊糊看清屋裡的擺設。大廳正中，放一檯球案子。青面獸楊志抄起一檯球，在案子上滾動。球「咕嚕咕嚕」從這頭滾到那頭，屋裡既沒有狗叫，也沒有人的動靜；青面獸楊志知道，別墅裡確實沒人，曹哥鴨棚的人沒有騙他。於是踏實下來。偷也分兩種，一種踏實，一種不踏實；無人就踏實，有人就不踏實；偷富人踏實，偷窮人反倒不踏實。但青面獸楊志也不敢耽擱太長時間；時間太長，出別墅區對保安不好交代。於是觀察好地形，便開始下手。從客廳到書房，從起居室到臥室，從廁所到儲物間；從一樓到二樓，從二樓到三樓，青面獸楊志有條不紊地工作著。常替別人整理房間，一切倒是輕車熟路。表面的抽屜可以放過，書櫃裡層，廚房的抽屜，沙發底襯，往往有意外的收穫。二樓儲物間有一保險櫃，掩在一堆拖把後，但死死嵌在牆上，青面獸楊志沒跟它較勁。二十分鐘後，除去保險櫃，家裡值錢的東西，錢、首飾、珠寶、手錶、照相機、攝像機、兩部沒用過的手機等，都入了青面獸楊志帶來的魚皮口袋。粗估下來，以首飾珠寶為主，也夠還鴨棚那些人的帳了。這一趟沒有白來。富人是賊的好朋友。一番洗劫過，家裡還紋絲不亂，不顯山不露水。這是青面獸楊志和其他賊的區別。也是專業和非專業的區別。翻東西的過程中，青面獸楊志也翻出些蹊蹺的東西。如在一樓書房，翻到書櫃裡層，除了翻出一打美元，還翻出兩盒壯陽藥；青面獸楊志便想，這房子的男主人，說不定和他一個毛病；將這壯陽藥，揣到懷裡。在三樓臥室床墊夾層裡，除了翻出兩張銀行卡，還翻出一花花綠綠的盒子；打開，竟是男人的假傢伙；青面獸楊志又有些不解。想想又解，和一樓的壯陽藥就對上了。但男人的東西對青面獸楊志沒用，又規規矩矩放了回去。從儲物間暖氣罩裡，除了翻出一盒首飾，還翻出一盒名片；首飾放到隱蔽處可以理解，名片是給人看的，也故意藏起來，不知是何用意。抽出一張看，屋裡光線模糊，只見一片字，看不清上邊寫的是啥。這名片形狀也有些出奇，別的名片是四方形，它是三角形。青面獸楊志覺得好玩，也揣到懷裡一張，自言自語道：

「明人不做暗事，留個紀念吧。」

整個別墅整理完，青面獸楊志紮上魚皮口袋，背在身上，準備下樓收工；這時突然聽到窗外有汽車輪子軋馬路的「沙沙」聲，接著這車停了，有人用鑰匙扭這別墅的門鎖；門開處，有人說話；說起話來，有男有女。青面獸楊志嚇了一跳，曹哥鴨棚的人說這別墅沒人，誰知還是有人。青面獸楊志自言自語：

「媽的，又上了他們的當。」

撥開窗戶，欲跳下去，窗外就是湖邊；但這別墅樓層高，三層的高度，相當於平板房的五層；怕跳下去摔斷了腿；就是腿摔不斷，也會弄出聲響；於是趕忙又回到三樓臥室，先躲起來再說；欲待這房子裡的人消停了，自己再悄悄溜走不遲。誰知樓下說過一陣話，有人開始上樓；上了二樓，又上三樓；接著向臥室走來。青面獸楊志這時有些慌了，先將魚皮口袋藏在電視櫃裡，看看自個兒無處躲，只好躲在窗簾背後。臥室的門被打開，屋裡的燈被打開，青面獸楊志在窗簾後發現，進來的，是一個三十來歲的女人，胖，但面目長得，倒有八分顏色。那女的進來，先踢掉自己的高跟鞋，把她的手包、手機扔到床上，就開始脫衣服；從上衣，到裙子，又到乳罩，又到褲頭，說話間，人是光的。這女人雖有些胖，但皮膚白嫩，屁股是翹的。這女人光著身，走向浴室，關上玻璃門，開始淋浴。隔著浴室門的毛玻璃，能看著這女人在籠頭下沖澡的裸影。青面獸楊志看得呆了。不知不覺，下邊竟挑了起來。只是挑了起來，青面獸楊志還沒知覺。待知覺，不禁心頭一喜。被甘肅女子張端端嚇住的下邊，原以為被徹底嚇垮了，不殺張端端，它嚥不下這口氣；沒想到因為一場偷竊，在被偷的人家，看到一個素不相識的女人，它突然又恢復過來。這一趟沒有白來。沒白來不只偷了些東西，可以還債；比這重要的是，青面獸楊志，又成了青面獸楊志。世間事情的閃躲騰挪，真是難以預料。你想轉彎的地方，找不到彎；你無望了，亮兒自個兒走到了你面前。青面獸楊志正在感嘆，突然床上的手機響了，青面獸楊志又被嚇了一跳，慌忙去捂自己的下邊。接著浴室的門開了，那女人裹著浴巾，來接電話。窗戶與浴室的門一對流，窗簾拂動，那女人突然看到窗簾下有一雙腳。那女人先是愣住，接著一聲尖叫。這尖叫，又把青面獸楊志下邊給嚇回去了。但他這時顧不得下邊，因為一樓的人聽到樓上尖叫，同時有兩個男聲喊：

「怎麼了？」

接著是腳步雜亂上樓的聲音。青面獸楊志不能束手就擒，拉開窗戶，往下張望；樓還是那麼高，這時就顧不得了，跨窗戶就往下跳；只是可惜整理出的那一魚皮口袋東西，剛才藏到電視櫃裡，現在顧不上取回；但賊不走空，臨往下跳，又探身抄起床上的手包，跳了下去。

這房子的樓層果然比別處的樓層高，青面獸楊志從樓上跳下，雖無摔傷身子，但崴了腳。但他顧不得腳，沿湖邊拚命跑。沿圈跑過這湖，便是別墅區的高牆。青面獸楊志攀上這牆，跳到牆外。但他在湖邊奔跑，已被湖邊的監視探頭發現了；跳牆時，又使別墅區門口警衛室的警報響了。門口兩個保安，一人向別墅區內跑，一人向別墅區外追；兩人便跑，邊拿對講機喊話喊人。

青面獸楊志跳出別墅區，並沒有馬上逃，而是趴在一樹棵子後不動；待那保安跑過去，才一躍進了對面的小胡同，拚命撒丫子跑起來。但他躲過了保安，正好撞上了劉躍進。劉躍進在這胡同裡等了一個多小時了，一直盯著別墅區門口不放。看看青痣不出來，又看看還不出來，以為他不會出來了，或從別墅區其他門出去了；自己跟了一晚上，又跟丟了，有些懊喪。早知這樣，還不如在小吃街撲上去呢。雖然青痣身上有刀，但那裡人多，打鬥起來，也許別人會上來幫他；一直跟著倒是保險，但跟著跟著跟丟了，等於沒跟。一個人老躲在胡同裡，也讓人生疑。剛才一老頭從胡同裡穿過，看劉躍進在牆角候著，以為他是個賊，欲上前盤問；劉躍進忙站起來，主動找老頭借火，說自己在這裡等個人，那人進別墅送外賣去了；雖然說的是實話，老頭也借了他火，但又狐疑地看了他一陣，才轉身走了。正在無望，突然聽到別墅區警鈴大作，看到保安四處亂跑，劉躍進大吃一驚；又見青痣竄了過來，又一陣驚喜；雖然不知青痣在別墅區幹了什麼，驚動了警鈴和保安，但趁機擒住他，才是正理。於是大喊一聲：

「有賊！」

但擔心他身上有刀，沒敢撲上去。青面獸楊志看到劉躍進，也一愣怔，一方面不知他為何會出現，感到有些擰巴；另一方面才突然想起，自己被劫之前，還偷過別人的包。但他顧不得那麼多，看劉躍進堵住他，果斷從後腰裡拔出了刀；但也無心戀戰，晃著刀，越過劉躍進繼續往前邊跑。劉躍進看他跑，又在後邊追。青面獸楊志崴了腳，跑不過劉躍進，看看劉躍進逼近，又轉身甩出手裡的手包，砸到劉躍進臉上。劉躍進猝不及防，沒被包砸倒，腳下一絆，自己將自己絆倒在地。待爬起來，又往前追，青面獸楊志已轉向另一條胡同，跑得看不見了。煮熟的鴨子，眼看又飛了，劉躍進有些喪氣。這時聽到別墅區門口眾聲喧鬧，突然想起什麼，又轉身回到剛才那條胡同，拾起青痣砸他的手包，也急忙從第三條胡同溜了。

第十六章 嚴格

老藺與嚴格又見了一面。這次兩人沒吃海鮮，也沒吃涮肉，在「老家粥棚」，每人喝了一碗粥。嚴格喝了一碗涼粥，銀耳蓮子粥；老藺喝了一碗熱粥，魚翅粥，老藺喝的，還是跟肉有牽連。一碗熱粥喝下來，老藺喝得風平浪靜；那麼燙嘴的粥，老藺沒喝出汗；嚴格喝的是涼粥，一碗粥喝下來，卻出了一頭汗。他不知道這次見面是福是禍。自上次見面，嚴格與老藺攤牌，由他和女歌星的照片，到拿出一U盤；向老藺攤牌，就是向賈主任攤牌；五天過去，沒有動靜。嚴格如熱鍋上的螞蟻，坐立不安。攤牌不是為了決裂，而是為了修補已斷的裂縫；這是嚴格攤牌，和其他人攤牌的不同。別人攤牌是為了斷裂，嚴格攤牌是為了修補。但五天過去了，賈主任和老藺那裡沒有動靜。嚴格再一次體會到，在他和賈主任的關係上，不但發展朋友關係，嚴格是被動的；就是在朋友關係的斷裂上，斷裂到何種程度，能不能回頭修補，嚴格也做不了主。嚴格想修補，賈主任也想修補，這裂縫就能修補；嚴格想修補，賈主任想斷裂，這修補就成了斷裂。接著又體會到，有錢人，在有權人面前，也就是隻「雞」；就像「性」在錢面前一樣，不是人在找「性」，而是「性」脫了褲子找不到人。當然，徹底斷裂，對誰都沒有好處；嚴格的船翻了，賈主任的船也不會平穩，說不定會同歸於盡；如果斷裂為了同歸於盡，這斷裂就成了賭氣；賭氣導致的結果，沒有任何技術含量；又是嚴格不願意看到的。如果嚴格認識不到這一點，僅是傻有錢，賈主任也不會和他交這麼長時間的朋友。問題是，有錢人如今成了窮光蛋；由身價十幾個億，變成了負債累累；嚴格已經不是過去的嚴格，這才出此下策，用了威脅的手段。威脅本身也是賭氣，也沒有技術含量。更大的問題是，他除了用這沒有技術含量的低劣的手段，也沒有別的出路。自己本不是這樣的人，我本有義，皆是情勢使之然，使自己與賈主任的交往，質量降低了，品種降低了，由繁花似錦，變成了一地雞毛。兩人都不是過去的兩人了。嚴格喜歡的，還是十五年前，自個兒去朋友處借錢，又給賈處長送去，賈處長拉著他的手，眼裡噙著淚花的場面。那情形，才叫朋友。兩人也是從感人的場面開頭，經過諸多演變，成了今天這種局面。如果僅是兩人的關係，斷裂還是修補，嚴格也不會在意；問題是，嚴格如今的命運，就攥在賈主任手裡；是恢復成過去的有錢人，或是徹底變成窮光蛋；是仍待在上流社會，或是進監獄；直到是死是活，都在賈主任的轉念之間。但是，事情的性質不是這樣的。嚴格由一個有錢人，變得如此倒楣，如果是嚴格一個人造成的話，嚴格不會怪別人；問題是，其中有一大半原因，要怪賈主任。釀成後果，又見死不救；如果說這事情中有小人的話，賈主任首先是個小人，然後把嚴格逼成了小人。嚴格船翻時，把賈主任也拉下船，不僅為了他見死不救，而是因為他也是個小人。這就不是事情本身的事了。五天來，嚴格思前想後，也沒理出個頭緒。他也知道，想也沒用；一切還看賈主任怎麼想。第五天下午，他突然接到老藺一個短信：晚六點半，老家粥棚見。沒打電話，就發了一個短信；用的不是商量的口氣，而是命令的口氣；又讓嚴格撮火。但嚴格身在險境，有求於人，又不敢不來。嚴格來時，做好了兩種思想準備：一，賈主任回心轉意，幫他；二，與嚴格反攤牌，趁著這件事，落井下石，徹底將嚴格置於死地。大家已經撕破了臉，中間的道路是沒有的。將事情這麼拖下去，任其發展，也不是賈主任這個老男人的性格。嚴格聞過他的尿。老藺在這點上與賈主任相似，但又不相似。賈主任遇事態度分明；起碼會對老藺分明；但這態度轉到老藺手來，又變得沒態度；一個短信，面無表情，讓嚴格摸不清老藺的意思；摸不清老藺的意思，就等於摸不清賈主任的意思。越是摸不清意思，嚴格對他們的態度越沒底，接到這短信，顧不上追究這態度，只好乖乖前來喝粥。這時嚴格又有些傷感，早年雖然貧困，但不用經歷這麼多風險；經歷風險倒沒啥，不用跟這麼多凶險的人打交道；時時處處，要看凶險的臉色。無非凶險的臉色，有時以笑臉出現。勞動人民雖然愚不可及，但也沒這麼多花花腸子，沒這麼多凶險的心眼；讓他們有，他們也沒有；想有，也不知哪塊地裡能長出來。本來自己是頭羊啊，怎麼一不留神，就誤闖到狼群裡了呢？如果當初自己考不上大學，還在湖南農村種稻子；雖然日出而作，日落而息；勞其筋骨，但也不苦其心志；娶個賢良的婦女，生一到兩個孩子；日子雖苦些，倒也其樂融融。為何其樂融融？因為你不知道那麼多。都是上一個大學，害了自己。這麼思前想後，胡思亂想，除了感嘆人生和命運未可料定，對挽救他目前的處境，毫無幫助。由於忐忑不安，心中燥熱，喝一碗涼粥，也喝出一頭汗。嚴格為自己的失態有些懊惱。老藺看他出汗，「噗哧」笑了；喝完熱粥，心平氣和地給嚴格遞上一張餐巾紙，示意他擦汗。這就等於嘲笑嚴格了。嚴格想惱，從大局計，又壓在心裡。在人房簷下，不得不低頭。老藺打了一個飽嗝，這時說話了：

「賈主任說了，想跟你做個小生意。」

嚴格吃了一驚，他沒想到這次談話會這麼開頭。他一愣：

「什麼生意？」

當然這話問得也沒有技術含量。老藺這回倒沒嘲笑他，點上一枝菸說：

「賈主任說，你，交出U盤；他，幫你貸八千萬。」

這結果出乎嚴格意料。心中不由一陣驚喜。剛才的懊惱，似被一陣風颳走了。看來威脅還是起作用。看來U盤的威力，還是比照片大。嚴格欠銀行四個億，雖然八千萬不能解決根本問題，但起碼可以救急。既能還銀行一部分利息，又可以使幾個工地運轉起來。人犯了心臟病要死了，八千萬，等於一粒速效救心丸。嚴格不知怎麼轉變自己的態度，只是感激地說：

「這怎麼叫生意呢？這是賈主任和你對我的幫助。」

又說：

「我忘不了賈主任，更忘不了你。」

又說：

「我以前做得不對的地方，請賈主任和你原諒我。」

說的是照片和U盤的事了。但老藺沒接受他這些感激，面無表情地說：

「不，過去幫忙歸幫忙，這回，生意就是生意。」

嚴格愣在那裡。這下徹底明白了老藺也就是賈主任的意思。嚴格用照片和U盤跟賈主任和老藺攤牌，賈主任和老藺也用八千萬跟嚴格攤牌了。幫忙和生意，是兩個不同的概念。幫忙是含混的，生意是清楚的；幫忙是無盡頭的，生意一樁是一樁，潛台詞是：一切到此為止。為什麼只幫著貸八千萬，不多，也不少，是因為賈主任算得清楚，貸給嚴格八千萬，嚴格就能救急；既不會餓死，但又撐不著。過了八千萬這道坎，從此大家一刀兩斷。以後的事，就是嚴格自己的事了。幫著貸八千萬，與照片和U盤，是樁生意。嚴格這時意識到老男人的厲害。但八千萬對於嚴格，恰是救命稻草。就是碗毒藥，也只好喝下去。嚴格明白了賈主任和老藺的意思後，這次沒有失態，沒有把這層窗戶紙捅破，仍感激地說：

「謝謝賈主任，更謝謝你。」

雖然這樁生意的代價有些大，生意做過，就等於失去了賈主任；失去了賈主任，就等於失去了十多年來發財的源頭；失去的不光是一個人，而是一棵大樹；失去的不光是人和樹，而是十多年來積累和溝通的成本；物與錢獲得是容易的，與人溝通是最難的；等於丟了一個西瓜，得到一粒芝麻。但這粒芝麻是速效救心丸，嚴格也只好吞下。問題還在於，在兩人關係和關係的變化上，賈主任是主動輪，嚴格是被動輪；賈主任說要生意，嚴格就無法不生意；不生意，連這樁生意都沒有了。賈主任毒就毒在這個地方。但吞下這粒速效救心丸，人還是緩過來了。如同要沉的船卸了半船貨物，這船又浮上來了；人還是感到輕鬆。嚴格又想，事到如今，也只好緩過這口氣再說。至於以後，再說以後；失去賈主任，再去找甄主任；無非再花些溝通和積累的代價罷了；車到山前必有路，船到彎處自然直。左右一想，心情也好了起來。又想：或者，流氓就是這麼鍛鍊出來的。

嚴格能接受這樁生意，還有一個原因，在這樁生意之前，嚴格剛跟妻子瞿莉也做了一樁生意。他通過自己的司機小白，控制瞿莉的司機老溫，弄清楚瞿莉出走之後，這些天的行蹤。原以為跟人有關係，最後是跟錢有關係。僅跟錢有關係，倒是比跟人纏在一起好辦；像他跟賈主任和老藺現在的關係一樣。但也不是這麼簡單。那天嚴格把瞿莉堵在銀行門口，兩人在咖啡館攤牌談了一次，也只是知道她在轉帳，不知道這帳的來路和去路，及錢的多少。但通過瞿莉這個舉動，嚴格意識到什麼；回頭在自己公司調查，從一個財務主管嘴裡，終於弄明白，從八年前開始，公司的每一筆生意，瞿莉都從背後插了一手。嚴格在瞿莉身邊安的有臥底，瞿莉在嚴格身邊安的也有臥底，就是兩個月前出了車禍的公司那個副總。公司的每筆生意中，瞿莉聯合這個副總，都暗中切了一刀。每次切口都不大，切下的蛋糕都不多，所以不易發現；正因為這樣，次次不拉，也積少成多；這是瞿莉聰明和惡毒的地方。原來瞿莉跟他，早就不是一條心。但為什麼是八年前，因為一件什麼具體的事，讓瞿莉在心裡跟他分道揚鑣，他一時也想不起來。因為一個女人？因為一筆錢的用途？因為一個日常舉動？因為一句話？還不知瞿莉跟那個死了的副總，到底是什麼關係。世界如此紛繁，倒讓嚴格心驚。聯繫到瞿莉一趟趟去上海，還不知在搞什麼名堂。這時不但懷疑瞿莉的憂鬱症是假的，甚至懷疑她由瘦變胖，由文雅變暴躁，也是假的。當然不可能全是假的，但有沒有演戲的成分呀？現查出，八年來，瞿莉在背後一刀刀切下的小蛋糕，一筆筆錢攢起來，共有五千多萬。放到過去，這錢對嚴格不算多；放到現在，船要沉了，這錢就不算少。嚴格又跟瞿莉攤牌。瞿莉聽說他查出她八年來的舉動，並不驚慌，好像早就知道會有這一天，又讓嚴格吃驚；瞿莉好像還有些不耐煩：

「事到如今，趕緊說怎麼辦吧。」

事到如今，嚴格只好跟她做生意。這生意做的，不像與賈主任和老藺那麼爽快。兩人爭執半天，嚴格一讓再讓，最後達成協定：一，從瞿莉的五千多萬中，分出一半給嚴格救急；待嚴格緩過勁兒來，再把這錢還給瞿莉；二，瞿莉借給嚴格錢，瞿莉過去的所作所為，都一筆勾銷；三，嚴格借瞿莉的錢，要打欠條；四，瞿莉提出，瞿莉借給嚴格錢之日，就是兩人離婚之時；也算一刀兩斷。在這宗交易中，嚴格雖然感到屈辱，那錢本來就是嚴格的，現在成了借的；本想全借，現在只能借一半；加上，瞿莉背後這麼幹，本來就違法和不道德，現在倒反客為主。但嚴格又想，夫妻離婚，不也得分人一半財產嗎？只是現在不該分錢，應該分欠人的帳；如今成了，帳是嚴格的，錢是瞿莉的。但兩千五百萬，放到過去不算什麼；放到現在，也算一根救命稻草；爭執半天，嚴格也就同意了。兩天來，嚴格跟生活中最親密的兩方人，一頭是家裡的，老婆；一頭是社會上的，賈主任和老藺；先後做了兩樁生意。但兩千五百萬，加上八千萬，也一億出頭，嚴格就能救下自己。又想，交易交易也好，大家全清楚了。只是昨天夜裡，嚴格睡醒一覺，突然想起一件事，又出了一身冷汗：過去十多年中，瞿莉連連流產，不知是不是故意的。如果是故意的，她早就做好了跟嚴格分手的準備不說，另一個心思就更毒了：不與嚴格共有後代；或者：讓嚴格斷子絕孫。還有一種可能，她流產流下的，是不是嚴格的孩子呀？會不會是死去的那個公司副總的呀？越想越怕，最後感嘆：世上最近的人，往往可能是最惡毒的人；就像出了車禍那個副總，你最信任的人，往往就是定時炸彈一樣。

也是物極必反，兩樁生意做過，嚴格心裡倒安穩了。世上就剩下自己一個人，這人倒清爽了。與老藺達成協定，嚴格帶著老藺，便去嚴格家裡取U盤。U盤並不放在嚴格現在的住處；嚴格現在住在郊區馬場；嚴格高興時愛跟馬在一起，煩惱時，也愛跟馬在一起；馬總比人有道德；U盤放在城裡的住處，好久不住的貝多芬別墅。貝多芬別墅的鑰匙，不在嚴格手裡，在瞿莉手裡。本來嚴格手裡也有一套鑰匙，前年夏天，嚴格與一電影演員在裡頭鬼混，被瞿莉抓了個正著；瞿莉大鬧之後，便將這房子的門鎖給換了。嚴格又感嘆，瞿莉的背叛，自己也不是沒有責任。正是因為這樣，嚴格便把這U盤，這天大的祕密，放到了這裡，放到了瞿莉和別人想不到的地方。那天去放U盤，是趁沒人的時候，悄悄撥開後窗戶，從窗戶翻進去的。去自己家，倒像是作賊。但現在帶著老藺，就不好翻窗戶；於是開車接上瞿莉，一塊去了貝多芬別墅。再與瞿莉見面，兩人生意已經做過，馬上要成陌路人了，倒顯得客氣許多。到了貝多芬別墅，瞿莉上樓去了臥室，嚴格在樓下給老藺收集U盤。U盤一共有六個備份；別墅裡是木地板；六個U盤，分別藏在客廳幾塊不同的木板下。大家在客廳裡走來走去，並不知道腳下藏著這麼大的祕密。看嚴格撅著屁股，趴在那裡用改錐起地板，老藺不禁笑了：

「你可真成。」

嚴格拿出U盤，又將木板一塊塊放回；走到窗戶下，按一藏在窗戶台下的按鈕，窗下一塊桌面大的牆開了，原來是塊假牆；從裡面又拿出一筆記本電腦，連同那六個U盤，全部放到了茶几上：

「所有的，都在這兒。」

老藺又面無表情：

「是不是所有，那是你的事。」

又說：

「賈主任常說，錢是小事，做人是大事。」

嚴格剛才折騰半天，又出了一頭汗。這時擦著頭上的汗：

「這是大道理，我懂。」

又顯得有些狼狽。但還沒等嚴格懊惱，樓上傳來瞿莉一聲尖叫。嚴格和老藺都嚇了一跳：

「怎麼了？」

慌忙往樓上跑。待跑到三樓臥室，才知家裡來了賊。初像瞿莉一樣，兩人也有些驚慌；但檢查屋子，發現賊隻身跳下了樓，賊偷的東西，藏在電視櫃裡，並沒有帶走，又鬆了一口氣。這時嚴格慶幸自己把U盤藏到了地板下，把電腦藏在了牆壁裡，都是賊想不到的地方。只要這些東西不出意外，其他東西就是被賊偷走了，也無大礙。嚴格拎著賊的魚皮口袋，大家下到一樓。這時老藺倒有些擔心：

「咱們剛才說的，賊不會聽著吧？」

嚴格：

「他在三樓，沒事。」

這時有人「梆梆」敲門，嚴格打開門，湧進來四五個別墅區的保安。進門不由分說，有要到各房間找賊的，有要打電話報警的。嚴格還沒說什麼，老藺上前攔住他們：

「不用報警。」

又指魚皮口袋：

「這是個笨賊，偷了半天，把東西拉下了。」

嚴格突然明白什麼，也說：

「虛驚一場，就別報警了。報警對我們沒什麼，保安公司，又該怪你們了。上回小區出了一回賊，不是解僱你們幾個人？深更半夜，都不容易。」

幾個保安明白過來這個道理，馬上點頭說：

「謝謝嚴總，謝謝嚴總。」

又千恩萬謝，才退著身走了。待屋裡剩下嚴格老藺瞿莉三個人，瞿莉穿著浴衣，抄起老藺放到茶几上的菸，點著一枝，一屁股坐到沙發上：

「怎麼沒丟東西？我的手包，可讓賊抄走了。」

嚴格吃了一驚：

「這包倒值錢，英國牌子，全世界沒幾個。」

瞿莉：

「包我倒不心疼，可惜裡邊的東西。」

嚴格揮揮手：

「手包裡，能有多少錢，算破財免災吧。」

瞿莉：

「我告訴你們，手包裡，也有一個U盤。」

嚴格加上老藺，都大吃一驚。嚴格忙問：

「U盤裡是什麼？」

瞿莉用菸頭點點茶几上的U盤，大大方方地說：

「和它們一樣。」

嚴格加上老藺，又大吃一驚，愣在那裡。嚴格突然明白什麼，猛拍一下自己的腦袋：

「原來那副手拍這些，是你指使的。」

又愣著看瞿莉：

「你到底是什麼人呀？跟你過了這麼多年，我咋不認識你呀？」

瞿莉吐了一煙圈：

「你先背後騙的我。對像你這樣陰毒的人，我不能不防。」

老藺問瞿莉：

「被賊偷走的U盤，設密碼了嗎？」

瞿莉：

「以防萬一，該設密碼；以防萬一，怕被人暗算，就沒設密碼。」

老藺和嚴格都愣了。嚴格跳起身，要打瞿莉，這時被老藺拉住。嚴格向老藺抖著手：

「這下可完了。」

老藺嘆口氣，接著笑了，看著嚴格：

「這樣也好，我們之間，就不是面對面，而是要共同面對了。」

突然又有些懷疑：

「別墅區這麼多房子，賊咋單偷這棟呢？」

馬上顯得有些緊張。嚴格明白老藺的意思，懷疑這場偷盜是場陰謀，是否跟嚴格和老藺與賈主任的事有關係。也緊張起來。其實這場偷盜不是陰謀，跟嚴格與老藺和賈主任的事也沒關係。但賊偷嚴格家別墅，也不是偶然的。這賊是青面獸楊志；偷嚴格家，是曹哥鴨棚的主意。但這主意不是臨時產生的，是早有人惦上了嚴格家。惦上不是因為嚴格，而是因為瞿莉的司機老溫。老溫自與嚴格家保母的事爆發之後；在嚴格家沒爆發，在老溫家爆發了；老溫倒改邪歸正，不再與那安徽小保母來往。想來往也不能了，嚴格家三個保母，今年換了兩個，其中就有那個安徽小保母。但不勾搭女人，又不是老溫。除了能與保母好，老溫又勾搭不上別的女人。說起來這事也不怪老溫，老溫雖然四十八歲，這方面還行，老婆卻不行了，所以在外邊找人出火；這是老溫現在勾搭女人，和年輕時勾搭女人的不同。勾搭不上別的女人，遇到煎熬不住的時候，老溫便上街找「雞」。貝多芬別墅這棟房子，嚴格家久不住了，搬到了馬場。這天瞿莉讓老溫去別墅取一件東西。這兩天老溫正煎熬不住，便想趁取東西時，在街上找個「雞」，同時解決一下自己的問題。開著瞿莉的「寶馬」車，路過一髮廊，停下；相中一按摩女，講好一百塊錢，讓那「雞」上車，到了貝多芬別墅。取東西之前，老溫先與那「雞」在沙發上辦事。辦完事，提上褲子，為嫖資，兩人起了糾紛。兩人在髮廊講好一百，但這「雞」看老溫開著好車，帶她到別墅，以為老溫是這車這房的主人，全不知老溫只是個司機；這時開口要五百。老溫立馬急了，怪「雞」說話不算話；「雞」說，在髮廊是一百，出台是五百。老溫不是出不起這錢，是生氣上當受騙。兩人先是爭執，後是扭打。老溫搧了那「雞」一巴掌，指著電話：

「信不信，我馬上打電話叫警察抓你！」

那「雞」孤身一人，鬥不過老溫，拾起老溫扔在沙發上的一百塊錢，哭著跑了。但記恨上老溫，和這幢別墅。恰巧這「雞」有一個姊妹叫蘇順卿，蘇順卿除了給別人按摩，還與一飯館送外賣的小夥子靠著。這小夥子，就是與光頭崔哥一起攔截青面獸楊志的那位。這小夥子讀過高中，喜歡拽文。傍一野雞，自比柳永。「今宵酒醒何處，楊柳岸，曉風殘月。」與野雞傍著，卻被「雞」管著。蘇順卿叫他往東，他不敢往西；讓他打狗，他不敢打雞。蘇順卿可以名正言順與別的男人睡覺，「柳永」卻只能與她傍著。傍「雞」也不是好傍的，比傍一個良家婦女還要花錢。「柳永」在一飯館送外賣，傍不起一個「雞」，便投奔曹哥，做些通風報信的事，圖些額外的收入。恰巧被老溫打了那「雞」與蘇順卿好，將自己在貝多芬別墅受的委屈，哭訴給蘇順卿。蘇順卿無意中告訴了「柳永」。貝多芬別墅，正好離「柳永」的飯館不遠，「柳永」常去貝多芬別墅送外賣；為了在蘇順卿跟前逞能，便想施展一下手段，懲罰一下欺負那「雞」的房子的主人，自己也得些收入。也是把老溫當成了房主。再送外賣時，便留意這房。觀察了半個月，向曹哥彙報，說這別墅常年無人住，但裡面東西齊全；一套富貴在那裡擺著，不取白不取；接著便有了青面獸楊志偷嚴格家別墅的事。事出一隻「雞」，但在老藺和嚴格這裡，事情好像更複雜了。或者說，不管這事與嚴格和賈主任的事有無關係，現在已經有關係了；因為有一個U盤，已經被人偷走了。

第十七章 劉鵬舉 麥當娜

劉躍進撿了個包，像是偷的。他將這包揣到懷裡，拚命往外跑。慌不擇路，到底鑽了幾條胡同，跑過幾條街道，換了幾趟夜班車，怎麼跑回的工地，他根本不記得。身後似有千軍萬馬在追趕他。待回到工地，回到食堂，打開自己的小屋，進來，插上門栓，一頭栽到床上，才覺出身上的衣服，從上到下全溼透了。五天來天天找包，都沒這麼累；撿了個包，把人累虛脫了。這時才知道，賊也不是好當的。又突然想起，自己只顧往回跑，把自行車落在了貝多芬別墅對面的胡同裡。但又不敢再回去取。好在自行車本來就破，前兩天又被撞過，值不了幾個錢；但又可惜前兩天剛換了一個前圈，雖是二手貨，也白花了三十塊錢。直到定下神來，才打開屋裡的燈。剛打開，又關上。從枕頭下邊，摸出一把五號小手電，擻亮，用嘴叼著，端詳撿到這包。這包的形狀，以前沒有見過，瓜牙形。摸了摸，比塑膠包、皮革包軟和。但包就是個包，沒特別在意。然後打開這包，開始翻裡邊的東西。不翻這包覺得自己撿了個便宜；雖然跟蹤青痣半夜，又被他走脫了；丟了的包，還得再找；但丟了一包，又撿到一包；這包是富人的，裡邊不定藏著多少錢和鑽戒；否則青痣也不會喬裝打扮去偷這包；丟了隻羊，說不定撿回頭馬；誰知翻過這包，劉躍進大為失望。包裡倒有五百多塊錢，但除了這錢，剩下的就是些銀行卡、女人的化妝品和化妝用具：粉盒、眉刷、鑷子等；還翻出兩帖衛生巾。銀行卡倒值錢，但沒有密碼，等於無用；就是知道密碼，對方一掛失，也不敢去銀行冒險。劉躍進氣不打一處來，但他不氣這包，氣青痣那賊，不禁罵道：

「日你姐，偷窮人你偷錢，偷富人，你偷些女人的東西，變態呀？」

接著又翻出一U盤。但劉躍進不懂電腦，也不懂U盤，不知是何物。看著方方長長，倒很精巧，以為又是女人的用物，只是不知有何用途。正端詳納悶，外邊有人「梆梆」敲門。劉躍進以為有人追來了，忙將手電揿滅，將那U盤揣到懷裡，將手包扔到地上一罈子裡；廚子的房間，地上倒不缺罈罈罐罐；然後將罈子蓋上，又趕緊躺到床上，蓋上被子，假裝用剛醒來的聲音問：

「誰呀？」

門外的人很不耐煩：

「我，開門！」

劉躍進聽出聲來，是工地看料場的老鄧。聽出是老鄧，劉躍進放下心來。但又不放心，擔心追趕他的人，讓老鄧來誆門。又問：

「還有誰呀？」

老鄧在門外有些沒好氣：

「我一個人還不夠哇？沒給你帶小姐。」

劉躍進才放下心來，掀開被子，去給老鄧開門。打開門，老鄧跟他急了：

「你夜不歸宿，幹嘛去了？」

劉躍進開始裝糊塗：

「回來半天了。」

又作出奇怪的樣子：

「我睡覺不死呀。」

老鄧倒沒跟他囉嗦，說：

「有人在一直找你，知道不知道？」

劉躍進又吃了一驚：

「誰？」

老鄧：

「你兒子。一個鐘頭，來了五個電話，讓你到北京西站接他。」

雖然不是追他的人找他，劉躍進也愣在那裡：

「他個王八蛋來北京了？我咋不知道？」

老鄧埋怨道：

「知不知道我失眠？讓他這麼一折騰，我今晚上又交代了。」

又說：

「任保良這個王八蛋，非把電話安在料場。我回去就把它砸了！」

劉躍進來到北京西站，已是夜裡兩點。白天，火車站人擠人；半夜，廣場上冷清許多，走動的人很少。但廣場地上，橫七豎八躺滿了人。人的各種睡姿：瞪眼的，打呼嚕的，磨牙的，毫不掩飾也毫不在乎地呈現在這個世界上。也有人不睡，蹲在台階上啃麵包，眼睛滴溜溜亂看；也有人坐在行李上，有一句沒一句瞎聊，聊著聊著，張嘴打了個哈欠。也有幾對不知從何地來的男女，女的倚著柱子，男的摟著她啃。劉躍進在廣場上蹓躂了三趟，沒有找見他的兒子劉鵬舉。這時劉躍進有些著急。兒子第一次來北京，別再把他弄丟了；或者兒子缺心眼，讓人販子給拐走了。把兒子丟了，比把包丟了，事情還大。正是因為包丟了，該給兒子寄學費，劉躍進沒寄，說不定兒子焦急，直接找北京來了。如果兒子丟了，也是這包引起的。劉躍進一邊又罵偷他包那賊，一邊又在廣場尋找。這回尋到廣場西沿，從一圓柱折身往回走，有人猛地向他咳嗽；他扭臉一看，圓柱後，站著他的兒子劉鵬舉。半年不見，兒子變了許多；高了，也黑了，嘴脣上鑽出密密麻麻的鬍髭；也胖了，高高大大，黑胖；爹越來越瘦，兒子倒吃得越來越胖；怪不得從這裡路過三趟，沒有發現他。但劉躍進沒有發現他，他應該發現劉躍進呀，怎麼不提前打個招呼，讓劉躍進多焦急半天。接著讓劉躍進吃驚的是，兒子身邊，還站著一個二十四五歲的女子，大半夜，描眉塗眼；上身穿一件吊帶衫，包著大胸；下身穿一半截粉褲，包著屁股；腳踏一沒有後跟的涼鞋；也許剛才劉躍進路過時，兒子正跟這女子親嘴，沒有發現劉躍進。事情變化得如此突然，劉躍進有些懵；雙方見面，不知從何處下嘴。正是因為不知如何開口，劉躍進一開口就急了：

「不在家好好上學，到北京幹啥？」

說完這話，劉躍進又有些後悔，話不該從這裡開頭；兒子到北京來，正是因為劉躍進沒及時給他寄學費；這話問的，不是自己打自己耳光嗎？沒想到高大黑胖的兒子沒理這茬，乾脆說：

「還提上學，實話告訴你，仨月前，我就不上了。」

劉躍進愣在那裡，接著勃然大怒：

「說不上就不上了？也不提前跟我打聲招呼。」

接著又急：

「既然早就不上了，你還三天兩頭催學費，連你爸你都騙呀？」

更讓劉躍進生氣的是，正是因為去郵局給兒子寄學費，他的包才讓搶了；如果兒子不騙他，這一連串的倒楣也就沒了。劉躍進想上去踹兒子一腳，但看他身邊還站著一露胳膊露腿的女子，又忍住了，厲聲問：

「不上學，你整天幹嘛？」

兒子劉鵬舉：

「我媽讓我跟我後爸賣酒。」

這話更讓劉躍進吃驚。六年前，和老婆黃曉慶離婚時，劉躍進把兒子爭到手，又為爭口氣，沒要黃曉慶的撫養費；正為這口氣，六年來把腰累彎了；沒想到六年熬過來了，兒子一聲招呼不打，就投奔了他媽；等於劉躍進六年白熬了，這口氣也白爭了。劉躍進痛心疾首地跺地：

「你投奔你媽了？你知道你媽是個啥？七年前就是個破鞋！」

又罵：

「還後爸，你知道你後爸是個啥？是個賣假酒的，法院早該斃了他！」

劉鵬舉滿不在乎地：

「你說的是過去，現在生產真的了。」

又說：

「你嚷什麼？昨天，我跟他們鬧翻了，就找你來了。」

劉躍進對事物的變化猝不及防，又懵了：

「咋又鬧翻了？」

劉鵬舉：

「上個月，我媽生了個小孩。自有了這野種，他們待我，就不如以前。我想把這野種掐死，沒敢下手。」

劉躍進又愣在那裡。前妻黃曉慶已四十出頭，那個賣假酒的李更生，也四十五六，他們還能在一起生出孩子？他們可真成。劉躍進又痛心疾首：

「他們這麼做，違反計畫生育，還有人管沒有？」

父子倆在這捺下葫蘆起來瓢地爭吵不清，旁邊穿吊帶那女子悄悄拉了拉劉鵬舉。劉鵬舉反應過來，對劉躍進說：

「忘了給你介紹，這是我女朋友，叫麥當娜。」

劉躍進也止住爭論，正式打量這個叫麥當娜的女子。打量半天，劉躍進心裡又犯嘀咕。這回嘀咕的不是她的扮相和穿戴，而是她對這扮相和別人看她的態度：滿不在乎。一看就不像良家婦女。「曼麗髮廊」的楊玉環，才對自己和世界露出這神情。如果是隻「雞」，這扮相和態度還說得過去；如是兒子的女朋友，劉躍進有些不放心。劉躍進把兒子扯到圓柱另一側，倒也不敢直接說她是「雞」，突然想起什麼：

「麥當娜，這名字咋這麼熟呀？」

劉躍進：

「跟你沒關係，她一開始叫麥稭，嫌那名兒土，改叫這個。」

劉躍進顧不得計較這名字，悄聲問：

「啥時候談的？」

劉鵬舉不耐煩：

「倆月了。」

劉躍進還繞圈子：

「我看著比你大好多呀。」

劉鵬舉反問：

「是你談，還是我談？」

開始不理劉躍進，又回到圓柱這側。劉躍進只好又跟回來。對他們的竊竊私語，兒子的女朋友麥當娜倒不在乎；見他們父子倆又說杠了，一笑，主動上前跟劉躍進打招呼：

「叔，老聽劉鵬舉說，您在北京混得體面；鵬舉跟他媽那邊鬧翻，我們就想來北京發展。」

聽她說話，劉躍進又懵：

「發展，發展什麼？」

劉鵬舉在旁邊嚷：

「你不老在電話裡說，你有六萬塊錢，快拿出來吧。」

指著麥當娜：

「麥當娜會捏腳，俺倆想在北京開一洗腳屋。」

劉躍進欲哭無淚。過去兒子跟他要錢，劉躍進手頭緊時，兩人便在電話裡吵架；吵起架來，兒子懷疑他沒錢，劉躍進常拿那六萬塊錢說事；但兒子既不知道這錢的來路，也不知道這錢還不是錢，只是張欠條；而這欠條，幾天前，也隨著那包丟了。

第十八章　趙小軍

兒子劉鵬舉和女朋友來到北京，劉躍進馬上無家可歸。劉躍進領著兒子和他的女朋友麥當娜從火車站去建築工地，父子倆又吵了一路。兒子劉鵬舉追問劉躍進到底有沒有六萬塊錢，劉躍進一時解釋不清，只好說：

「有是有，現在還不能花。」

劉鵬舉：

「既然有，為啥不能花？」

劉躍進：

「銀行，存的是定期；馬上取，會吃大虧。」

這話劉躍進在電話裡說過一百遍了，劉鵬舉開始懷疑這話的真假。接著劉躍進又怪劉鵬舉，這時不怪兒子不打招呼，就投奔了他媽和那個賣假酒的，而是怪他既然去了，就不能便宜那對狗男女，就該趁機多摟他們的錢；怎麼仨月下來，還兩手空空？這不是白叛變了？偷雞不成，反蝕一把米。兒子也急了：

「你要這麼說，你不給我寄錢，就是故意的，故意把我往人家那逼，讓我去摟人家的錢。你這麼做對嗎？」

劉躍進有些氣餒：

「我倒不是這個意思。」

突然想起什麼：

「我倒發現，我跟你媽這事，你倒鑽了不少空子。」

突然又跟那個賣假酒的急了：

「過去是個賣假酒的，現在竟成真的了？就這麼瞞天過海蒙過去了？還有人管沒有？」

這樣吵了一路，待劉躍進把他們領到建築工地，領到食堂自己小屋前，開門，拎著行李進屋，兩人不吵了。因劉鵬舉和麥當娜看到屋裡的陳設，地上的罈罈罐罐，一臉失望。住著這樣地方的人，哪裡會有六萬塊錢呢？兒子嘟囔：

「幾十年了，就會說瞎話。」

劉躍進有些氣餒，沒有還嘴。接著開始發愁仨人怎麼住。劉躍進還沒想清楚，兒子劉鵬舉沒好氣地問：

「爸，我們倆住這兒，你住哪兒？」

劉躍進一愣，沒想到剛剛見面，兒子就反客為主。這本是劉躍進的住處，兒子卻問他去住哪裡，分明是要把他趕出來；另一個讓劉躍進生氣的地方，把劉躍進趕走，說他倆住這兒，分明是住在一起；這哪裡是搞物件，分明是胡搞。劉躍進剛想發火，兒子的女朋友麥當娜說：

「叔，您這裡不方便，要不我們去住旅社吧。」

雖然讓了劉躍進一步，意思也是，兩人要住一起。看來住在一起，也不是一天兩天的事了。劉躍進就是想管，也來不及了。大半夜了，吵也吵累了，劉躍進黑著臉：

「你們住你們的，北京我可去的地方，能挑出十個。」

待劉躍進剛出門，兒子「啪」地一聲，就把門關上了。劉躍進扭身，屋裡的燈還沒關，兒子就一把抱住了他的女朋友麥當娜；窗簾上，映出兩人廝纏在一起的身影，接著兩人倒在了床上；接著燈滅了；一陣窸窸窣窣，接著傳出兩人的大呼小叫。劉躍進愣在那裡。愣在那裡不是要聽兒子的牆根，而是劉躍進想起自己十九年前，跟前妻黃曉慶剛結婚時，瘾頭也是這麼大。不是感慨自己老了，而是覺得一切都恍若隔世。

待劉躍進離開食堂，又覺得自己無處可去。睡覺的地方不是不好找，單說工地，工棚裡睡著幾百號人，哪裡擠不出一個鋪位？但劉躍進不願去工棚。不願去工棚不是嫌那裡髒，而是跟這些人說不到一塊。過去能說一塊，現在說不到一塊。沒事扯淡行，滿腹心事，找他們不合適。這些人還愛打聽閒事，遇事愛問個底掉；說著說著，話又下路了；把一件事說成另一件事，把一件事說成第三件事，或把三件事又說成一件事；工棚去不得。但劉躍進今天遭遇這麼多事，憋了一肚子話要說；不說，肚子就爆炸了；與工棚的人說不得，有一個人卻想對她說，就是「曼麗髮廊」的馬曼麗。但現在夜裡三點多了，估計馬曼麗早睡了，這時去叫門，又怕馬曼麗跟他急。但腳下不知不覺，穿過胡同，又走向「曼麗髮廊」。遠遠望見「曼麗髮廊」，一陣驚喜，原以為髮廊早打烊了，沒想到裡面還亮著燈。劉躍進加快步子，來到髮廊。待到髮廊，又吃了一驚，髮廊的門雖關著，但能聽出裡邊正在吵架。趴到窗戶上往裡看，戲還是老戲，馬曼麗的前夫趙小軍，正在髮廊跟馬曼麗撕把。髮廊小工楊玉環早下班了，屋裡就他們兩個人。劉躍進以為趙小軍又來要帳，要馬曼麗弟弟欠他的三萬塊錢，雙方發生爭執，又打了起來；誰知這回不是要帳，趙小軍喝大了，紅頭漲臉，腳下有些拌蒜，正抱著馬曼麗往裡間拖：

「一回，就一回。」

原來想與馬曼麗成就好事。這事比要帳更嚴重了。趙小軍雖然喝醉了，但勁頭仍比馬曼麗大；或者說，正是因為喝醉了，勁頭比平日還大；馬曼麗被他抱住，腳已離地，腿像小雞一樣踢蹬；無抓撓處，便用手把著裡間的門框，撅著屁股：

「操你娘，咱早離了，你這叫強姦，知道不知道？」

趙小軍嘴裡語無倫次：

「強姦就強姦，不能便宜你！」

兩人在較緊這裡屋的門框。誰知裡屋的門是臨時劵出來的，門框是用木條臨時釘巴上去的，趙小軍又一用勁，連門帶人，「忽啦」一聲塌到地上。趙小軍直接摔到地上，腦袋磕到凳子上，凳子也被磕得散了架，半天沒爬起來；馬曼麗摔到趙小軍身上，倒無大礙，爬起來，從剪髮台上抄起一剪子：

「再來混的，我捅了你！」

趙小軍腦袋被摔暈了，半天反應不過來；待反應過來，看著馬曼麗手裡的剪子：

「不那也行，還錢！」

終於又回到了錢上。馬曼麗仍不買帳：

「不欠你錢。」

趙小軍：

「都是你們家人，他跑了，就該你還。」

馬曼麗：

「他跟你來往，就不是我們家人。」

趙小軍努力往起爬：

「不還錢也行，復婚。」

馬曼麗啐了一口唾沫：

「想什麼呢！」

趙小軍手拽著剪髮台爬起來，也抄起剪髮台上一剃刀，不過沒揮向馬曼麗，朝自己脖子那比劃：

「你要不復婚，我就自殺！」

劉躍進在窗戶外嚇了一跳。嚇了一跳不是說趙小軍要自殺，而是沒想到趙小軍還惦著與馬曼麗復婚；趙小軍隔三差五來要帳，過去劉躍進以為他就是個要帳，誰知他除了要帳，還另有想法。既然要復婚，當初為何離婚呢？沒想到馬曼麗不吃這套，說：

「別光比劃，往筋筒子上捅。」

又說：

「要光棍呀，不像！」

伎倆被戳穿，趙小軍有些惱羞成怒，揮著剃刀撲向馬曼麗；馬曼麗揮著剪子在抵擋。眼看要出人命了，劉躍進顧不得別的，一腳踹開髮廊的門，抱住了趙小軍。但人家是前夫前妻在打架，劉躍進不知該怎麼勸解；要帳和復婚的事，劉躍進也不好插嘴；過去要帳插過嘴，就插得一身騷；只好拿趙小軍喝醉說事，抱住趙小軍使勁搖晃：

「醒醒，你醒醒，喝了多少哇。」

趙小軍也是真喝大了，被劉躍進一搖，腦子更亂了；就是本來不亂，也被劉躍進搖亂了；他踉蹌著步子，一頭紮到劉躍進懷裡：

「你誰呀？」

劉躍進一愣。這話平日好回答，現在倒不好回答，籠統著說：

「朋友。」

心裡說：

「操你媽，你還欠我一千塊錢呢。」

趙小軍聽說是「朋友」，愣著眼看劉躍進，一時反應不來；劉躍進趁勢拿下他手裡的剃刀，趴他耳朵上喊：

「有事，咱換個地方說去。」

趙小軍舌頭打不過來彎：

「去哪兒？」

劉躍進：

「咱還喝酒。」

這時能看出趙小軍是真喝大了，一聽說喝酒，倒忘了剛才，高興起來：

「別哄我，我沒喝多。」

劉躍進：

「知你沒喝多，咱才接著喝。」

順勢把趙小軍架了出來。待出了曼麗髮廊，劉躍進又不知道把趙小軍弄到哪裡去。說喝酒只是個托辭，不過想把他騙走罷了。架趙小軍出門時，劉躍進看到，馬曼麗扔掉剪子，坐在倒在地上的門框上，哭了。待把趙小軍處置一個地方，劉躍進還想回到髮廊，安慰一下馬曼麗，也趁勢打聽一下他們離婚復婚的事。平日馬曼麗對劉躍進愛搭不理，這些事不好問；今天有這個茬口，她就不好再擺架子了。劉躍進把自己的一腔心事，倒暫時忘到了腦後。他想把趙小軍架到大街上，架到公交站；那裡有候車的長椅子，把他放到上邊，既能醒酒，人又在大街上，不會出別的事。沒想到趙小軍雖然喝大了，別的記不得，但記得劉躍進說喝酒的話。看劉躍進把他往大街拖，又瞪眼睛：

「哪裡去？騙我是吧？」

又往回掙：

「我還得回去，事兒還沒說清楚呢。」

事到如今，劉躍進只好又把他往街角架。過了兩個街角，有一二十四小時飯館。這飯館是內蒙人開的，叫「鄂爾多斯大酒店」。說是大酒店，其實裡邊就五六張桌子，賣些烤串、牛羊肉的炒菜或麵食罷了。劉躍進只好把趙小軍架到這裡。趙小軍看到酒店，高興了。已經是下半夜了，店裡一個顧客也沒有。廚子早睡了，烤串熱菜也沒了；櫃台的玻璃櫥櫃裡，擺了幾碟小涼菜；涼菜在櫥櫃裡擺的時間長了，已經累了，也就蔫了。一個蒙族胖姑娘，兩腮通紅，兩眼也通紅；羅圈腿，大概是騎馬騎的；給他們上過酒菜，回到櫃台前，頭一挨櫃台，轉眼就睡著了。劉躍進本不想讓趙小軍再喝了，但趙小軍不幹，拿起酒杯，「咣」「咣」「咣」，自個兒先喝了仨，接著又要與劉躍進碰杯。這時劉躍進想起自己的滿腹心事，丟包撿包的事，兒子和他女朋友來北京的事，一起湧到心頭，無心喝酒，趙小軍在桌子那頭急了：

「啥意思？看不起我是吧？」

抄起一凳子，要與劉躍進較量。劉躍進只好喝下這杯。喝了一杯，就有第二杯。接著就收不住了。趙小軍喝著喝著還那樣，劉躍進幾杯酒下肚，也是五天來找包找累了，今晚上又馬不停蹄，跑了大半個北京城，竟也喝大了。原以為喝大是件壞事，沒想到喝大了就把別的事忘了，心裡竟一下痛快起來。又「咣」「咣」碰了兩杯，劉躍進忘了這喝酒的起因，及對面喝酒的人，與自己是什麼關係。兩人本也不熟，就見過幾面，趙小軍還欠劉躍進的錢，現在突然親熱了。說話間，劉躍進腦子還在掙扎，似要打問趙小軍什麼。突然想起，是要打問趙小軍和馬曼麗之間的事，當初為何離婚，現在又為何想復婚，這些來龍去脈。誰知不提這事還好，一提這事，趙小軍「哇」地一聲哭了，探身抓住劉躍進的手：

「哥，說起這事，我上自個兒的當了。當時離婚，不為別的，為另外一騷貨。也沒別的，胸大；我那老婆，不仔細看，就是個男的。那時我有錢呀，離個結個不算啥。現如今，錢沒了；上個月，那騷貨跑了。哪兒都找了，沒有。一前一後，倆都沒了。我想我虧呀，憑什麼讓我一頭得不著呀？」

又說：

「姓馬的也不是東西，她跟那騷貨，本也是好朋友，是不是編個圈套，讓我鑽呀？」

又恨著牙說：

「三年前，她也跟一人好，以為我不知道。有喜歡這種男扮女裝的。」

說得有點亂，劉躍進也沒聽出個頭緒。只聽出，馬曼麗並不是他認識的馬曼麗，她比原來的馬曼麗複雜。倒是聽趙小軍說他第二個老婆跑了，突然跟他的一樁心事，撞到了一起。劉躍進的前妻黃曉慶，也跟人跑了。接著一陣酒又湧上來，劉躍進也拍打著桌子：

「要說跑老婆，咱倆一樣。」

突然停住，想了想，自己的老婆不是跑了，是被人搶了，又搖頭：

「也不一樣。」

突然又急了，但不是急向趙小軍，而是急向所有人：

「不就老婆叫人搶了嗎？老說。說得我心裡都起了繭子。可叫人一捅，還疼。」

趙小軍晃著腦袋：

「哥，活著沒意思，想死。」

劉躍進又大為感慨，這次感慨到了一起：

「知道呀。六年前，我離上吊，就差一步。」

兩人越說越近。這時趙小軍踉蹌著步子，繞過桌子，與劉躍進並排坐在一起，向劉躍進伸手：

「是朋友，就借我錢。我做生意，做一樁賺一樁，虧不了你。」

劉躍進拍著胸脯：

「信你，我借。」

突然想起什麼，又哭了：

「想借呀，不是丟了嗎？」

也是好多天沒說心裡話了，憋的，趁著酒勁，劉躍進也將自己這幾天的遭遇，從丟包到撿包，一直到不著調的兒子帶女朋友來北京，一樁一件，從頭至尾，給趙小軍講了。跟多少熟的人沒講，跟一個陌生人講了。但劉躍進喝大了，舌頭短了，講著講著，亂了，或忽然斷了；再想接，又一時找不到頭緒，在那裡乾著急。好不容易講到現在，天也亮了，才發現趙小軍根本沒聽，早歪到桌上睡著了。

劉躍進上去搖他，趙小軍如一攤泥一樣，「咕咚」一聲，倒在桌子下。

第十九章 老邢

老邢是「智者千慮調查所」的調查員。在中國叫調查員，在西方叫私家偵探；這種偵探所，也是近兩年，在中國興起來的。老邢是河北邯鄲人，今年四十五歲。說是四十五，看上去有五十四。頭髮花白，臉上的皺紋橫七豎八；頭髮跟眉毛連著，人顯著土氣，看上去也老。他穿上農村的衣服，就是一冀中平原的農民；穿身工裝，像邯鄲軋鋼廠的工人；現在穿上西裝，打著領帶，也像民工來北京串親戚，不像一個利索精明的偵探。嚴格初見他，大感失望。接著發現老邢愛笑。一個人愛笑不算毛病，問題是他愛偷笑。一篇話說下來，你說得正經，不知他覺得這些話裡，哪一句有漏洞，偷偷捂著嘴笑了，也讓人窩火。老邢吐字也慢，嚴格丟了U盤，說話有些急，老邢倒勸他：

「慢慢說，不著急。」

嚴格能不著急嗎？這U盤裡，牽涉著幾條人命呢。U盤在嚴格手裡，這U盤是用來威脅別人；現在U盤丟了，這威脅就轉了向，也威脅到嚴格自己。U盤裡有十幾段視頻，有幾段是賈主任和老藺嫖娼的場面，和嚴格干係不大；嫖娼之前，還有幾段視頻，是嚴格向賈主任和老藺行賄的鏡頭。賈主任和老藺受賄算犯罪，嚴格行賄也算犯罪呀。受賄的數目，一次次加起來，夠上槍斃。賈主任和老藺收人錢受到懲罰罪有應得，送錢的也受到威脅，這威脅還源於自己，嚴格就感到有些冤。本來威脅只對著賈主任和老藺，現在對賈主任和老藺威脅有多大，對嚴格威脅就有多大。更大的問題是，如果U盤落到固定的人手裡，這U盤還好找，現在被賊偷了，賊飄忽不定，要找到U盤，先得找到偷包那賊，這尋找就難了。更可怕的是，如果這賊懂U盤，看了裡面的內容，事情麻煩；但如果這賊不懂U盤，隨手把它扔了，落到不該落的人手裡，事情就更麻煩了。本來這U盤，牽涉到嚴格和賈主任的生意，嚴格把U盤交出來，賈主任幫他從銀行貸八千萬；這八千萬雖不能解渴，但能救命；現在U盤丟了，做生意沒了本錢，這生意就自動停止了。嚴格這命，本來操在賈主任手裡，現在由賈主任手裡，自動轉到了這賊手裡。昨天夜上，老藺聽說U盤被賊偷了，一開始感到這事啼笑皆非，像「智者千慮調查所」的老邢一樣笑了：

「這樣也好，從今往後，我們就不是面對面，而要共同面對了。」

接著突然懷疑，也許這是個陰謀，馬上緊張起來，收拾起嚴格從地板裡撬出的六個U盤，從窗戶下牆壁裡掏出的電腦，匆忙走了。凌晨五點，老藺又給嚴格打了一個電話，說這事向賈主任彙報了；賈主任說，十天之內，必須找到丟失的那個U盤；如果十天能找到，事情照原來說的辦；如果十天還沒找到，就別找了，大家都等著完蛋吧。聽賈主任這麼一說，嚴格出了一身冷汗。出冷汗不是賈主任給他期限，給期限證明賈主任也很著急；而是為什麼不多不少就是十天？十天之後，大家為什麼完蛋？嚴格猜不透這日子，也猜不透這個老男人。但兩人身處的位置不一樣，賈主任這麼說，肯定有他的道理。還有一個麻煩，因為U盤被賊偷了，瞿莉也發生了變化。本來他跟瞿莉也有生意；八年來瞿莉在背後切了嚴格五千萬，兩人說好，瞿莉借給嚴格兩千五百萬，兩人心平氣和地離婚，各走各的；現在因為丟了U盤，這事也擱下了。按說瞿莉和賈主任和老藺不同，U盤裡的事，牽涉著賈主任和老藺的性命，跟瞿莉沒關係。說是沒關係，也有關係；U盤裡的談話和視頻，就是瞿莉指使公司那個副總幹的；幹這事是她，現在丟U盤也是她；房前屋後都是她，按說瞿莉本該理屈，但瞿莉和賈主任的態度，截然相反。賈主任還知道著急，瞿莉把U盤丟了，一點不著急。好像丟的不是一個天大的祕密，而是這祕密早該公布於眾。昨天晚上老藺走了，她也像「智者千慮調查所」的老邢一樣笑了：

「看來要同歸於盡了。」

又說：

「同歸於盡也好，早完早了。」

說完，竟上樓睡覺去了，也讓嚴格吃驚。做一個頭髮，能跟人大吵大鬧，遇上這麼大的事，她倒心平氣和。自己跟她過了這麼多年，果然不認識她。U盤丟了，這兩千五百萬也自然擱下了。再說，不把U盤找到，大船翻了，跟賈主任那頭完了，抓住這根小稻草，也無濟於事。嚴格顧不上跟瞿莉計較，從大局計，抓緊先尋找U盤。把U盤找到，跟賈主任和老藺的事，包括跟瞿莉的事，才能重新救起來。到了尋找，這事擰巴還在於，丟了東西，嚴格又不敢報警。U盤到了警察手裡，還不如在賊手裡。這時想起了私家偵探。私家偵探也不敢亂找，這時想起兩年前，在一朋友的酒席上，曾碰到過一「調查所」的所長。這人是天津人，滿臉油光；人問他最近調查什麼，他便說了一連串稀奇古怪的事，大部分是男女私情；大家笑了，嚴格也笑了；笑後，又覺得他不該把別人的隱私，拿到這酒桌上當笑話。但酒宴結束時，這人又正色說：

「剛才的話，都是瞎編的，我雖然幹的是髒事，但它也有個職業操守。」

又讓嚴格對他刮目相看。但隔行如隔山，嚴格當時並不找偵探，當時交換過名片，過後也就把他忘記了；現在突然想起，開車去了郊區馬場，把一抽屜名片，倒在地上，還真翻出了這個人，原來他的調查所叫「智者千慮調查所」。智者千慮，必有一失呀，嚴格不禁感慨。給這人打電話，誰知竟通了；到底是搞偵探的，兩年沒有見面，嚴格一說出姓名，他馬上說出兩年前喝酒的地點和同桌的人。嚴格說有件私事，想找一個偵探，幫自己搞明白；事不大，但急，想找一個精明的。這個天津人果然讓嚴格放心，既沒問嚴格是什麼事，又說嚴格找的這個「精明的人」，一個鐘頭後到。但一個鐘頭後，這人沒到；嚴格又打電話，天津人說調查所最精明的人，現在保定，正在調查另一件案子；已經讓他停止手裡的案子，來接嚴格的案子，正往北京趕；嚴格又等。中午時分，有人按門鈴，嚴格打開門，老邢站在門前。嚴格以為他是一個花匠，走錯了地方，那人遞上一名片，卻是「智者千慮調查所」的調查員。嚴格看這人模樣，就不精明；也許剛從保定趕過來，滿頭大汗；穿著西服，像個民工；讓這樣的人去找賊，賊沒找著，又讓賊偷了；又怪那個滿臉油光的天津人不靠譜。但坐下，聊了十分鐘，像兩年前在酒桌上，對那個天津人看法的轉變一樣，對這個叫老邢的人，看法也發生了轉變。由於不放心老邢，嚴格一開始沒切入正題，沒說U盤的事，先扯了些別的。老邢吐字慢，愛偷笑；但你每說一段話，他都能馬上抓住重點；重點時點頭，你說亂了他才笑；待你一番話說完，他用三句話，就把這事的筋給剔出來了。看似憨厚，原來內秀。也許正因為外表憨厚，像個民工，才適合調查呢。真是人不可貌相。扯過些別的，嚴格開始調查老邢過去的業績：

「你過去都調查什麼？」

老邢望著窗外走動的馬匹，倒不避諱：

「還能調查什麼，第三者。」

嚴格：

「去年抓住多少對？」

老邢想了想，說：

「實數記不清了，怎麼也有三十多對。」

嚴格大為感慨：

「社會太亂了。」

又指著老邢：

「你給社會添的亂，比第三者還大。」

老邢點頭，同意嚴格的說法：

「真不該為了錢，去破壞別人的家庭。」

嚴格又端詳老邢：

「你這工作有意思，整天就是找人。」

老邢這回不同意：

「找人有意思嗎？也看找誰。吃飯找熟人有意思，素不相識，滿世界找到他有意思嗎？」

嚴格想了想，覺得老邢說得有道理。又問他的過去，老邢也不避諱，說他在大學是學考古學的，畢業後去了中科院考古所；也是耐不得寂寞，不願整天跟死人打交道；加上從小是農村孩子，耐不得清貧；就是自個兒耐得住，老家的親人也耐不住；於是辭職下海，跟人經商。生意做了十年，賺過錢，也賠過錢，總起來說，賠的比賺得多，不是做生意的材料。想明白這一點，已經晚了，欠下一屁股債。生意做不下去，幾經輾轉，幹上了這個。老邢感慨：

「毛主席早說過，人吃虧就在不老實。一輩子挖挖人骨頭，擺到展覽館，把一千年說成一萬年，騙騙大家，多好；事到如今，只好拋下死人，又找上了活人。」

又感慨：

「真是從古代回到了現實。」

這話似乎也觸動了嚴格什麼，嚴格也要跟著感慨；但老邢看看腕上的錶，突然轉了話題：

「你要調查什麼？」

嚴格還沒有從感慨中抽出身來，老邢已經回到了正事；嚴格還在水中撲通，老邢已上了岸；慌亂之下，嚴格便知道老邢比他理性，接著說話也有些慌亂：

「我不是調查第三者，也就找個賊。」

老邢想了想，說：

「找賊不找警察，找我，證明這賊不簡單。」

嚴格：

「賊倒也簡單，偷的東西不簡單，他偷了我老婆一個手包。」

老邢不再打問，耐心等著嚴格。嚴格只好往下說：

「手包裡沒多少錢，其他東西也不重要，但裡邊有一個U盤，裡面全是公司的文件，牽涉到公司的核心機密，找警察怕打草驚蛇……」

老邢點點頭，明白了：

「見到這賊了嗎？」

嚴格：

「我沒見到，我老婆見到了，這人左臉上有一大塊青痣，呈杏花狀；還有，他落下一送外賣的單車，箱子上有他餐館的名字。」

也像老邢一樣想了想：

「當然，他肯定也從這餐館跑了。」

老邢點點頭，這時打開皮包，掏出一疊文件：

「這單我接，下邊說一下我公司的價格。」

嚴格用手捺住老邢的文件：

「這事有些急，最好五天能找到。如果這事拖久了，賊把U盤扔了，落到別人手裡，找起來就難了，所以咱特事特辦，你兩天找到他，給你二十萬；三天找到他，給你十五萬；五天找到他，給你十萬。」

嚴格以為老邢會感到意外，或又捂嘴偷偷笑；但老邢沒笑，一本正經地說：

「嚴總，別以為你給多了，我也就這個價兒。」

嚴格愣在那裡。

第二十章 劉躍進

劉躍進在馬路牙子上睡到中午，讓熱給悶醒了。馬路牙子旁邊，有一幢高樓；清晨這裡還是涼蔭，到了中午，太陽移過來，成了蒸籠。劉躍進醒來，首先發現自己的衣服，像從水裡撈出來一樣；接著發現，上身T恤上，下身褲子上，橫七豎八，結出一道道白鹼。劉躍進一時不知自己身在何處。努力轉動自己的腦子，才想起從昨天到今天的事，原來自己喝醉了。從馬路牙子上坐起來，又感到天旋地轉，馬上又躺了回去。接著感到口渴。接著想起昨夜一塊喝醉的是兩個人；再探身尋找，身邊不見了趙小軍。旁邊吐了一大溜，吐了個拐彎，是昨夜吃喝的東西，已被大太陽晒成一條蛇，似又被狗啃掉個尾巴；也不知是趙小軍吐的，還是自個兒吐的。又想起兩人喝醉後，本來睡在「鄂爾多斯大酒店」，一個趴在桌子上，一個倒在地上，怎麼又到了馬路牙子上？想著是「鄂爾多斯」的人幹的，清早整理店鋪，見他們喝醉了，便把他們扔到了街上。這些蒙古人，也不是東西。又想著扔出來兩個人，怎麼就剩下他一個人？想著趙小軍酒醒得早，酒醒後，沒理劉躍進，一個人拍拍屁股走了。酒是一塊醉的，卻把同伴扔到街上，這個趙小軍也不是腳手。接著又想起為什麼喝醉，竟不是為了自己，為了勸解趙小軍。這醉就有些冤。突然又想起，兒子劉鵬舉和他的女朋友，昨天來了北京；自己出來喝醉了，在這裡睡到大中午，還把他們扔在家裡；一個上午不管不問，待再見面，那混帳兒子，肯定又會跟劉躍進急；不是故意的，也成了故意的。又突然想起自己這幾天的遭遇，丟了個包，又撿了個包；撿包沒撿著什麼，丟的包裡，卻有六萬塊錢；這事還懸在半空，待劉躍進接著去找，卻讓別人的事耽擱半天工夫；心裡開始懊悔。兩個月前，劉躍進在賣豬脖子肉的老黃的女兒的婚禮上喝醉了，摸了賣雞脖子的吳老三的老婆一把，被扣了一臉菜不說，還賠了吳老三三千六百塊錢「豬手費」。禍皆從喝酒始。等思路完全跟過去接上，劉躍進慌了，也顧不得天旋地轉，「咕碌」一爬起來，先到路邊小店買了瓶水，邊喝，邊踉踉蹌蹌向工地跑去。

待跑回工地，到了食堂，推開自己小屋的門，劉躍進卻大吃一驚。屋裡並沒有兒子劉鵬舉和他的女朋友麥當娜；他屋裡的東西，卻被人翻了個底朝天。被子在床上團著，桌子的抽屜開著，一個箱子裡面裝著劉躍進的衣服，現在箱子大開，衣服被翻得亂七八糟；地上的罈罈罐罐，蓋子都被揭開了，蓋子扔了一地。劉躍進一時反應不來，加上隔夜的酒勁，又上來了，支著手在屋裡轉。這時發現桌上扔著一張燒雞的包裝紙，紙上歪歪扭扭就寫著幾行字：

爸：

我們回去了。你沒錢沒啥，不該騙我。臨走時拿了點路費，就是你藏在畫後的一千多塊錢。還有那個手包，你留著沒用，給麥當娜用吧。我回去一定臥薪嘗膽，好好掙錢。等我有了錢，好給你養老。

兒　劉鵬舉

劉躍進的酒一下醒了。第一反應，慌忙跳到床上，去揭床頭牆上一印著女明星的畫曆；畫後有一個洞，洞裡本來藏著劉躍進最後一份錢，一千六百五十二塊；為了防潮，用塑膠袋包著；現在連錢帶塑膠袋都不見了。這錢是劉躍進一年四季賣泔水掙下的。一開始為了好記帳，怕錢亂了，所以單放著；後來當作自己最後的備用金，天塌下來都不敢動。每個禮拜三禮拜日，無論冬夏，凌晨兩點，劉躍進騎一自行車，自行車兩邊掛兩個泔水桶，將三天來攢下的碎米碎饅頭和汁水，送到八十里外的順義豬場。工地食堂的泔水油水小，賣不出大價錢；塊兒八角攢起來，不容易。現在說沒就沒了。上個月發了三天燒，錢不湊手，劉躍進都沒敢動它。接著又從床上跳下來，去看地上的罈子；昨夜撿青面獸楊志那包，本來放在一豆腐乳的空罈子裡，現在這包也不見了。劉躍進先是跺腳罵：

「王八蛋，你爸傾家蕩產了，你還雪上加霜啊？」

又抱著頭坐在床上。這時聞到屋裡的味道不對。聳聳鼻子，原來是兒子女朋友留下的脂粉味，還有兩人昨夜在床上折騰，床單上，被子上，留下的兩人混合的味道。劉躍進捋一下自己的頭髮，頭髮上都是汗，也臭了，這時自言自語：

「我天天在找賊，誰是賊呀？原來是他個王八蛋。」

第二十一章　青面獸楊志

青面獸楊志找到了張端端。執意找了五天沒找到，無意中碰上了。這時青面獸楊志明白，前幾天自己犯了傻。這些搶劫團夥，和偷盜團夥不同；偷盜團夥有固定的地盤，不能越雷池一步；而搶劫團夥，搶一樁是一樁，屬流動作業，恰恰不能固定。偷人的看不起搶人的，原因也在這裡。青面獸楊志在北京東郊一胡同小屋遭的搶，便以為這是他們的老窩；不回老窩，也會在附近活動；小棗從樹上掉下來，總離棗樹不遠；五天來的尋找，都集中在朝陽區，包括通惠河邊的小吃街；但五天下來，沒有尋到。尋間，曹哥鴨棚的人又橫插一杠子，讓他到貝多芬別墅偷東西；欠人錢，又不敢不去。偷時被人發覺了，青面獸楊志逃了；逃時，把偷到的一手包，也甩給另一個他偷的人。入室偷盜，又偷的是別墅，不是件小事，一是怕警察介入，二是怕曹哥的人繼續找他，青面獸楊志便不敢回北京東邊，躲在西郊石景山一帶，欲避避風頭。青面獸楊志是山西人；山西賊在石景山有個點；石景山屬貧民區，幾個山西小賊，便在這裡小打小鬧。在貝多芬別墅偷東西時，青面獸楊志躲在窗簾後邊，偷看了別墅女主人的裸體，她沖澡時的裸影，聽到了「嘩嘩」的流水聲；本來下邊被張端端一夥在東郊小屋嚇住了，不知不覺間，又自個兒頂了起來；一開始沒有覺察，待覺察，心中一陣驚喜；下邊又行了，比偷這趟東西還值當；有意讓它恢復它不爭氣，偷東西的空隙，它自個兒有了主意；這趟東西沒有白偷；這偷的就不是東西，而是偷回了自己。正感慨間，誰知女主人的手機響了，青面獸楊志被發現了；女主人一聲尖叫，青面獸楊志一陣驚慌，下邊又不行了。當時只顧逃跑，沒顧上下邊；待到了石景山，回到根據地；幾個山西小弟兄與他打招呼，他也沒理；平日他與這些小毛賊也無話可說；正是因為無話可說，才自個兒出來單幹；徑直進了裡間。鎮定下來，先是沮喪今天的偷被發現了，到手的東西，又拉在了別墅；好不容易到手一個手包，逃的時候又扔了；接著回想別墅的情形，突然想起自己下邊；這事兒比剛才想的幾件事都大，忙躺到床上，自我擺弄，這時又不行了。也不是完全不行，半行不行。青面獸楊志也顧不上剛受過驚嚇和勞累，揣上自己的手包，又上街尋「雞」。尋到，路上還行，跟人一到屋裡，一到床上，又不行了。抱著這「雞」，他拚命去想別墅的女主人；但到腦子來的，仍是張端端，仍是東郊小屋被嚇的場面。青面獸楊志突然想起在貝多芬別墅偷的壯陽藥，還揣在懷裡，忙拿出來吃了幾粒，半個小時過去，也不起作用。青面獸楊志覺得自己徹底完了。從昨天到今天，沮喪一天。到了今天晚上，仍不甘心，拎著自己的手包，又上街尋「雞」。待到了大街上，望著燈火通明的世界，想起自己不行了，到街上和人中來，就是尋個「行」，不禁又有些傷感，突然覺得整個世界，都褪了顏色。他知道「雞」就在髮廊，或在旁邊小樹林等著，但對尋不尋「雞」，突然又有些猶豫。昨天是猶豫行不行，今天是猶豫試不試。這猶豫就不是那猶豫了。不禁嘆口氣，先蹲在馬路牙子上吸菸。正在這時，聽到旁邊小樹林旁有人吵架。一開始沒有在意；稍一留意，覺得這口音有些熟悉。往小樹林看，不禁眼前一亮：小樹林前邊，站著張端端和那三個甘肅男人。不知因為什麼，三個男人在用甘肅口音吵架；張端端夾在中間，正給他們勸解。真是踏破鐵鞋無覓處，得來全不費工夫。青面獸楊志從馬路牙子上「噌」地躥起，欲撲過去；但突然想起，自己今天出來尋「雞」，身上並無帶刀；他們是搶劫團夥，那三個甘肅男人身上，肯定帶著傢伙。想回住地取刀，又怕跑了這三男一女。猶豫間，三男一女離開小樹林，向大街東走去；青面獸楊志不敢懈怠，赤手空拳，悄悄跟了上去。邊跟，邊留神路邊有無雜貨店；如有雜貨店，順便買一把菜刀；沒有菜刀，刮刀也行；沒有刮刀，有一把水果刀在身上，也比沒有強。但路邊有冷飲店，有菸酒店，有賣醋賣醬油的雜貨店，就是沒有賣五金的雜貨店。也有一家五金店，夜裡，已經關門了。路過一家超市，倒燈火通明，人進人出；超市里有賣家用產品的地方，說不定那裡有菜刀；但怕進了超市，找貨架，拿菜刀，結帳，出來，那三男一女早不知跑到哪裡去了；又不敢進超市。路過一花池，只好從池簷拔下半截磚，塞進自己手包，以備不時之用。那三男一女走走停停，吵架一直沒停，走也吵，停下也吵。由於他們精力集中在吵架上，倒沒留神跟在身後的青面獸楊志。青面獸楊志這時改了主意，不打算跟他們硬拚，打算先跟蹤他們，看他們今天晚上到哪裡去，直到跟到他們新的老窩，再回頭去準備傢伙，或回去喊山西老鄉。過去只想宰張端端一個人，今天下邊又不行了，吃壯陽藥也不行了，準備有一個宰一個；這幾個甘肅人留不得。

那三男一女走到八角街街口，突然鑽進了地鐵站。青面獸楊志加緊幾步，也跟進地鐵。站台上，一列地鐵開過來，三男一女從前門上了車，青面獸楊志從後門上了車。車廂裡人擠人，青面獸楊志從車門往中間，擠過一個個人，朝三男一女靠近。但也不敢靠得太近，怕他們發覺；保持在三米的距離。列車「呼隆」「呼隆」地開，三個甘肅男人倒不吵了。但不知他們在哪裡下車；下車後，又會到哪裡去；何時才能回到他們另一個老窩。胡思亂想間，又聽三個男人吵了起來。因聽他們吵了一路，青面獸楊志倒沒在意。這時地鐵停靠在木樨地站。列車一靠站，青面獸楊志就格外留意，看他們是否下車。看他們的神情和舉動，沒有在木樨地下車的意思，青面獸楊志又放下心來。待站台上的人湧進車廂，一男的突然指著車外嚷；另外兩男一女也往外看；車門要關了，那三男一女突然從人群中擠下了車。青面獸楊志猝不及防，也急著往車廂門口擠。待要下車，被另一人一把抓住。青面獸楊志嚇了一跳，一邊掙把，一邊大怒：

「幹嘛？找死呀？」

但那人的手像管鉗，鉗住他的胳膊，紋絲不動；那人方頭正臉，五短身材；胳膊雖短，但短粗有力；那人手一動，青面獸楊志的胳膊「嘎吧」「嘎吧」響。青面獸楊志知道自己遇到了對手，不火了，哀求：

「大哥，我有急事。」

那人先是一笑，接著趴在青面獸楊志耳朵上說：

「千萬別動，一動吃虧更大。」

青面獸楊志看看那人，弄不清他的來路，以為是警察，來找後帳，只好不動。

這五短身材的人，不是警察，是「智者千慮調查所」的調查員老邢。老邢能找到青面獸楊志，多虧青面獸楊志落在貝多芬別墅那輛外賣自行車。嚴格說這外賣車沒用，送外賣的早跑了；但他說錯了，青面獸楊志跑了，那個在飯館真送外賣的並沒跑；因為他並不知道，青面獸楊志當晚出了事。老邢順藤摸瓜，很快就找到了那家餐館，接著就找到了那個留著分頭的學生模樣的人，也就是「柳永」。看事情發了，「柳永」一開始裝傻，說自個兒的外賣車被人偷了。直到老邢說要把他送進派出所，他才害怕了；又說把車借給了別人，別人幹了些啥，他卻不知道。老邢讓他帶著去找這個「別人」，並問是幾個「別人」；「柳永」卻只交代了青面獸楊志，說並無別人；並提出一個條件，帶老邢找到青面獸楊志，老邢就放過他。「柳永」說這話，也打著小算盤，他只招青面獸楊志，不招曹哥鴨棚裡的人，就無大事。何況青面獸楊志，並不是鴨棚的人；對於鴨棚，他是個外人。老邢答應了他，於是他帶老邢去了石景山。本來，青面獸楊志欠鴨棚曹哥等人的錢，過去崔哥也帶人來過這裡，青面獸楊志皆出外作業，來去無蹤，沒有遇上；今天，青面獸楊志一是為了躲風頭，回到老窩感到保險；二是一直在折騰自己下邊行不行，猶豫找「雞」不找「雞」，離開住處，也離住處不遠；他正蹲在馬路牙子上猶豫找不找時，被「柳永」發現了。一路上，青面獸楊志只知跟著甘肅那三男一女，不知後邊還跟著老邢。正是因為老邢，又讓甘肅那三男一女，在青面獸楊志眼皮底下逃脫了。

老邢抓住青面獸楊志，並無對他動粗，而是帶他鑽出地鐵，找了一街角飯館喝酒。老邢亮明身分，原來他不是警察，只是一個調查所的調查員，青面獸楊志倒不緊張了。只是可惜跑了甘肅那三男一女。兩人就著菜，喝了幾杯二鍋頭，青面獸楊志發現，老邢這人有膀子蠻力氣，性情倒溫和，說起話來，不時一笑；但他說話也繞，說了半天，不說找青面獸楊志的目的，先說自己是邯鄲人，又問青面獸楊志是哪裡人，又感嘆大家在江湖上混，都不容易；全是些廢話。青面獸楊志心裡藏滿了事，無心與他兜圈子，打量飯館，開始焦躁，這時老邢突然問：

「一直跟著車上那幾個人，你要幹嘛？」

原來他知道自己也在跟人。也是喝了幾杯酒，也是幾天來事事不順，讓青面獸楊志窩心；也是這些天無人說話；跟熟的人沒說，跟一個陌生人，將那天在東郊小屋的遭遇，一五一十，從頭至尾，跟老邢說了。但也掐頭去尾，略去偷劉躍進那包沒說，略去後來又去偷貝多芬別墅沒說，單說自己在東郊小屋這段遭遇；這中間又掐去重點，略去自己下邊被嚇住了沒說，單說自己的包被搶了。老邢聽後，安慰他：

「丟一個包，不算大事。」

又說：

「這幾個人還算好的，有的為了滅口，為了幾百塊錢，就把人殺了。」

這時青面獸楊志火了，也顧不得許多：

「好個屁！」

順嘴吐嚕，把自己下邊被嚇住的事，也給老邢說了。老邢聽後，先是愣住，接著偷偷一笑；見青面獸楊志要跟他急，忙轉換臉色，嚴肅指出：

「這還真是件大事。」

青面獸楊志怒氣沖沖，指著老邢：

「都怪你，要不是你今天橫插一杠子，我准宰了他們！」

老邢又安慰他：

「事到如今，宰他們沒用，該去看心理醫生。」

青面獸楊志的火被拱上來了，開始不耐煩：

「咱廢話少說，說你為啥找我吧？」

老邢伸出一隻手往下按空氣：

「兄弟，消消氣，咱倆好說好散，我只跟你做個小生意。」

青面獸楊志倒一愣：

「啥生意？」

老邢：

「昨天晚上，你是不是到貝多芬別墅偷過東西？」

聽到這話，青面獸楊志渾身一顫；繞了半天，原來他是為了昨天晚上的事；原以為昨天逃了也就逃了，沒想到今天事情就發了。這時又懷疑老邢的身分，渾身又緊張起來；也不發火了，嘴裡有些磕巴。一開始還想裝傻：

「哪個別墅？昨天晚上我沒出去呀？」

老邢「噗嗤」笑了。這一笑，青面獸楊志又心虛了，看也背不住他，只好承認。但說：

「去是去了，偷的時候，被人發現了，啥也沒偷著。」

老邢用手比劃：

「這麼大一手包，女人用的。」

青面獸楊志又一愣。看來他什麼都知道了。老邢又用手比劃：

「手包就不說了，裡邊有一東西，這麼大一點，U盤。」

接著掏出自己的錢夾子：

「把它給我，我給你一萬塊錢。這生意划算嗎？」

青面獸楊志愣在那裡。接著嘆口氣：

「划算是划算，可東西不在我手裡呀。」

該輪到老邢吃驚了。老邢忙問：

「在哪兒？」

青面獸楊志：

「偷的時候，我被發現了；逃的時候，把東西扔了，可能被另一個王八蛋撿走了。」

老邢一驚：

「什麼人？」

青面獸楊志反問：

「U盤裡是什麼？重要嗎？」

老邢：

「裡邊的東西，對我們不重要，對別人重要。」

青面獸楊志：

「什麼人？」

老邢這時急了：

「是我問你，還是你問我？撿包的是什麼人？」

青面獸楊志又開始裝傻：

「當時胡同裡黑燈瞎火，沒看清他長得什麼樣。」

老邢一愣，知道青面獸楊志在耍花招；這時嘆口氣：

「看來我錯了，我拿你當朋友，你沒拿我當朋友。」

又說：

「好好想想，把他想出來。」

又說：

「想出來，幫我找到他，也給你一萬；想不出來，咱就在這兒一直想。」

青面獸楊志頭上開始冒汗。他說：

「我能去趟廁所嗎？」

老邢看看他，又看看他擱在桌上的手包；手包雖然是化纖的，但也鼓鼓囊囊，很重的樣子；老邢以為他要背著他打電話，打電話老邢不怕，無非是與人商量划算不划算，便點點頭。青面獸楊志站起往廁所走，路過餐館門口時，突然出門跑了；連手包都不要了；轉眼之間，消失在人海裡。

老邢吃了一驚，怪自己有些大意。煮熟的鴨子，又讓他飛了。知道追也無用，乾脆也不追了。抄起青面獸楊志留下的手包，希望裡邊會有些有用的線索。誰知打開包，裡邊露著半截磚，不知是何用意；將這磚掏出來，扔掉，又從裡邊掏出六百多塊錢；再往下摸，都是些亂七八糟的小錐子小鉗子，還有一段鋼絲，偷盜用的工具；從側面夾層裡，又摸出兩個花花綠綠的盒子，打開，竟是進口的壯陽藥；想起剛才青面獸楊志說下邊被嚇住的話，知道這倒不是假話。為了治病，這賊倒花了不少代價。老邢搖搖頭，為了青面獸楊志，也為了自己，嘆了口氣。

第二十二章 老邢

斷掉青面獸楊志這條線，老邢尋找劉躍進，頗費周折。煮熟的鴨子飛了，老邢只好回到丟鴨子的地方。第二天一早，老邢又去了一趟賣外賣的餐館，但「柳永」已經從那個餐館跑了。這條線也斷了。老邢只好去了貝多芬別墅，在別墅和別墅周圍，重新調查。事情轉了一圈，又回到原地。但老邢既沒怪別人，也沒怪自己；遇事「不著急」，既是老邢勸別人的話，也是勸自己的話。在貝多芬別墅也沒調查出什麼，保安知道的，和小區探頭上留下的錄影一樣多；保安知道的，還沒有錄影知道的多。從錄影上，僅能看出青面獸楊志揣著一包在逃。看一遍在逃，看一遍又在逃，對再次找到青面獸楊志毫無幫助。何況現在找到青面獸楊志已經不重要了，青面獸楊志逃跑的時候把包扔了，被另一個人撿著了，關鍵是找到另一個人。但另一個人是誰，錄影上沒有，保安也沒見過；青面獸楊志見過，青面獸楊志又逃了；想再次找到逃過的人，比第一次找他難多了；事情沒個頭緒，倒讓老邢發愁。離開貝多芬別墅，老邢又到周邊胡同調查，胡同裡的住戶，胡同口修自行車的、烤紅薯的、崩爆米花的、釘皮鞋的、賣煎餅的、賣煮玉米的，全問到了，沒有一個人知道那天晚上發生的事。不知道就對了，大半夜發生的事，住戶該在家睡覺，修自行車的、烤紅薯的、崩爆米花的、釘皮鞋的、賣煎餅的、賣煮玉米的，也該回家睡覺；半夜不出來正常，半夜出來反倒不正常了。老邢折騰到半下午，毫無收穫。老邢嘆口氣，又怪自己昨天晚上在飯館有些大意，抓到了青面獸楊志，又讓他跑了。說是不後悔，還是後悔。說是不著急，還是著急。在貝多芬別墅和周邊沒有收穫，老邢又想去石景山一帶調查；欲再次逮住青面獸楊志，然後找到撿包那人；但他知道去也是白去，青面獸楊志知道老邢還會逮他，哪裡還能再回老窩？左思右想，讓人發愁；站起想走，拿不定主意該去何處。猶豫間，一個禿頂駝背的老頭，彎著腰來到他面前。大概這老頭耳朵有些背，說話聲音也大：

「看你好半天了，找人對吧？」

老邢看這駝背老頭，點點頭。駝背老頭：

「找的不是好人吧？」

這話有些籠統，老邢不知該如何回答，但也點點頭。老頭：

「我知道這人是誰。」

老邢絕處逢生，一陣驚喜：

「大爺，告訴我他是誰，我給您買一條菸。」

駝背老頭癟著嘴，像老邢平時偷笑一樣笑了：

「年輕人，欺我糊塗是吧？我琢磨著，你發這麼大的愁，不是件小事。一條菸能打發，你早抽菸去了。咱得做個小生意。」

老邢一愣。老頭不說做生意，老邢還不太在意；老頭說要做生意，老邢覺得這事有些苗頭；問：

「大爺，您的意思呢？」

老頭伸出三個手指頭。老邢：

「三百？」

老頭這次生氣了：

「你是真想知道，還是假想知道？」

老邢明白老頭說的是三千。同時明白這老頭不是省油的燈。但燈不省油，才能高燈下亮。兩人討價還價，說到一千五，駝背老頭領老邢往胡同裡走。轉過一個牆角，到了老頭的家。原來他是這兒的住戶。院子是個大雜院，裡三層外三層，住著七八戶人家。走到最裡層，挨著一垛煤球，擱著一破自行車。老頭指這自行車：

「這是賊拉下的。」

又嘮叨：

「我夜裡睡不著，愛出門蹓躂。前天半夜出來，碰到一人在胡同裡躲著，就覺得他不是好人。回到家裡，沒敢再睡。半個鐘頭後，外邊有人在跑；我出來，兩人跑了過去，一看就是賊。人我是追不上了，撿了這輛自行車。」

老邢有些失望：

「大爺，光看一自行車，找不到賊。」

老頭有些得意，從自行車座下，掏出一張破報紙；抻開這報紙，報尾巴空白處，歪歪扭扭寫著幾個字：順義豬場老李，下邊是一串手機號碼。老頭指著這字，斷然說：

「這賊不是別人，就是豬場老李。」

老邢接過這報紙，看這人名和手機號碼，知道這賊不是豬場老李；誰也不會把自個兒的名字和電話記到報紙上，又放到自行車座下；但想著這賊記這名字和號碼，肯定和豬場老李有聯繫。本來線索斷了，現在總算又接上了。更重要的是，昨天晚上，青面獸楊志騎的是外賣車，外賣車落在了嚴格別墅外草叢裡；這輛自行車在胡同裡，就不是青面獸楊志落下的，而是另一個撿青面獸楊志包那人落下的。老邢驚喜之下，沒再囉嗦，掏出一千五百塊錢，遞給老頭，推上這自行車走了。出門給豬場老李打了個電話，電話竟通了。老邢說自己想買豬，朋友介紹他找老李。老李是個啞嗓子，倒沒含糊，告訴他豬場的位置，原來就在順義枯柳樹；說遠，也不遠；說近，也不近。老邢開輛二手本田車，將這自行車放到後備箱裡，張著蓋子，去了順義枯柳樹豬場。到豬場找到老李；原以為殺豬的，啞嗓子，該是紅臉漢子，誰知是個豆芽菜一樣的瘦男人。老李問他，誰介紹他過來買豬，老邢從後備箱搬下那自行車，問老李認識不認識它。老李脫口而出：

「這不是河南劉躍進的車嗎？」

老邢接著問劉躍進的地址，老李馬上警惕起來，明白老邢與劉躍進並不認識，老邢也不是來買豬的；老李不再熱情，愣眼問：

「找他幹嘛？他的自行車，咋到了你手裡？」

老邢笑了：

「昨天夜裡，去一朋友家。回來路上，霄雲橋下，撿到這車。車倒沒啥，後座上還夾一包，裡面還有些東西，怕他著急；從車座下邊，發現一張報紙，上邊寫著你的電話，便找你來了。」

又說：

「我想，他昨晚上是喝醉了。」

又從自行車後座下掏出報紙讓老李看；又從本田車裡，拿出昨天青面獸楊志的手包，當作劉躍進的包讓老李看。老李還有些狐疑，老邢說：

「現在不興好人，做回好人，還讓人生疑。要不我把這自行車和這包放你這吧，你給這劉躍進送去。」

見老邢這麼說，老李才相信了；這時擺著手說：

「你找的麻煩，你自個兒解決；這劉躍進，是一工地的廚子，工地在國貿後邊，河南建築隊。」

老邢開車回到城裡，轉過國貿橋，遠遠看到一片建築工地。其中一棟大樓，已蓋到三十多層，大樓外掛著一安全標語，落款竟是嚴格的公司。老邢又笑了，原來嚴格老婆丟的包，就落在嚴格的工地；真是大水沖了龍王廟，一家人不識一家人。但老邢沒有告訴嚴格，直接去了工地。來到工地，竟進不來，被看料場的老鄧攔下了。老鄧夜裡看料場，白天也兼看大門。如是找別人，老鄧問清楚也就放進去了；說是找劉躍進，老鄧問清楚又攔住了老邢。因老鄧與劉躍進平日不大對付。不對付不是兩人有啥過節，或你欠我錢，我欠你錢，而是兩人不對脾氣。加上老鄧失眠，昨天夜裡給劉躍進傳電話；沒傳電話就睡不著，傳完電話就更睡不著了；夜裡睡不著，白天就沒精神，正在喪氣；便把這喪氣發到了老邢身上。先是愣著眼睛問：

「找他幹嗎？」

又說：

「找工地的人，先得通過我們領導。」

沒讓老邢找劉躍進，把老邢帶到了工地包工頭任保良的小院。任保良正蹲在小院棗樹下生悶氣。他剛跟幾個鬧事的民工吵過架。民工鬧事不為別的，和劉躍進那天上吊一樣，為任保良欠他們工錢。任保良也不想欠他們錢，但任保良手裡也沒錢，嚴格欠著任保良工程款。任保良對劉躍進本來就不滿；任保良對劉躍進不滿，並不是從現在開始，是從食堂買菜開始；也不是從食堂買菜開始，而是從兩年前，劉躍進背後說他壞話，氣就憋在心裡；這幾天劉躍進請假不上班，整天鬼鬼祟祟，到街上亂竄，以為他學壞了；只是任保良一腦門子官司，沒工夫搭理他；現在見一個陌生人來找劉躍進，便認定老邢也不是好人。眼睛都沒抬，問得跟老鄧一樣：

「找他幹嗎？」

事到如今，老邢只好端出嚴格，說是嚴格的朋友，為了一件小事，找劉躍進問句話。任保良聽到「嚴格」二字，態度馬上變了。同時也糊塗了，一個工地的廚子，怎麼跟嚴格的朋友掛上了？雖然變得熱情了，但又埋怨嚴格：

「嚴總太不像話了，工程款和材料費，拖了大半年了。再拖，該安源暴動了。」

又說：

「明天，我也像工人鬧我一樣，到他們家鬧去。」

老邢一笑：

「回去，我一定幫你催催。」

聽說老邢幫他催錢，任保良高興了。撇下看大門的老鄧，自個兒帶老邢去找劉躍進。待到了食堂，到了劉躍進的小屋，門上掛著一把鎖，劉躍進卻不在家。

劉躍進又到街上找賊去了。從昨天到今天，又找了兩天，再沒找到青面獸楊志。也不能說是兩天，昨天耽擱了一天，沒找賊，就顧找兒子和他的女朋友了。如果兒子也算賊的話，也可以叫找賊。昨天中午，劉躍進回到小屋，發現兒子偷他之後，慌忙又去了北京西站。找兒子不為追那泔水錢，還有兒子和他女朋友拿走的那個手包，而是正在氣頭上，想踹他兩腳，教訓教訓他；連爹都敢偷，到了別處，還不殺人放火？又懷疑兒子偷他，是他女朋友教唆的；昨天對她還客氣，今天找到他，也當面質問一番。把東西拿回來事小，出口惡氣事大。待到了北京西站，同一個火車站，白天和晚上，又不一樣。廣場上，候車室，熙熙攘攘，人擠人，竟沒個下腳的地方。在廣場和候車室轉了八遭，看著人頭有千百萬，沒有一個是他兒子和他的女朋友。也有幾對看著像，一陣驚喜，待撲到近前，卻又不是；或背後看著像，轉到前面，又不是；就像前幾天在街上找賊一樣。也不知兒子跟他女朋友已經坐上了返回河南的火車，或是沒來火車站，又去了別處。昨晚喝醉了，中午發現被兒子偷了，一下把酒嚇醒了；一醉一醒，有些陡然；現在酒勁第二次湧上來，又不同於前一次；前一次腦袋是暈，現在開始疼，像斧劈一樣疼。但劉躍進忍著疼，一直找到深夜十二點，火車站的列車全部發車了，火車站由白天的喧鬧，又還原成夜裡的冷清，廣場上睡滿了人，才嘆口氣，一屁股坐到進站的台階上。今天早起，劉躍進不找兒子了，重新開始找青面獸楊志。在找人的問題上，劉躍進又掂出孰輕孰重。趕緊找到賊，又比找到兒子重要。或者，劉躍進丟的包，比劉躍進撿到的包，還有那一千多塊錢泔水錢重要，也就顧不上再理兒子了。白天去了郵局，去了服裝市場，去了公交站，去了地鐵口，去了前天晚上跟蹤過去的東郊胡同；沒有。晚上，又去通惠河邊的小吃街。前天晚上在這裡找到了青面獸楊志，當時他知道賊在那裡，賊並不知道他從這裡跟蹤；盼著青面獸楊志，今天晚上還去老地方。通惠河邊燈火通明，河水向東流著，水中映著左岸的高樓大廈，盡顯都市繁華。劉躍進在小吃街轉了八遭，哪裡還有那賊的影子？這時知道賊受了驚嚇，不知躲到哪裡去了，找也是白找，嘆了口氣，返回建築工地。待回到建築工地，回到食堂，打開自己小屋的門，進去，開燈，關門，門被「匡當」一聲踢開，進來兩個人：一個是包工頭任保良，一個是老邢。原來老邢一直沒走，就在建築工地等著劉躍進。聽說他是嚴格的朋友，任保良還管了他一頓晚飯。吃飯時，任保良又問他為啥找劉躍進，這回老邢沒瞞他，把自個兒替嚴格找包的事說了。但只說了一個大概，並不具體。但這大概，已經讓任保良很吃驚。劉躍進不認識老邢，看一個陌生人來找他，有些吃驚。劉躍進還沒吃驚完，任保良已經急了：

「劉躍進，咱倆認識這麼多年，你說的哪句話是實話呀？」

劉躍進弄不清他們的來路，問：

「咋了？」

任保良：

「你說你被人打了，我准你幾天假，讓你去看傷；你是去看傷呀，還是去當賊？你都由食堂，偷到社會上了？」

劉躍進仍不明就裡，看任保良，看老邢。老邢這時說：

「我是調查公司的，幫朋友找一東西。前天夜裡，你是不是撿到一包？」

一提包的事，劉躍進馬上警覺起來。這事終於發了。自己的包還沒找到，別人找包，找到了自己頭上。但那包，現在也不在他手裡，又被他兒子和女朋友偷走了。劉躍進的第一反應是裝糊塗：

「啥包？找錯人了吧？」

又看任保良一眼，對老邢說：

「我丟包了，沒撿包呀。」

接著對任保良說：

「這幾天，我除了看傷，就是找包。我不偷東西。」

老邢擺手：

「沒人說你偷東西。包不重要，裡邊有個U盤，拿出來就行了。」

老邢本想說，拿出U盤，就給劉躍進一萬塊錢；一是有任保良在場，不好這麼開口；二是有了青面獸楊志的教訓，昨晚在餐館裡，也許因為說到錢，才驚著了青面獸楊志；所以暫時沒說。劉躍進一是不懂U盤，二是不知老邢為何找它，繼續裝傻：

「啥叫U盤？」

又多了個心眼，問：

「值錢嗎？」

老邢還沒說話，任保良搶先插進來：

「太值錢了，把你賣了，都沒它值錢。」

又指著老邢：

「這是嚴總的人，你說話可要負責任。」

任保良越這麼說，劉躍進越不敢說自己撿了那包。同時明白，原來那賊偷的是嚴格家。嚴格是任保良的老闆，這事就更不能承認了。劉躍進繼續裝糊塗：

「不知你們說的是啥。」

又裝作很急的樣子：

「你們要不信，就這麼大地方，你們翻。」

說著，將地上罈罈罐罐的蓋子，都揭開了。任保良又要急，被老邢攔住：

「要撿了，別害我另搭工夫，U盤裡沒啥，有些嚴總的照片，童年的，顯得珍貴；別人的照片，你留著沒用。」

劉躍進一口咬定沒拿。這時任保良又跟劉躍進急了。但這時急的不是老邢找的那包和U盤，也不是劉躍進平日偷東西，而是懷疑劉躍進這兩天又在背後說他壞話；上回劉躍進為要工錢，跟他鬧過上吊；今天幾個鬧事的民工，說不定也是受了劉躍進挑唆。劉躍進紅頭漲臉，說自己這幾天只顧找包，並不在工地，如何挑唆？看兩人在那裡吵架，老邢又犯了疑惑，他疑惑這包和U盤，到底在誰手裡。或是眼前的劉躍進說了謊，或是昨天晚上青面獸楊志說了瞎話，包還在青面獸楊志手裡；不然在餐館裡，兩人說著說著，青面獸楊志為什麼逃呢？連自己的包都不要了。

第二十三章 青面獸楊志

老邢和任保良走後，劉躍進有些發慌。連剛才他跟任保良急，都是假的。有兩包的事在，他跟任保良的糾葛，就顯得無足輕重。劉躍進發慌不是發慌這些天的遭遇，而是感覺整個事情在由一件事，變成另外一件事。劉躍進插上門，身子順著門蹲下，吸著菸，開始理這些頭緒。六天前，劉躍進丟了個包，包裡有四千一百塊錢；錢不重要，重要的是，包裡有一張離婚證；離婚證也不重要，重要的是，離婚證裡，夾著一張欠條；欠條上，有六萬塊錢。這六萬塊錢，是六年前用老婆換來的。在這六萬塊錢身上，劉躍進還藏著許多想法。包丟了，他開始拚命找這包。找了幾天，包沒找到，又撿到個包。但這包就在他手裡路過一下，又被他兒子偷走了。頭一個包丟了，他在找人；待到撿了個包，事情就變了，開始有人找他。誰丟了包都會找，但找和找大不一樣。劉躍進丟了包，是一個人在找，沒人幫他；也想找人幫，譬如找了警察，警察不管；找了曹哥鴨棚的人，卻被光頭崔哥等人打了一頓；撿到個包，沒想到這包是嚴格家的，來找劉躍進的，卻不是一個人；調查所的、任保良，都出動了。他們找包，像劉躍進找包一樣，並不是為了這包，而是為了找包裡的一個東西；劉躍進是為了找裡邊的欠條，他們是為了找裡邊的U盤。這個包被兒子偷走了，U盤並沒被偷走，就在劉躍進身上。當時翻包時，覺得它稀罕，順手裝在了身上。像老邢說的，這東西對劉躍進沒用，有人在找，把它交出去就完了，劉躍進卻覺得事情沒這麼簡單。老邢說，所以找這U盤，是因為裡面有些嚴格童年的照片，劉躍進當時就覺得他在扯謊，誰也不會因為幾張照片興師動眾，這麼說只是一個幌子，試探一下劉躍進是否撿到這包；如果撿到，再說別的。劉躍進翻嚴格老婆包時，除了翻出些女人的東西，還翻出好幾張銀行卡，他們肯定是在找這些卡；而這些卡，卻隨著那包被兒子偷走了。卡沒有密碼就是個卡，取不出錢，如這包還在劉躍進手裡，還給他們也不是不可以，問題是包不在劉躍進手裡，如要找這些卡，先得找劉躍進的兒子；劉躍進兒子卻回了河南。或者他們不是在找卡，在找別的東西。不管找什麼，都得先找到劉躍進的兒子。劉躍進不是怕幫人找兒子，而是擔心因為找兒子，會耽誤他繼續找賊。同樣是找包，孰輕孰重，劉躍進心裡有個計算。不管嚴格他們在找什麼，最後，肯定跟錢有關係。同樣是錢，幾百萬幾千萬對於嚴格他們不算什麼；六萬塊錢，卻連著劉躍進的命；丟包那天，劉躍進差點上吊。不能因為撿包的事，耽誤找包的事。這才裝糊塗沒說。但劉躍進也知道，憑裝一回糊塗，這事不會完。既然這事跟劉躍進掛上了，它只會越變越大，不會越變越小。當務之急，是趕緊找到自己的包。但偷他包那賊，如今躲到哪裡去了呢？本來找到了他，又讓他跑了。第二回找賊，就比第一回難多了。劉躍進越想越愁，躺在床上，半夜沒有睡著。凌晨四點，才迷糊過去。好不容易睡著，又連著做了仨惡夢。頭一個夢在河南老家，一條狗在村裡追他，怎麼跑也跑不脫；上到二大爺家的樹上，那狗竟也會爬樹，「吧得」一口，咬住了他的腿，猛地醒來。第二個夢，落到水裡，本來會鳧水，現在雙手在水上亂抓，身子卻往下沉；岸上站著許多人，在開大會，無一人發現他；他喊「救命」，岸上大喇叭裡的聲音，把他的聲音蓋住了。第三個夢，又在北京大街上找賊，大街小巷，都找不見，自己找出一頭汗。路過天安門廣場，突然發現，青面獸楊志，就騎在天安門樓頂的琉璃瓦上，笑嘻嘻地向劉躍進招手。劉躍進大喊「抓賊」，青面獸楊志「噗通」一聲，跳進金水河，變成一隻蛤蟆游走了。劉躍進大叫，有人從身後拍他，他扭臉一看，這人不是別人，正是青面獸楊志。劉躍進一把抓住他：

「可找到你了！」

但擔心又是在夢裡；既擔心青面獸楊志掙脫，又擔心夢走了，雙手抓住青面獸楊志死死不放；青面獸楊志還說：

「醒醒，醒醒，疼死我了。」

劉躍進醒來，大吃一驚，那青面獸楊志，原來就坐在他的床頭。劉躍進以為還在夢裡，但左右一看，正是工地食堂，正是自己的小屋；這時有些愣怔。自己一直在找他，他怎麼自動到了自己面前？

青面獸楊志卻是主動找到了劉躍進。兩人的交往，開始於六天前，開始於慈雲寺郵局門口。當時青面獸楊志本不想偷他，看他在喝斥一個賣唱的老頭，又說自己是工地老闆，兩下氣不過，才加班下了手。待把包偷到手，在廁所打開，裡邊有四千一百塊錢；四千一百塊錢也不算少，但與他的期望，還差一大截，當時還有些失望。但轉頭就把這事給忘了。待他到貝多芬別墅偷東西，又偷了一個包，胡同裡撞上劉躍進，情急之下，用這包砸劉躍進，被劉躍進把這包撿走了。但也就是個包，事後他也沒在意。不在意不是不在意這事，而是正在意自己下邊，接連幾次不行了；後來又忙著跟蹤張端端和那三個甘肅男人；把這包的事給忘了。追蹤中，老邢橫插一杠子，把他抓住。原以為他抓他為了別的事，誰知是為了他偷的第二個包。原來不覺得這包特殊，老邢卻不是找包，是找裡邊的一個U盤。為了一個U盤，老邢寧願出一萬塊錢。老邢事後後悔得對，不說這一萬塊錢還好，一說這一萬塊錢，青面獸楊志馬上意識到這事大了。人找東西給一萬，這東西肯定值十萬，或五十萬。青面獸楊志工作之餘，也玩電腦，懂些U盤，不定裡邊藏些啥呢。十萬五十萬的東西，只給人一萬，生意不能這麼做。這不把人當傻子了嗎？本想與老邢討價還價，看老邢雖然愛笑，不是一個好打交道的人；愛笑的人，都不好打交道；地鐵裡被他攥過胳膊，知道這人不善；同時U盤不在他手裡，也沒資格與人討價還價；於是藉口去廁所，出門逃了。逃不是為了逃，而是和老邢一樣，欲找到那個U盤；待找到U盤，再與老邢理論。但要找到U盤，先得找到撿那包的工地包工頭。劉躍進本在找他，現在他反過來開始找劉躍進。好在知道他是建築工地的包工頭，河南口音；當時他喝斥河南老頭時，手指的建築工地，就在郵局附近。但郵局附近，有好幾片建築工地，不知他指的到底是哪一個。青面獸楊志只好假裝是個材料商，挨個去問。見一個工地的老闆，不是劉躍進；又見一個，還不是。一天下來，青面獸楊志去了八個建築工地，見了八個包工頭，都不是劉躍進。青面獸楊志這時有些發愁。突然想起，前天晚上，劉躍進為何會在貝多芬別墅的胡同裡堵住他，一定是像他跟蹤甘肅那三男一女一樣，跟了自己一段時間。從哪裡跟起呢？想起那晚的源頭，想到了通惠河邊的小吃街。猜想劉躍進如今也在找他，上次在小吃街找到了他，說不定今天還會去那裡；便也去了通惠河小吃街。到了小吃街，一陣驚喜，果然，劉躍進正在人群之中，東張西望找人。劉躍進上次在這裡找到了青面獸楊志，以為青面獸楊志沒發覺，才又來這裡碰運氣；沒想到青面獸楊志分析出源頭，反在這裡找到了他。劉躍進只知道他在找青面獸楊志，不知道青面獸楊志也在找他。青面獸楊志本想與撿包的人見面，大家把事情說開，共同做個小生意；那人丟的包裡只有四千多塊錢，而他撿的包裡，卻藏著十萬五十萬的東西，他卻不知道；告訴他，知道了，兩個包的事全都解決了；但現在他找到了劉躍進，劉躍進卻還在找他，並且不知道他在找他，青面獸楊志又改了主意，不想與劉躍進見面，想將劉躍進撿的包再偷回來，十萬五十萬的生意，自己跟老邢做去；於是躲在鐵橋後，等著劉躍進。劉躍進找了半夜一無所獲，開始回建築工地；找了一天又沒找到賊，有些掃興，不知道賊就跟在他的身後。青面獸楊志跟他到建築工地，不禁一笑；原來這建築工地，青面獸楊志白天也來過。劉躍進走大門，青面獸楊志悄悄翻過圍牆，又跟他到食堂，看劉躍進開小屋的門，才知道劉躍進並不是工地老闆，只是一個廚子；那天在郵局門口，也是吹大話。青面獸楊志躲在不遠的材料場，單等劉躍進睡下，進屋偷包。這和在郵局門口偷包不同，那回是偷，這回的包本來就是青面獸楊志的，被劉躍進撿走，現在再偷回來，就多了幾分理直氣壯。沒想到的是，劉躍進前腳剛進屋，老邢和任保良，後腳就闖了進去；把青面獸楊志嚇了一跳。這時明白，老邢幾經輾轉，也找到了劉躍進；這個老邢，果然不善；擔心老邢在他之前，把包從劉躍進手裡拿走。先是著急，接著開始後悔，早知這樣，不如在通惠河小吃街與劉躍進見面，大家把事情說開了。接著聽到小屋裡吵架，接著看到老邢和另一人空手出來，另一人還在與劉躍進吵，便知他們沒有拿到包，籲了口氣，又放下心來。等劉躍進屋裡熄了燈，青面獸楊志還沒下手，一是要等劉躍進睡著，同時他躲在料場，看料場的老鄧夜裡失眠，一會兒出來一趟，一會出來一趟，嘴裡罵罵咧咧；青面獸楊志躲在老鄧屋後，屋後是個死角，怕出來被老鄧發現。終於，到了凌晨四點，老鄧屋裡傳出鼾聲；老鄧今晚終於睡著了；青面獸楊志才溜出屋後，溜出料場，來到食堂，來到劉躍進的小屋後身，用鋼絲撥開後窗戶，跳了進去。看劉躍進在床上睡著了，睡夢裡，像料場的老鄧一樣，嘴裡不斷罵人，偷偷一笑，開始在這小屋摸著。抽屜、箱子、床下、地上的罈罈罐罐，都摸到了，沒有那包。又大著膽子摸劉躍進的床頭，還是沒有。這個廚子，把那包藏到哪裡去了呢？青面獸楊志倚在劉躍進床頭，有些犯愁。像上個月去「忻州食府」偷東西的賊，蹲在老甘床邊犯愁一樣。看看窗戶已經泛白，天快亮了，青面獸楊志等不得了，只好上去將劉躍進拍醒，與他一塊商量這事。劉躍進醒來，一開始有些愣怔；等明白過來不是在夢裡，而是在現實，一把抓住青面獸楊志的前襟，嘴裡喊著：

「日你姐，可抓住你了。」

又喊：

「快還我包，裡邊有六萬塊錢。」

青面獸楊志知道劉躍進說的是他丟的那包。一是被劉躍進死死抓住，他不但抓住前襟，由於抓得猛，胸脯上，也被他抓出幾個血道子，正往外滲血；又聽劉躍進說包裡有六萬塊錢，馬上也急了：

「啥六萬塊錢？你那破包，能裝六萬塊錢？訛人呀？知不知道有實事求是這個詞？」

劉躍進急著：

「我說的不是錢，裡邊的離婚證呢？」

青面獸楊志倒愣了：

「啥離婚證？」

劉躍進也覺得自己說亂了，但也顧不得了：

「我說的不是離婚證，裡邊的欠條呢？」

青面獸楊志更愣了：

「啥欠條？除了錢，我沒管別的。」

又說：

「錢我也沒得著，那包，又被幾個甘肅人給搶走了。」

劉躍進聽說他的包並不在青面獸楊志手裡，又被另外的人搶了；好不容易抓住青面獸楊志，還是找不到那包；或者，找到那包就更難了；一陣急火攻心，「咕咚」一聲，又倒到床上，竟昏了過去。弄得青面獸楊志倒慌了手腳，上去拍劉躍進的臉：

「醒醒，你醒醒，還有事兒比這重要，我那包呢？」

第二十四章　瞿　莉

嚴格和瞿莉嚴肅地談了一次。嚴格年輕時認為，判斷夫妻吵架的大小，以其激烈的程度為標準。小聲，還是大聲；吵，還是罵；是就事論事，還是從這件事扯到了另一件事，從現在回到了過去，將過去的陳芝麻爛穀子，全抖摟了出來；或從個別說到一般，從一件事推翻整體；又由罵到打、踹、撕、抓、咬，最後一句血淋淋的話是：

「操你娘，離婚！」

嚴格年輕時，也和瞿莉這麼吵過。瞿莉年輕時文靜，但文靜是平日，吵起架來，並不違反吵架的規律。嚴格發現，不僅嚴格，周圍的朋友，都這麼吵。嚴格過了四十歲才知道，這麼吵架，這麼判斷，由這麼判斷，引出這麼吵架，太沒有技術含量了。真正的激烈，往往不在表面；罵、打、踹、撕、抓、咬，吵完後，竟想不起為什麼撕咬；待過了這個階段，遇事不吵了，開始平心靜氣地坐下來，一五一十，從頭至尾地討論這事，分析這事；越分析越深入；越分析越讓人心驚；談而不是吵，出現的結果往往更激烈。大海的表面風平浪靜，海水的底部，卻洶湧著渦流和潛流。誰的私生活中，沒有些渦流和潛流呢？表面的激烈是含混的，冷靜地分析往往有具體目的。這時吵架就不為吵架，為了吵架後的結果和目的。激烈是感性的，冷靜是有用心的；人在世界上一用心，事情就深入和複雜了；或者，事情就變了。這個人在用心生活，證明他已經從不用心的階段走過來了。有所用心和無所用心，有所為和有所不為，二者有天壤之別。

嚴格和瞿莉現在的吵架，又與剛才兩種狀態不同。既過了表面激烈的階段，又過了表面平靜的階段；二者過後，成了二者的混淆；大海的表面和底部，都蘊含其中。這下就整體了。瞿莉激動起來，也罵，但已經不踹、撕、抓、咬了。但她過去踹、撕、抓、咬時，只為二人的感情，聞知嚴格在外邊有了女人，或有了新女人，開始大吵大鬧；現在不這麼鬧了，開始用心了，開始有目的了，開始在背後搞活動了。八年來，不知不覺，從嚴格公司切走了五千萬。切走錢還是小事，她還聯手那個出車禍的副總，拍了那些錄影。嚴格原以為那些錄影是那個副手幹的，為了將來控制嚴格；但他出車禍死了；這個車禍出得何等好哇。這時嚴格想起六年前，嚴格陪賈主任在北戴河海邊散步；散著散著，賈主任突然自言自語：「死幾個人就好了。」當時還很吃驚，現在完全理解了。這個副手本來想害嚴格，誰知竟幫了嚴格。但嚴格萬萬沒想到，這個副手的背後，還有瞿莉。瞿莉，是睡在自己身邊的老婆。老婆如今仍跟他鬧，仍鬧他在外邊搞女人；誰知背後還有不鬧的，在切他的錢，在拍他們關節時候的錄影。這是她現在鬧和以前鬧的區別。或者，這乾脆超出了夫妻吵架，當然也就超越了過去兩種吵架的範疇。或者，她將這兩種狀態運用得遊刃有餘，用激烈的一面，掩蓋冷靜的一面；用當面，掩蓋背後；用夫妻關係，掩蓋兩人的利益關係。嚴格與女歌星的照片上了報紙，嚴格重演一遍生活是假的，原來她去那裡調查也是假的。甚至，連她有病也是假的。這些都不重要，重要的是，關鍵時候，她壞了嚴格的事。嚴格和賈主任和老藺的生意，本來就要做成了；誰知家裡來了賊，將瞿莉的手包偷走了；一個手包並不重要，重要的是，手包裡，又一個同樣的U盤。這U盤一丟，使整個事情又變了。賊可惡，攪亂了嚴格的陣腳；但賊後邊誰是賊呢？就是他的老婆瞿莉。從丟U盤到現在，六天過去了，U盤還沒有找到。「智者千慮調查所」的老邢告訴他，賊本來找著了，但手包並不在他手裡，又落到另一個人手裡；另一個賊也找到了，但包也不在他手裡，好像還在前一個賊手裡。嚴格一方面怪老邢這邯鄲人有些笨，能找到賊，卻弄不準東西在誰手裡；見老邢頭一面時，對他的判斷還是對的；同時明白，這個U盤，把事情搞得越來越複雜了；一件事，已經變成了另一件事；另一方面也開始焦慮，因為賈主任給他規定的期限是十天。為什麼是十天呢？嚴格也搞不懂。但知道十天有十天的道理。從嚴格的角度，也是早比晚好；早一天拿到U盤，嚴格就能早一天起死回生；時間不等人。事情是由瞿莉引起的，但自丟了U盤，瞿莉卻顯得若無其事。嚴格一開始認為瞿莉不怕同歸於盡，今天又發現，自己又上瞿莉的當了。瞿莉過去是用激烈掩蓋冷靜，這次殺了個回馬槍，原來在用冷靜掩蓋激烈。像瞿莉背後搞他一樣，嚴格背後也控制著瞿莉，通過他的司機小白，控制著瞿莉的司機老溫，掌握著瞿莉的一舉一動。今天早起，小白悄悄告訴他，老溫告訴小白，瞿莉昨天晚上，讓老溫給她買一張去上海的機票；並囑咐老溫，不要告訴任何人；嚴格便知道瞿莉表面若無其事，背地裡，也在等嚴格找這個U盤。看六天還沒找到，以為找不到了，她要溜了；或改了別的主意。知她要走，嚴格卻不打算放瞿莉走。因為他跟瞿莉之間，也有一筆生意要做呢；這筆生意，也等著這個U盤的下落。就是沒有這筆生意，瞿莉現在也不宜離開北京。一是怕她節外生枝，二是等這盤找到，除了與瞿莉做生意，他還準備跟她算總帳呢。現在急著找U盤，顧不上別的；等這事完了，還要坐下來，一五一十，從頭至尾，冷靜地把事情重捋一遍；她能切錢和拍攝，還不定幹過些啥別的呢。並不是怕瞿莉離開北京，到了上海，與她不好聯繫，而是擔心她去了上海之後，又會去別的地方；或乾脆逃了，那時就不好找了。找一個包都這麼難，別說找老婆了。這些天光顧找人了。人跑了，就無法跟她算總帳了。而瞿莉待在北京，他通過小白，小白通過老溫，就能控制瞿莉。於是不顧出賣小白和老溫，徑直走到瞿莉臥室，明確告訴她，不准瞿莉去上海，不許離開北京。瞿莉先是一驚，明白自己被司機出賣了，但也沒有大驚；本來正在梳頭，放下梳子，點了一枝菸說：

「咱倆要離了，就該井水不犯河水。」

嚴格：

「本來可以不犯，但U盤丟了，倆事就成一個事了。」

瞿莉站起身，拿起她新的手包：

「我要走，你也攔不住。」

嚴格想想，覺得瞿莉說的也有道理。單靠一個司機老溫，並不能控制瞿莉；知道老溫出賣了她，她可以撇下老溫；只要站在大街上，大街上有的是計程車，她一招手，眨眼間就消失了。她要想消失，不去上海，在北京就可以消失。看瞿莉出門要走，嚴格上前攔住她，也是急了眼，進一步說：

「從現在起，你不能離開家一步。」

瞿莉也急了，推開嚴格：

「放手。」

嚴格卻不放手。兩人廝打在一起，好像回到了年輕時候。正在這時，瞿莉的手機響了。瞿莉推開嚴格，接這電話。聽著電話，先是一驚，但又冷靜下來，最後說：

「行，我去。」

然後合上手機，坐在床上，看著嚴格：

「我不去上海，就待在北京，行了吧？」

嚴格吃了一驚。吃驚不是瞿莉改了主意，本來要去上海，又不去了；本來要溜，又不溜了；而是吃驚這個電話。改主意不是因為嚴格，而是因為這個電話；聯想她前些天到處見人，背著嚴格與人密談，不知又在搞什麼名堂；便問：

「誰的電話？」

瞿莉：

「一個朋友。」

轉身去了衛生間，反插上門。嚴格一個人站在床前，有些發愣。

瞿莉剛才接的電話，卻不是朋友打來的，是陌生人打來的。而且不是一般電話，是個敲詐電話。電話裡告訴她，他撿到了瞿莉的手包，也見到了那個Ｕ盤，知道他們在找；如想拿回這個Ｕ盤，今天夜裡兩點，西郊，四環路四季青橋下，拿三十萬塊錢來換。並說：

「來不來由你。」

瞿莉先是一怔，並無多想，馬上說「去」。那邊便掛上了電話。瞿莉去了衛生間，再看來電，從號碼開頭，知是一公用電話。

打這電話的不是別人，是青面獸楊志；青面獸楊志打電話時，劉躍進就站在他的身邊。今天凌晨，天快亮了，在劉躍進小屋裡，青面獸楊志將劉躍進拍醒；劉躍進醒來，先是大怒；聽說他丟的包又被甘肅人搶了，「咕咚」一聲又昏了過去。再將劉躍進拍醒，青面獸楊志不說劉躍進丟的包，單說劉躍進撿的包；也沒顧上說包，主要說裡邊的U盤。這個U盤，有人收購，能賣三十萬五十萬不等；讓劉躍進把U盤拿出來；如劉躍進拿出U盤，兩人一起去賣，賣的錢兩人平分；就算劉躍進沒說假話，丟的包裡有張欠條，欠條上有六萬塊錢；就算這U盤不賣高，也不賣低，取個中間數，賣四十萬；劉躍進分二十萬，也比六萬多出三倍多，還為丟包犯啥愁呢？青面獸楊志這麼一說，將劉躍進說醒了，也明白青面獸楊志為何反過來找他；在青面獸楊志之前，老邢和任保良又為何找他。丟了個包，又撿了個包；原來覺得丟了的比撿了的值錢；翻撿那包時，還罵青面獸楊志不會偷東西；現在看，有這U盤在，還是丟了個芝麻，撿了個西瓜；丟了頭羊，撿了匹馬。真是福兮禍焉，禍兮福焉。心頭竟一下輕鬆了。青面獸楊志見他回心轉意，便知這事有了轉機，特別強調說：

「這包，原來可是我的。」

劉躍進點頭。但這時點頭不是贊同青面獸楊志的說法，而是知道這U盤值錢後，他改變了主意。如果U盤不這麼值錢，青面獸楊志來，他會拿出來；恰恰知道它值錢，拿不拿，他還要再想一想。或者：既然U盤這麼值錢，U盤在劉躍進手裡，劉躍進一個人就可以賣它，為啥跟青面獸楊志合夥呢？想的，跟青面獸楊志知道這U盤值錢，不要老邢那一萬塊錢，出餐館逃跑一樣；想的，跟青面獸楊志一開始不願意與劉躍進見面，想將劉躍進撿的包再偷回來，四十萬五十萬的生意，自己一個人做去也一樣。待想明白了，點過頭，開始裝傻嘬牙花子：

「你說的事好是好，可那包不在我手裡呀。」

青面獸楊志吃了一驚：

「在哪兒？」

劉躍進：

「那天晚上，我只顧攆你了，沒顧上那包。等我回去，包早被人撿走了。」

這回輪到，青面獸楊志差點昏過去。待醒醒，以為劉躍進在說假話；劉躍進攤著手：

「剛才來兩人了，找過那包；剛才沒有，現在我也變不出來。」

是指老邢和任保良了。又說：

「剛才那兩人也說，拿出那盤，就給我錢；我要有這東西，不早給他們了？」

老邢剛才沒說給錢。但青面獸楊志想了想，覺得劉躍進說的有道理。也不是信了劉躍進說的話，是信他剛才的摸。就這麼大一小屋，裡裡外外，罈罈罐罐都摸到了，沒有；一個廚子，還能把包放到哪裡去呢？一個廚子，也不會看著錢不掙；這才明白自己瞎耽誤一場工夫。與其在這裡瞎耽誤工夫，還不如另想辦法，於是站起身要走。但劉躍進一把拽住他，讓他歸還偷劉躍進那包；還不了包，也得還他丟了的六萬四千一百塊錢。青面獸楊志憂慮的是U盤，劉躍進追究的是自個兒那欠條；青面獸楊志憂慮的是第二個包，劉躍進糾纏的是第一個包。一個要走，一個拉住不放，兩人廝打到一起。青面獸楊志：

「放手，等我找到那盤，有了錢，自然會還你。」

劉躍進：

「你找那盤之前，先給我找回欠條。」

兩人又廝打。突然，青面獸楊志想起什麼，當頭斷喝：

「住手，有了。」

劉躍進吃了一驚，不由住手：

「啥有了？」

青面獸楊志端詳劉躍進：

「其實你也是個U盤呀。」

劉躍進不明就裡：

「啥意思？」

青面獸楊志：

「你說你沒撿那包，但大家都認為你撿了那包；剛才那兩人覺得你撿了，別墅那家人也會覺得你撿了；撿了就是撿了，沒撿也是撿了。不管你撿沒撿，咱都當撿了。當撿了，咱就能有錢。關鍵你要站出來，說自個兒撿了。」

劉躍進越聽越糊塗：

「啥意思？」

青面獸楊志又拉劉躍進坐在床頭，掰開揉碎給他講；兩人剛剛打過，轉眼間又成了好朋友。既然U盤不在，青面獸楊志想買一個假U盤，一塊去糊弄丟盤的人。劉躍進倒有些發怵：

「這行嗎？」

青面獸楊志嘆口氣：

「事到如今，只能死馬當活馬醫了。」

想想也不妥：

「沒見過真U盤，不知它長得什麼樣呀。」

又用拳砸劉躍進的床：

「也只好破釜沉舟，揀最貴的買了。」

劉躍進本不想這麼做，因U盤就在他身上；但這時又轉了一個心眼，想藉青面獸楊志的假U盤，摸一下青面獸楊志賣它的路子；假的真不了，真的假不了；待摸清路子，再自己一個人去賣真U盤。便假意應承。說話間，天已大亮。青面獸楊志帶著劉躍進，上街找公用電話。青面獸楊志偷貝多芬別墅那天，從儲物間暖氣罩裡偷出瞿莉一盒名片，當時既奇怪一個名片，為何藏在暖氣罩裡；也稀罕那名片的模樣，別的名片是四方形，它是三角形；拿出一張，裝到自己身上。名片上，有瞿莉的電話。他按名片上的號碼一撥，竟通了。青面獸楊志說撿了U盤，要跟瞿莉做個小生意，今夜兩點，四季青橋下，三十萬，一手交錢，一手交貨。本想這盤可賣三十萬，可賣五十萬，也可賣四十萬，全看怎麼談；但青面獸楊志說了個最低價。一是他手裡並沒有U盤，有些心虛；同時知道老邢等人也在找這盤，如真盤被他們找到，三十萬的生意也泡湯了。夜長夢多，早點了結，也能早點從這事脫身。得著這錢，他並不準備跟劉躍進平分，事情是他起頭的，他該得大頭；他吃肉，頂多讓劉躍進喝點湯；得著這錢，也夠還曹哥鴨棚的人了，從此再不會受他們的氣，又成了自由身。他以為瞿莉會討價還價，沒想到瞿莉一口答應了；又覺得剛才把價兒說低了，也證明這個U盤真的值錢。但他放下電話，劉躍進發慌了：

「我以為你要幹嘛呢，這不是敲詐嗎？」

青面獸楊志反過來給他做工作：

「啥叫敲詐？綁票才叫敲詐。有一東西，一人要買，一人要賣，叫生意。」

接著帶著劉躍進去商場買U盤，揀了一個最貴的，九百多。劉躍進一看就知道買錯了，不但模樣與真盤不同，顏色也不一樣；劉躍進身上的U盤是紅色的，青面獸楊志買了個藍色的。U盤雖不真，但看事情越走越真，越滾越大，心裡越來越害怕。他覺得東西不能這麼賣；如是他一個人，他也不敢這麼折騰；離了眼前這賊，還做不成這生意。接著又想，兩人一塊去做這個生意，如果生意做成，真U盤就在劉躍進身上，待那時，把真U盤拿出來，也不算騙人；青面獸楊志以假亂真，劉躍進卻能變假為真；或者，沒有閃失，就變假為真；有了閃失，劉躍進也有退路，不白白丟了U盤；於是放下心來。晚上，青面獸楊志和劉躍進先坐地鐵，又倒公交車，來到四季青橋下。四季青橋東，有一集貿市場，兩人先躲在那裡抽菸。夜裡，集貿市場已經收攤了，周圍倒顯得清靜。到了凌晨兩點，一輛計程車開來，停下，下來一女的，拎著一提包，向四季青橋下走去。青面獸楊志一眼就認出，這是丟包的瞿莉。他偷看過她的裸體。瞿莉手裡拎的包，似乎很重。青面獸楊志拍了一下巴掌：

「成了。」

又觀察半個小時，看看左右無動靜，讓劉躍進跟他一塊去橋下。事到臨頭，劉躍進又害怕了；腿有些哆嗦，邁不開步。劉躍進看著橋下的瞿莉：

「弄不好，得坐牢哇。」

又想不通：

「我丟了錢，咋改敲詐了呢？」

青面獸楊志上去踹了他一腳：

「看你這熊樣，你看清楚，前邊是錢，不是監獄。」

又說：

「誰家的錢，都不是大風颳來的。想掙大錢，總得冒些險。」

劉躍進突然改了主意：

「要去你去，我是不去。」

青面獸楊志看看劉躍進，看看橋下的瞿莉，又看看四周，仍毫無動靜，便說：

「我一個人去也行，錢取回來，可就不是對半分了，得三七。」

又說：

「這樣也好，假盤我就先不亮了，免得她懷疑；我就說，盤在你身上。」

一把攥住劉躍進：

「但你不能閃我。大家都知道，U盤就在你身上，待會兒我叫你的時候，你得站出來讓她看一看。」

事到如今，劉躍進哆嗦著點點頭。同時他也想接著觀察一下，如生意不成，他挨著集貿市場，拔腿就能跑；如生意做成，他把身上的真U盤拿出來不遲。留著這東西也沒用。青面獸楊志便一個人向橋下走去。這時他也改了主意，剛才對劉躍進說的話，也是假話。他看瞿莉沒有開車，一個人坐計程車來；下車，計程車就開走了；證明她有誠意；既然有誠意，提包裡的錢就是真的。瞿莉是個女的，青面獸楊志是個男的；事到如今，青面獸楊志不準備敲詐了，改為像甘肅那三男一女一樣：搶劫。雖然沒有技術含量，但也是情勢所迫。既然身上的U盤是假的，他也不準備騙人了，雙方也不用白費口舌了；見到瞿莉，二話不說，或一句話也不說，直接搶到那提包就跑。賊擅長跑路，一個女人哪裡追得上他？窩囊膽小的劉躍進，青面獸楊志只好甩了他；雖然不仗義，也顧不得了。讓他回去繼續找他的包吧。算盤打定，抖擻一下精神，又像球星登上球場一樣，全身的肌肉和關節，都到了臨戰狀態。但令他沒有想到的是，待他接近瞿莉，猛地把包搶到手，還沒來得及跑，從大橋橋墩後，閃出幾個大漢，為首是嚴格的司機小白，幾個人猛虎撲食，將青面獸楊志撩到地上。但這些人明顯不是瞿莉安排的，不但把青面獸楊志嚇了一跳，也把瞿莉嚇了一跳。瞿莉見自己的交易被小白等人攪了；被小白攪了，就是被嚴格攪了；原來嚴格又派人在跟蹤自己，要先下手為強。青面獸楊志還在掙扎，瞿莉上去搧了小白一巴掌：

「這是我的事，你們給我滾！」

但小白不滾，小白帶的幾個人也不滾；小白挨了瞿莉一巴掌，開始報仇到青面獸楊志身上；照青面獸楊志身上、臉上，一頓暴揍。青面獸楊志馬上鼻口出血；肋骨也被踹斷一根，鑽心地疼。小白：

「操你媽，把U盤拿出來。」

青面獸楊志知道自己上了當；不是上了女主人的當，是上了另外人的當；不管上了誰的當，肋骨都斷了。但他身上並沒有他們要的U盤，便說：

「我沒有U盤。」

又是一頓暴揍，又斷了一根肋骨。青面獸楊志只好把身上那個假U盤掏了出來。小白和瞿莉一看，共同說：

「假的。」

這時瞿莉也跟青面獸楊志急了：

「你到底是誰？」

小白等人又踹青面獸楊志。這時青面獸楊志哭了，看著集貿市場：

「媽的，我上廚子的當了。」

幾個人順著青面獸的目光往集貿市場看，只見一個人從牆口躍起，撒丫子往胡同裡跑。小白等人意識到什麼，留一人捺著青面獸楊志，另三個人向集貿市場追去。

第二十五章 馬曼麗 袁大頭

三年前，馬曼麗跟一個叫老袁的人好過。從「曼麗髮廊」過兩個街角，有一個集貿市場；老袁在集貿市場賣海產品。主要賣帶魚，也賣黃花魚、霸魚、凍蝦、海瓜子、海帶、海苔等。老袁是浙江舟山人，當時三十七歲。馬曼麗愛吃炸帶魚，常去老袁的攤位；老袁理髮、洗頭，也轉過兩個街角，到「曼麗髮廊」來；一來二去，兩人熟了。馬曼麗去老袁的攤位，圖的是個舟山帶魚；老袁到「曼麗髮廊」來，圖的卻不是理髮和洗頭。兩人好了以後，老袁告訴馬曼麗，他喜歡她，除了喜歡她的身材，譬如腰；主要喜歡她的眼。馬曼麗的眼睛並不大，細瞇眼，沒人說她的眼好看；但老袁說，細歸細，那是平時；但發起怒來，開始上挑；這一挑，就不一般了，叫鳳眼。弄得馬曼麗倒有些懷疑：

「我這能叫鳳眼嗎？」

老袁斷然地說：

「還就是。」

老袁又說，他喜歡馬曼麗，主要還不是因為眼，而是喜歡她看人的神情。老袁說，三十七年，他閱人無數，男的，女的，老的，少的，看人的神情各有不同，但有一點是相同的，八歲過後，眼睛開始渾濁；經歷的每一件事，腦子忘記了，留在了眼睛裡；三十過後，眼就成了一盆雜拌粥，沒法看了。馬曼麗的眼睛也渾濁，但看人的神情，還有一絲明亮，這就難得了。馬曼麗又懷疑自己的明亮。老袁又說，他喜歡馬曼麗，主要還不是因為她的神情，而是喜歡聽她嘆氣。兩人正說著話，說著說著，馬曼麗突然嘆一口氣。誰有心事都會嘆氣，但別人嘆氣都是就事論事，一事一嘆，目的明確，讓人聽起來一目了然，嘆氣就成了嘆氣；而馬曼麗的嘆氣，並不這麼功利，一口氣嘆出去，往往不是正說著的事，好像又想起許多別的，嘆得深長和複雜，這就有意思了。透過一口氣，能聽出這人的深淺。老袁又說，他喜歡馬曼麗，也不是喜歡她的嘆氣，而是喜歡她走路的樣子，說話的聲音，一顰一笑、俯仰之間的神態轉換；一句話，喜歡的是整體，而不是個別；喜歡的是馬曼麗與別的女人的不同，而不是相同。馬曼麗倒被他說動了，當他是個懂女人的人，當他是個懂馬曼麗的人；比馬曼麗還懂馬曼麗。馬曼麗的丈夫趙小軍，就不懂馬曼麗；老袁看到的，趙小軍全沒看到；惟一看到的，是她的短處：胸小。一吵架就說：

「還說啥呀，你整個一個男扮女裝。」

馬曼麗喜歡老袁，又與老袁喜歡馬曼麗不同。老袁長個大腦袋，豬脖子，外號袁大頭；身矮不說，上身長，下身短；都說江浙人清秀，老袁是個例外；這些都不討人喜歡；老袁喜歡馬曼麗是喜歡她的整體，馬曼麗喜歡老袁卻不喜歡他的整體，單喜歡他一條：說話。不是他說話入馬曼麗的心，馬曼麗才喜歡，馬曼麗沒這麼功利；而是喜歡他說話的整體：幽默。老袁一說話，馬曼麗就笑。同樣的話，從老袁嘴裡說出來，就跟別人不一樣。也見過別的人幽默，一說話人就笑；但老袁又與這些人不同。老袁說話，你當時不笑，覺得是句平常話；事後想起，突然笑了；再想起，又笑了；第二次笑，又與第一次笑不同。馬曼麗這時知道，別的人幽默叫說笑話，老袁幽默叫幽默。或者，這是幽默和幽默的區別。譬如，馬曼麗頭一回到老袁的攤位買帶魚，那時還不認識老袁；為了討價還價，總得往下貶賣家的貨色。馬曼麗說：

「真敢要，鞋帶一樣的帶魚，五塊五；那邊一攤兒，也是舟山帶魚，跟大刀片似的，才四塊八。」

當然「那邊一攤兒」，是順口編出來的，為作一個旁證。如是別的賣主，會反脣相譏，或揭穿買主的謊話：

「那邊攤上好，那邊買去。」

老袁既不揭穿馬曼麗的謊話，也不反駁馬曼麗說自家的帶魚像鞋帶，有些言過其實，而是說：

「大姊，真不怪我，怪當初給這魚起名的人；帶魚帶魚，就得跟鞋帶似的；那邊帶魚像大刀片，只能說牠得了糖尿病，有些浮腫。」

當時也就是個討價還價，打個嘴仗，馬曼麗並無在意；待馬曼麗拎著帶魚往髮廊走，再想起老袁的話，「噗嗤」笑了；回到髮廊煎帶魚時，「噗嗤」又笑了。

再譬如，老袁來「曼麗髮廊」理髮，這時馬曼麗與老袁已經熟了。價目表上寫著：理髮五元。馬曼麗說：

「別人五元，你得十元。」

老袁知馬曼麗說他頭大；老袁：

「誰，以大小論呀？你該去開寵物店。」

馬曼麗不明就裡，問：

「啥意思？」

老袁：

「上回我去一寵物店，拳頭大一狗，把全身的毛剃了，二百。」

馬曼麗啐了他一口，才給他理髮。老袁理完髮走人，髮廊前正好路過一拳頭大的狗，被人牽著，馬曼麗「噗哧」笑了。夜裡睡在床上，想起「全身的毛剃了」，「噗哧」又笑了；這個老袁，說髒話，並不帶髒字。

再譬如，兩人開始好那天，頭一回上床，因丈夫趙小軍老埋怨馬曼麗胸小，說她男扮女裝；久而久之，馬曼麗也覺得前邊是個短處；脫了衣服，待解鋼罩時，突然有些羞澀；老袁幫她解開，雖然有些吃驚，但沒說它小，用手撫著說：

「東西不在大小，在它的用處。」

用嘴一下含滿了。退出嘴說：

「大了，還真一口含不住，純屬多餘。」

這回馬曼麗當場「噗哧」笑了。笑後，又哭了。

馬曼麗的丈夫趙小軍，與老袁比，就是另外一路人。不是因為趙小軍，馬曼麗還不會跟人好。馬曼麗與趙小軍結婚六年，好了前半年，壞了五年半；而且越來越壞。這跟日子過得窮富沒關係；老袁只是個賣帶魚的，也不是百萬富翁；主要還是合得來合不來。當然，也沒跟趙小軍過過富日子。趙小軍一米七八，長胳膊長腿，大眼睛，白淨，長得比老袁強多了。當初就是看上趙小軍的長相，馬曼麗才跟他結的婚。但婚後發現，長相只能撐半年，所以半年過去，兩人開始說不著。趙小軍是個二道販子。二道販子也有發了財的。或者，二道販子做對了路子，更容易發財。但趙小軍卻沒有發財。沒發財不是他不好好做生意，而是做事沒有長性，總顯發財慢，總是這山望著那山高。或者，本來要發財了，他走到半道煩了，狗熊掰棒子，丟手了；他賠了，錢讓別人賺走了。這時又埋怨別人。他販過菸，販過酒，販過大米，販過皮毛，販過貓狗……，還差點販過人。賺過，也賠過，本屬正常；但賺了不是趙小軍，賠了也不是趙小軍；張狂和沮喪，都顯得誇張。屁大一點的事，煞有介事。一年四季，皆穿個西服，晴天一身汗，雨天一身泥；好像世界上就屬他忙。但這些並不重要。馬曼麗最看不上他的，就是說話。趙小軍說話，皆是就事論事；就事論事中，皆是直來直去；路在世上還知道拐彎，趙小軍說話從不拐彎。直來直去，說話不會拐彎，不會說笑話，可以說他欠幽默；世上欠幽默的不只趙小軍；問題是，兩人吵起架來，趙小軍又不就事論事，常把一件事說成另一件事；或把兩件事說成一件事；不知是他腦子亂，還是故意的。這就不是直來直去了，這架也沒法吵了。沒法吵的架，雖是不同的架，主題會迅速向一起集中：皆是為了錢。本來不是錢的事，也變成錢的事。兩人上了床，話題也開始集中：馬曼麗的胸。每次幹完事，趙小軍都嘆口氣：

「我是跟女的幹的嗎？好像跟一男的。」

兩人的日子，過得越來越沒勁。一開始不知哪兒沒勁，後來馬曼麗想明白了，不是錢，不是胸，是沒趣。如同機器短了潤滑油，所有的輪子都在乾轉。兩人互相不喜歡，但馬曼麗和趙小軍的區別是，趙小軍不喜歡馬曼麗只是個胸，馬曼麗不喜歡趙小軍是他的整體；不但整體不喜歡，個別也沒喜歡處。三年前，趙小軍喜歡上另外一個女人。這女人也是東北老鄉，叫董媛媛，馬曼麗跟她也認識。董媛媛在一家夜總會當會計。說是當會計，不知她每天晚上幹些什麼。她與馬曼麗比，有一個明顯的不同：胸大；箍住像對保齡球，散開像兩隻大白瓜。聽說丈夫跟別的女人搭上了，馬曼麗本該傷心和大鬧，但馬曼麗既沒傷心，也沒大鬧，好像一下解脫了。看來這趙小軍，還真是喜歡胸大。也是看趙小軍往前走了一步，馬曼麗才跟老袁好上了。一開始也許有些賭氣，想著不能讓自個兒吃虧；再想想，還是喜歡老袁說話。沒聽人這麼說過話。為了一個說話，就跟人上床，馬曼麗還是頭一回。事後，還想不透這理兒。

馬曼麗與老袁好了兩年。中間還懷過一次孕，又做了流產。一開始兩人偷偷摸摸；後來馬曼麗離婚了，兩人雖可以明鋪暗蓋，但也無法結婚；因老袁在舟山老家，也有老婆孩子；從大的方面講，還是屬於偷偷摸摸。馬曼麗一開始不在乎，結婚不結婚，並不重要；與人結婚，也不見得合得來，譬如跟趙小軍；跟趙小軍離婚了，還有扯不清的麻煩，事情仍很集中：錢；與老袁沒結婚，在一起說得痛快，也幹得痛快；但後來又在乎了。所以在乎，不是怕時間長了，老袁靠不住，而是在乎自個兒的年齡，三十出頭的人了，還是想有個歸宿。但這也嚇不住老袁。老袁反問馬曼麗：

「你說是結婚難，還是離婚難？」

馬曼麗：

「離婚呀。」

老袁：

「錯。離婚是兩人不行了，才離；結婚得找對人。你說，是找對人難，還是找錯人難？」

馬曼麗明白了老袁的意思，不為幽默，為這道理，笑了；馬曼麗問：

「那你什麼時候離？」

老袁：

「一天不行，兩天總可以了吧？兩天不行，一個月總可以了吧？一個月不行，半年總可以了吧？」

於是說好半年。但半年沒到，老袁消失了。能說的老袁，原來是個騙子。老袁不是怕跟老婆離婚，跟馬曼麗結婚才消失的，而是警察把老袁帶走了。老袁不但騙了馬曼麗，也騙了別人，原來他是個詐騙犯。三年前，老袁在老家非法集資；但說動錢，比說動人難；富人沒騙著，騙了十幾戶零星的窮人；沒騙到多少錢，事情又敗露了；老袁逃到北京，開始賣帶魚；老袁是個網上通緝犯。三年過去，老袁以為沒事了；這天去火車站接貨，被一來北京打工的老鄉發現了；這老鄉，也被老袁騙過。當天晚上，老袁正在集貿市場盤點帶魚，被警察抓走了。老袁說他是舟山人，他也不是舟山人，是溫州人；連老家都是假的；從頭至腳，沒一處真的。馬曼麗聽到這消息，腦袋「嗡」地一聲炸了。接著不是為上當受騙傷心，而是「噗嗤」一聲笑了。說老袁幽默，原來最大的幽默，是集資的騙局。偷雞不成，反蝕一把米。笑過，又哭了。老袁因騙的錢不多，被法院判了一年，關進監獄；倒是又沾了偷雞不成的光。一年中，馬曼麗也沒去監獄看過老袁，就當老袁死了。偶爾想起老袁，不為老袁，為自己，嘆息一聲。這嘆息，又不是就事論事。

但今天深夜，老袁又出現了，來到「曼麗髮廊」。一年刑期滿了，老袁出來了。但事過一年，老袁已不是過去的老袁。突然頭髮花白，顯得老了。馬曼麗一下沒認出他來。本來頭大，豬脖子；一下由青壯年，變成頭老豬；上身長，下身短，走進髮廊，步履遲疑，像進來一頭企鵝。說話也變了，說剛從監獄裡出來，還想到集貿市場賣魚；或者不賣海貨，乾脆賣胖頭、草魚也行；到密雲一帶進貨，倒是比舟山方便；但現在身無分文，沒有住處，想在馬曼麗這裡先住下來。話說得磕磕巴巴；一年監獄住的，全沒了過去的幽默，也成了就事論事。馬曼麗認出他來，一開始還有些悲喜交加，一席話聽下來，就轉成了惱怒。惱怒不是後悔一年前與他好，還為他流過孩子，而是事到如今，老袁竟能說出跟她借宿的話。跟人借宿並不丟人，而是這借宿人，已不是一年前的老袁。不是看他如今落魄，或又來騙人，而是聽他說話，看他神態，已不是過去的老袁。不是老袁，還裝過去的老袁。什麼是騙子，這才是最大的騙子。馬曼麗並不多言，喊了一聲：

「滾！」

老袁東張西望，還想磨嘰；馬曼麗又喊了一聲：

「滾！」

老袁這才明白馬曼麗也不是過去的馬曼麗，出門去了。老袁走後，馬曼麗又坐那兀自生氣。說生氣也不是生氣，而是思前想後，有些發悶。這時外邊又「梆梆」敲門。馬曼麗以為老袁又回來了，不再理他。外邊由敲改拍，聲音越來越急。馬曼麗上去拔掉門插，猛地開門，又喊一聲：

「聽到沒有，滾！」

倒把門外的人嚇了一跳。原來門外站著的人，不是老袁，而是劉躍進。馬曼麗跟劉躍進的關係，又與馬曼麗跟老袁不同。劉躍進時常來坐，但兩人並沒上床。沒上床並不是兩人不是一路人，而是劉躍進想上床，並不知怎麼上床。劉躍進與老袁不同，說話不幽默，但也不騙人；起碼大事不騙人；

有些鬼心眼，但憑這些鬼心眼，成了不事，也壞不了事；一句話，就是個老實；或者，他也想弄些大事，但不知怎麼弄；想跟人好，卻不知怎麼跟人好；乾脆，他就是一個廚子。或者，馬曼麗這麼想，劉躍進不這麼想，他覺得兩人早晚會上床，否則也不會常來磨嘰。劉躍進有什麼心裡話，都告訴馬曼麗；馬曼麗有心裡話，卻不告訴劉躍進；但劉躍進覺得兩人無話不談。那天深夜，劉躍進到髮廊來，她就看出劉躍進失魂落魄，與平時不一樣；似有滿肚子話要對她說；但當時她忙著與前夫趙小軍打架，倒把劉躍進的失魂落魄給嚇回去了；最後劉躍進將趙小軍架走，馬曼麗哭了，對劉躍進還有些感動。那天過去，又是幾天沒見劉躍進；現在見到，劉躍進比幾天前還失魂落魄。一頭的汗，「呼哧」「呼哧」喘氣。劉躍進只顧著急，忘了自己的失魂落魄，馬曼麗倒吃了一驚，問他：

「搶人了，還是被搶了？」

馬曼麗本是一句玩笑話，劉躍進感慨：

「真讓你說中了，被搶了，也搶人了。」

將馬曼麗推進髮廊，關上門，插鎖；關燈；又將馬曼麗拉到裡間；馬曼麗以為他要幹什麼，掙把他；劉躍進死死把她拽住，也不幹什麼，而從七天前自己丟包開始，怎麼找這包，找包的過程中，怎麼又撿到一包；本來是在找人，怎麼又變成被人找；怎麼沒找到這賊，恰恰又被這賊找到；本來丟了錢，怎麼又變成敲詐；剛剛，在四季青橋下，那賊被人捉住，往死裡打；自己吃了害怕的虧，也沾了害怕的光，才抽身逃脫；等等，說了個遍。急切中，也說了個亂。也是事情頭緒太多，劉躍進不說亂，馬曼麗也會聽得一頭霧水；劉躍進說亂了，馬曼麗只聽出劉躍進焦急。馬曼麗：

「你從頭再說，我沒聽懂。」

劉躍進焦急：

「來不及了。聽懂你也沒辦法。」

這時從懷裡掏出一個U盤，問：

「你懂這玩意嗎？」

馬曼麗點頭：

「這不是U盤嗎？過去，煩的時候，我也上網聊天；這半年，沒心思了。」

劉躍進拍巴掌：

「那就太好了，咱趕緊找個地方看一看，裡邊都說些啥。」

馬曼麗穿上外衣，兩人匆匆出了髮廊。轉過兩條街，找到一個網吧。網吧藏在一居民樓地下室裡。走進去，燈光昏暗；幾排桌子上，擺著十幾台電腦；每台電腦前，同時湧著幾個夜不歸宿的中學生，在打古代戰爭遊戲。奇怪的是有一老頭，躲在角落裡，守著一台電腦，也在琢磨什麼。馬曼麗和劉躍進顧不上這些，匆匆買過上網卡，擠坐在一台電腦前。馬曼麗將U盤插進電腦，打開文件，螢幕上先是空白，好像幾個人在說話，時不時有人「咯咯」笑。但話語嘈雜，說的都是劉躍進和馬曼麗不熟悉的事，一時難以聽明白他們說的是啥。接著開始出現視頻，好像是一賓館房間，先出來的是嚴格，劉躍進一愣；接著是嚴格分別向人送珠寶，送字畫。收東西者，總是兩個人，一個是老頭，一個是中年人；從穿戴，從神情，好像是當官的。但每次送東西都是分開，老頭和中年人並不碰面。除了送珠寶和字畫，還送帆布提包；每次或一個，或三個五個不等；嚴格彎腰拉開拉鏈，裡邊竟全是錢；送中年人往往是一個提包，送老頭或三個，或五個。不是送一回兩回，十多回。螢幕下方，有跳動的日期和幾點幾分幾秒的字碼。劉躍進和馬曼麗驚了。幾十提包錢，加在一起，到底有多少，一時真算不過來。更讓兩人吃驚的是，播過這些，還是這個房間，或這個中年人，或這個老頭，正在床上與外國女人幹那事。也不是一回兩回，十多回。下邊也有跳動的日期和幾點幾分幾秒的字碼。每一次，中年人都幹得滿頭大汗，與不同的外國女人大呼小叫；老頭不叫，幹得不緊不慢；也不是不緊不慢，好像不行了；老頭是個尖屁股，看著不行了，但還努力抖動和掙扎；或者他乾脆躺那不動，讓外國女人含他下邊。不看這些還好，看過這些，兩人腦袋「嗡」地一聲全炸了。沒看之前，劉躍進只知道這U盤值錢，有人想買；看了才明白，U盤裡藏的竟是這個。兩人鑽出網吧，來到地面，蹲在網吧門口，劉躍進突然大叫：

「那麼大一提包，能裝一百多萬吧？幾十提包，不快上億了嗎？」

突然又大叫：

「收人這麼多錢，這叫啥？大貪汙犯呀這叫，該挨槍子呀這是。」

突然又明白：

「我說這麼多人，緊著找它呢。這是錢的事嗎？能要他們的命呀。」

馬曼麗愣愣地看劉躍進，臉開始變得煞白。劉躍進還在那裡憤憤不平：

「我給順義老李送泔水，來回一百六十里，才掙幾塊錢；他們輕易而舉，就收人這麼多錢，這是人嗎？狼啊，吃人哪。」

馬曼麗仍看劉躍進，這時哆嗦著說：

「你就別說別人了，說你自個兒吧。」

劉躍進不解：

「我怎麼了？」

馬曼麗：

「撿了不該撿的東西，又讓人知道了，怕是要大禍臨頭了。」

劉躍進突然想明白這點，「呼」地嚇出一身汗：

「我說剛才在橋下，那賊被人往死裡打呢。」

又「呼」地站起：

「原來以為他們是找這盤，誰知是要命啊。」

又蹲下，一把抓住馬曼麗的手：

「我明白了，他們除了要盤，還要殺人滅口，那賊被他們打死了，我也活不了幾天了。」

又用手拍地：

「丟個包，就夠倒楣的了，誰知又牽出這事。」

馬曼麗突然想起什麼：

「我也看了這盤，不也裹進去了嗎？」

忙推劉躍進：

「咱可說好了，人家抓住你，千萬別供出我。我在老家，還有個女兒呢。」

也是物極必反，大禍臨頭，劉躍進突然像老袁一樣幽默了，對馬曼麗說：

「這樣也好，從今兒起，咱就有福同享，有難同當了。」

馬曼麗急了，上去掐劉躍進的脖子：

「操你大爺，我現在就把你掐死！」

第二十六章 韓勝利

韓勝利又被老賴的人打了一頓。老賴是新疆人，但是漢族；不過臉盤、鼻子，長得比維族還維族。人頭一回見他，總問：維族吧？老賴一開始還解釋，說父母是上海人，五十年前到新疆支邊，生下了他；也是入鄉隨俗，牛羊肉吃得多，開始像維族人；後來乾脆不解釋了，承認自己是維族人，才省下許多口舌。北京西郊海澱區，有一個紫竹院公園；公園靠北一帶，叫魏公村。魏公村一帶，是一幫新疆人的地盤。這幫新疆人，在魏公村一帶賣烤羊肉串，賣新疆花帽子，賣新疆冬不拉，賣維刀等；但賣的東西是假，賣東西也是假，偷東西是真。老賴是這幫新疆人的頭目。一開始不是頭目，也是經過幾次火拚，血裡火裡闖出來，一個漢人，才管住了這幫維族人。老賴上台伊始，也推行許多新政。譬如講，過去這些新疆人名義上是偷，但嫌偷麻煩，實際是搶；老賴規定只准偷，不准搶；偷人算賊，搶人算強盜；偷人帶手，搶人帶刀，離殺人放火已經不遠了；要想長期在魏公村待下去，不能過殺人的界限。再譬如，魏公村是新疆人的地盤，過去這些新疆人，偷人不僅在魏公村，走哪兒偷哪兒，或走哪兒搶哪兒，常引起新疆人跟別的地界的賊火拚；老賴又立下規矩，國有國界，省有省界，從此偷人不准出魏公村；當然也不准別的賊進魏公村；人不犯我，我不犯人。但這幫新疆人表面應諾，背地裡還是我行我素；規矩成了規矩，無人遵守；老賴常為此生氣。十天前，韓勝利到魏公村看老鄉；看過老鄉，到商場閒逛，順便偷了一回。被偷那人，是個中年婦女，看她衣著得體，戴著眼鏡，走路趾高氣揚，以為是個有錢人，韓勝利才下了手；待錢包到手，溜出商場，打開錢包，裡邊才三百多塊錢；看著錢包鼓鼓囊囊，裡面塞了一大疊名片；這才知道自己認錯了人，富人不戴眼鏡，戴眼鏡的，都是窮酸知識份子。韓勝利偷間，沒被中年婦女發現，但被幾個新疆人發現了；在商場偷東西沒被抓住，出了商場，正後悔這偷，被幾個新疆人抓住了。跨區作業，不管從行規講，或是從老賴的規定講，都屬大罪；新疆人本不遵守規矩，但別人犯了規矩，卻要按規矩辦。幾個新疆人先把韓勝利打了一頓，頭都打破了；接著罰款兩萬。韓勝利自知理屈，但偷三百，罰兩萬，多出六十多倍，世上又沒這道理；這就不是罰款，而是刁難韓勝利。韓勝利將這道理說破。韓勝利不說破道理，這事還好商量；一經說破，幾個新疆人惱了；不是兩萬，也成了兩萬。韓勝利還在力辯，新疆人不喜囉嗦，直接把韓勝利帶到一地下室，將他綁在一下水管道上；韓勝利認這帳，就放了韓勝利；不認，就讓他餓死在這裡。韓勝利見地下室跑滿了老鼠，害怕了，只好寫下欠新疆人兩萬塊錢的欠條。新疆人規定：從明天起，每天還兩千，分十天還完；又怕韓勝利逃債，讓韓勝利在魏公村一帶找個保人。韓勝利只好帶他們去找今天來看的老鄉。這老鄉叫老高，也是河南洛水人，在魏公村三棵樹街邊，開了個河南燴麵館子；除了賣燴麵，也賣胡辣湯。新疆人看老高有固定買賣，記準老高，才放了韓勝利。韓勝利先去醫院縫了八針，包上腦袋；從第二天起，便帶傷作業。這時偷東西就不是偷給自己，而是偷給新疆人。韓勝利做賊時間倒也不短，但業務一直長進不大。所謂長進不大，不是膽子小；韓勝利賊膽不小，但對偷的物件、環境、時機，判斷常常失誤。偷富人偷了窮酸知識份子，僅屬一例。對物件判斷失誤還沒什麼，對環境、時機判斷失誤，事情就大了，就會被人抓住。偷，也是一門藝術；偷，也講究微妙的瞬間。韓勝利做事情愛講大概，吃虧就吃在微妙的瞬間。瞬間當時沒意識到，轉瞬間，你就由主動變成了被動。偷十回，有七回被人發現，得趕緊逃走；倒練出一腿跑的好工夫；還有兩回被抓住，或挨打，或被人送到派出所；剩下一回偷成了，還不知偷的是什麼。自十天前被新疆人抓住，韓勝利工作倒比以往勤奮。過去偷給自己，可緊可鬆；現在偷給別人，每天睜開眼睛，就欠人兩千塊錢，不敢有怠慢處。但對瞬間的把握，並不因為勤奮而有所改變。過去每天工作七八個小時，現在每天工作十三四個小時，但偷到手的錢，並不比過去多。韓勝利過去上街，一天下來，能到手五百塊錢，就算好的；有時轉遊一天，沒個下手處，也屬平常。擱在過去平常，擱在現在，就不平常了。新疆人規定的任務，沒有一天是完成的。每天去給新疆人交錢，都會讓新疆人踹兩腳。因韓勝利有保人，新疆人倒不怕他跑了；次次指著他的鼻子說，到了十天，再跟他算總帳。這時韓勝利不埋怨新疆人，也不埋怨自個兒，單埋怨同鄉劉躍進。劉躍進欠他三千六百塊錢，欠了仨月，僅還了二百。原以為這個廚子沒錢，逼也沒用；待劉躍進丟了個包，包裡竟有四千一百塊錢；寧肯讓人偷了，也不還韓勝利；韓勝利就急了。平日耍賴也就算了，看韓勝利頭被打破了，被人逼債，還無動於衷，這就不是錢的事了，是人品有問題。三千四百塊錢雖然不夠韓勝利還債，但哪天上街不順手時，起碼可以救急，少挨新疆人兩腳。接著又不怪劉躍進，開始怪自己。新疆人，劉躍進，原來都比他狠。他白擔了一個賊的名聲。但平日對劉躍進不狠，劉躍進把錢丟了，再狠也沒用；為了讓他還錢，韓勝利得先幫他找包；便帶他去找了曹哥。幫他是為了讓他還錢，誰知劉躍進認識曹哥之後，中途把韓勝利甩了；

第二天取包時，單獨去了鴨棚。幸虧曹哥鴨棚的人沒找著青面獸楊志，劉躍進與鴨棚的人鬧起來，被曹哥的人打了一頓。待韓勝利再找到劉躍進，問他為何中途叛變。劉躍進不說中途叛變的事，反倒怪韓勝利介紹曹哥介紹錯了，白交了一百多塊錢定金不說，還白耽誤兩天時間；這時耽誤的就不是時間，而是找賊。脾氣比韓勝利還大。劉躍進剛挨了曹哥鴨棚的人一頓打，似乎也有了資本，指著自己頭上的紗布，對韓勝利說：

「少給我來這套，你挨了打，我沒挨打呀？」

韓勝利有些哭笑不得：

「你把事說亂了，打是都挨了，但挨打的事不同呀。咱不說挨打的事，單說還錢的事。」

劉躍進：

「找不到包，我就不活了，還說還錢。」

就這麼賴上了。韓勝利也拿劉躍進沒轍。新疆人逼得緊，韓勝利顧不上與劉躍進周旋；劉躍進成了窮光蛋，跟他周旋也沒用；先得每天上街作業，應付新疆人那頭。但天天兩千塊錢的任務，天天皆完不成；日期過半，新疆人不但逼韓勝利，也開始到老高的河南燴麵館，逼保人老高。老高也怕這些新疆人，又替這些新疆人，來逼韓勝利。韓勝利勸老高：

「那個雞巴飯館，你也別要了；你一跑，我也跑；你解放了，我也解放了。」

老高大怒：

「早知這樣，我就不保你了。那飯館看著小，房租貴著呢；房租我一交三年，七萬二；為了你兩萬塊錢，丟了我七萬二不成？」

又瞪了韓勝利一眼：

「這錢，我也是借親戚的。」

待到第七天，韓勝利還了新疆人三千多塊；離十天還差三天。放到平日，七天偷三千多，已出韓勝利意料；放到新疆人這裡，不怪韓勝利手藝差，以為他故意耍賴；不還錢事兒小，跟他們耍賴，性質就變了。這天晚上，幾個新疆人，由保人老高帶著，來到韓勝利住處，不由分說，又將韓勝利的頭打破了。打完，說這只是一個警告，三天之內，如還上剩下的一萬六千多塊錢，雙方走開；如還不上這錢，一個新疆人從腿上拔下刀子，指著韓勝利：

「知你會跑了，跟你沒關係。」

又用刀指老高：

「把你兒子的腿筋給挑了，當羊肉串烤。」

嚇得老高也急了，不顧韓勝利頭上正冒血，指著韓勝利：

「韓勝利，你都聽到了，不能害我。」

新疆人和老高走後，韓勝利又去醫院縫針。第二天一早，又帶傷上街作業。頭上包著紗布，只好又戴上棒球帽。新疆人昨晚打的，比八天前打的那次還重。重不是說頭上出血多，而是傷口多。上回傷口是兩處，這回是五處；上回縫了八針，這回縫了十五針。其中一個傷口，就在額頭上。雖然戴上了棒球帽，故意把帽簷拉低，但帽簷下，仍露出一抹紗布。一個明顯帶傷的人，就不好當賊了。不是說帶傷者都是壞人，而是這打扮，容易引人注意。誰路過韓勝利，都要扭頭看他一眼；雖無把他當賊，也讓他無法下手。本來可以下手，物件、環境、時機，幾方面風雲際會；正待下手，旁邊的人看他一眼，這機會又稍縱即逝。過去抓不住瞬間，是因為判斷失誤；現在因為打扮，徹底沒了瞬間。一天下來，僅偷了仨人。偷了仨人，還有兩回被發現了；韓勝利撒腿就跑，啥也沒偷著。一回偷著了，不在商場，在馬路邊；一個中年人，倚著一塊廣告牌睡著了，懷裡抱著一個皮包；像個忙碌人；韓勝利看看左右無人注意，抓起那皮包就跑。嚴格地說，這就不叫偷，叫搶。待跑到一條巷子裡，打開皮包，裡邊一分錢也沒有，亂七八糟，塞了半皮包廢發票；原來是個倒賣發票的。倒是韓勝利耽誤了人家的生意。第二天比第一天好些，偷住一個人，錢夾子裡，有五百多塊錢。但離還新疆人的債，一萬六千多塊錢，還差好多。第三天，還錢的日子口到了；韓勝利清早起來，坐在床邊發愁。一天時間，哪裡能偷來一萬六千塊錢？除非去搶銀行。但韓勝利又沒這膽；或者有這膽，不知進了銀行怎麼搶。既然偷不來這麼多錢，韓勝利索性不上街了。他想一跑了之，把剩下的麻煩，丟給保人老高。但他與老高在河南村挨村，相互知根知底；跑得了一時，跑不了一輩子；除非他一輩子隱名埋姓，永不回老家。但為了一萬多塊錢，又不值當。接著又恨劉躍進，欠著他錢不還；但現在恨也白恨，劉躍進還在找包；就是包不丟，也只欠他三千多塊，還他，還不夠還新疆人的零頭。坐在床邊，越想越喪氣。突然想起一個人，也許能救自己，便出門去找這人。

這人不是別人，就是在東郊集貿市場殺鴨子的曹哥。曹哥控制著朝陽區，新疆人老賴控制著魏公村；兩人都是老大，韓勝利想求求曹哥，讓他給老賴打個招呼。打個招呼不是欠債不還，而是十天到了，能再寬限一個月。韓勝利來到鴨棚，光頭崔哥、小胖子等人在忙著殺鴨子，曹哥躺在一張籐椅上，在聽收音機。曹哥眼睛本來不好，這兩天又患了感冒，鼻涕流水，睜不開眼睛，看不得報紙，只好聽廣播。收音機裡說，巴勒斯坦和以色列又發生了衝突；巴勒斯坦引爆了人體炸彈，以色列出動了飛機；曹哥聽得很認真。韓勝利躲在鴨棚門口，不敢打擾。待巴勒斯坦和以色列這仗打完，共打死多少多少人；收音機轉了話題，開始說影視圈的事，誰跟誰又男盜女娼，曹哥關了收音機，韓勝利才扒著門框喊：

「曹哥。」

曹哥扭頭，仍沒聽出韓勝利的聲音，問：

「誰呀？」

韓勝利：

「河南的勝利，有事求您。」

曹哥以為韓勝利又來說劉躍進丟包的事，皺皺眉說：

「還是那事呀？你那老鄉，太不懂事。」

韓勝利忙說：

「不是那事，是另外一事。」

這才湊上前來，將十天來自己與新疆人的糾葛，刪繁就簡，從頭至尾說了。說間，為難得哭了。知道曹哥討厭人哭，又憋住不哭。待韓勝利說完，曹哥聽完，曹哥首先說：

「這事怪你，不怪新疆人。」

韓勝利知道曹哥說的是跨區作業的事，忙點頭：

「我也是一時糊塗。」

又說：

「今天還不上錢，我不是擔心我，是擔心我的老鄉老高。他孩子才六歲。」

又將新疆人要挑老高孩子腳筋的事說了。曹哥聽明白了，但說：

「咱這兒跟魏公村跨著半個城，你說的那個新疆人老賴，我不認識呀。」

韓勝利心裡「咯噔」一下，但忙說：

「曹哥，就您這威望，您不認識他，他不能不認識您。您給他打一招呼，照樣管用。」

又說：

「不是不還他錢，就寬限幾天。」

曹哥沒接這話茬，將身子又躺在籐椅上，閉上眼睛。這樣靜了十分鐘，韓勝利以為曹哥睡著了。曹哥睡覺了，就是不管這事了。曹哥不管，你還不能強迫他。韓勝利看看鴨棚四周，光頭崔哥、小胖子等人，都在埋頭殺鴨子，白刀子進去，紅刀子出來，沒人理韓勝利；他們不理韓勝利，韓勝利也不敢招惹他們。看看無望，韓勝利轉身要走，曹哥這時睜開眼睛，喊了一聲：

「老崔。」

光頭崔哥聞聲，忙扔掉手裡的鴨子，用圍裙擦著血手，來到曹哥身邊。曹哥問韓勝利：

「欠人多少錢？」

韓勝利：

「我身上有五百多，還剩一萬六。」

曹哥對光頭崔哥：

「找人家一趟，給人家送去一萬六。」

光頭崔哥愣了，韓勝利也愣了。韓勝利萬沒想到，曹哥是以這種方式，來了結此事。他和曹哥，過去並不太熟呀。光頭崔哥愣眼看韓勝利，韓勝利這下哭了：

「曹哥。」

曹哥揮揮手：

「勝利，沒你事了，忙你的去吧。」

韓勝利忙給曹哥下跪，曹哥皺了皺眉，韓勝利忙又站起來，不敢多言，千恩萬謝，離開了曹哥的鴨棚。一路感激，心也放回到肚子。心一放回肚子，才感到頭上的傷口又發作了。前兩天只顧上街，忘了頭上還有傷。去醫院消了毒，換了藥，重新包上紗布，又往回走，突然一驚。曹哥替他還了新疆人一萬六千塊錢，他與新疆人的事了結了；但這錢就讓曹哥白還了不成？別說曹哥願不願意，韓勝利心裡就過不去。那麼從今天起，等於他欠曹哥一萬六千塊錢。本來欠新疆人，現在轉成欠曹哥。接著從明天起，他再上街作業，不成了為曹哥作業？進一步，過去韓勝利還是自由身，從今天起，不成曹哥的人了？這才明白了曹哥的用心。原來這忙也不是白幫的。遇事，曹哥想得比他深多了。但話又說回來，曹哥不管韓勝利，韓勝利今天就會出事；曹哥管了，難關暫時就度過去了；他跟曹哥的事，也只能走一步看一步，慢慢再說。

但韓勝利和曹哥的關係，沒等慢慢說；第二天，曹哥就讓小胖子把韓勝利叫到了鴨棚。進到鴨棚，裡邊貼牆跟床上，躺著一人，鼻青臉腫，渾身纏滿了繃帶，正在喘氣；把韓勝利嚇了一跳。待到近前，看清這人，這人韓勝利也認識，山西人，人稱青面獸楊志。前一段，這人正與曹哥鬧彆扭。韓勝利不知青面獸楊志是被曹哥的人打的，還是被外人打的。又想到，青面獸楊志躺在曹哥鴨棚，不會是曹哥的人打的，肯定是外人打的。看這傷，這幫外人，下手夠狠。韓勝利脫口而出：

「誰幹的？」

曹哥沒理這茬，把韓勝利叫到身邊：

「勝利，求你一事。」

韓勝利以為盜竊團夥間又發生了火拚，曹哥讓他去打架，心裡有些發怵；賊間的火拚，皆是白刀子進，紅刀子出。但昨天曹哥剛幫過他的忙，一時不好拒絕，乍著膽子說：

「只要我能辦到的。」

曹哥點頭：

「並不是昨天我給你辦過事，今天又讓你給我辦事，我看事沒那麼短。也是湊巧了，沒有辦法。」

韓勝利見曹哥這麼說，胸中倒升起一股豪情，忙說：

「曹哥，您說。」

曹哥；

「你上次帶來的劉躍進，跟你是好朋友？」

事情突然拐到劉躍進身上，韓勝利不明就裡，只能照直說：

「他欠我錢。」

曹哥擺擺手：

「先不說錢的事。」

指指貼牆跟床上躺著的青面獸楊志，說：

「你那朋友，撿了他一包。」

又說：

「你找一下這朋友，把這包要回來。」

原來是這事，韓勝利一下輕鬆了，一口答應：

「我以為啥事呢，原來是個包的事，好說。」

曹哥用手止住韓勝利：

「沒那麼簡單。這包不是一般的包。包不重要，裡邊有一個U盤，要的是這個U盤。把這盤拿回來，昨天那點事，也算了了。」

韓勝利聽懂，只要將這什麼盤拿回來，昨天曹哥替他還新疆人那一萬六千塊錢，他跟曹哥之間，也算了了。韓勝利一陣驚喜，覺得這買賣合算。他拍著胸脯，信誓旦旦：

「劉躍進欠著我錢，他得聽我的。就是不聽我的，我一提曹哥，他也不敢不給。」

曹哥皺眉：

「說的就是這個，我要能要回來，就不找你了。千萬不要提我，提我，倒打草驚蛇了。」

韓勝利明白了曹哥的意思：

「我懂了，不能硬要，給他丫騙過來。」

曹哥點頭，證明韓勝利說得對；又皺了皺眉，意思是，意思是這意思，但話不能這麼說。接著說：

「你去吧，事兒還得快，還得防著別人抄了後路。」

韓勝利起身就走：

「我現在就去找他。」

待韓勝利來到國貿後身的建築工地，卻發現事情沒這麼簡單。不簡單不是劉躍進不聽他話，或騙不出來這盤，而是從昨天晚上，劉躍進突然失蹤了。工地的包工頭任保良，也在找他。

第二十七章 老蘭

「失控，這就叫失控。」

這是老蘭見到嚴格，說的第一句話。兩人這次見面，在「老齊茶室」。老齊，五十多歲，北京人，圓頭圓臉，大胖子；四十歲之後開始吃素。這一點倒與嚴格有些相像。但嚴格吃素並不嚴格，只是不喜歡吃葷；而老齊是徹底吃素。老齊吃素之前瘦；吃素之後，反倒胖了。老齊吃素不單吃素；四十歲之前，在北京後海一帶，老齊是有名的地痞，吃喝嫖賭，無所不為；吃素之後，開始信佛，法號「絕塵」。人問，別人信佛之後，沒得吃，都瘦；老齊吃素之後，為何倒胖了？老齊雙掌合十：

「阿彌陀佛，心寬，體就胖了。」

倒與嚴格的大胖子理論，有些背道而馳；但嚴格覺得，老齊說得也不是沒有道理。

「老齊茶室」位於北新橋街口。街上車馬喧鬧，進了「老齊茶室」，淡淡一股藏香，讓人心頭清涼許多；音箱裡傳出和尚的念經聲，倒真有那麼點意思。「老齊茶室」不賣俗茶，如龍井、烏龍、鐵觀音、普洱等；專賣西藏的高山茶，如珠峰聖茶，如聖茶紅老鷹，聖茶白老鷹等。為何如此？老齊又說：

「不為茶，為個淨土。」

但老齊一壺茶，也比別的茶室貴。別的茶室，一壺獅峰龍井才二百多；老齊一壺紅老鷹，標價七百八；一壺白老鷹，標價八百八；一壺珠峰，一千二百八。且這老鷹和珠峰，在壺裡泡開之後，並不像茶，葉大，梗多；喝起來，還有一股子土腥味。所以來這裡喝茶的也沒有俗人。也不是沒有俗人，沒有窮人。正因為沒有窮人，白天茶室還清靜，一到晚上，樓上樓下的包間都是滿的。去得晚了，還要排號。老藺與老齊認識八年了。嚴格認識老齊，還是老藺帶來的。老藺常與老齊開玩笑：

「老齊，你這是茶嗎？這茶是從珠穆朗瑪峰弄來的嗎？從房山弄了些樹葉子，在這裡糊人吧？」

老齊笑了，又雙掌合十：

「阿彌陀佛，讓你說中了，不為賣茶，為個殺富濟貧。」

大家都笑了。老齊除了賣茶，還會給人看相。據說這看相，卻不是信佛帶來的，老齊四十歲之前就會。坐在老齊對面，老齊也不仔細端詳你，大體看你一眼，就能說出你前三十年，後三十年。兩個三十年加起來，就是六十年。一眼能看穿六十年，也算慧眼了。所以許多人來「老齊茶室」，並不為喝茶，為讓老齊看相。但你只來喝一回茶，老齊不看；喝兩回，也不看；非到十回八回，雙方熟了，老齊才大體端詳你一眼。老齊說，他這麼做，並不為讓你多掏幾回茶錢，而是人不熟，不好開口；說深了說淺了，都不合適。八年前，老藺也為看相，才讓朋友帶了過來。因有朋友在，老藺頭一回喝茶，老齊就給他看了。但事先說明，只看前三十年。兩人素不相識，老齊把老藺前三十年，如庖丁解牛，剝了個體無完膚；說得老藺驚心動魄，渾身冒汗。半年之後，又補上老藺後三十年，也說得老藺心驚肉跳。一次老藺陪賈主任去內蒙出差，白天視察，晚上在酒店閒話，老藺無意中說起老齊，賈主任一愣。從內蒙回來，一天晚上，應酬完賓客，賈主任突然讓老藺把他帶到「老齊茶室」。因是老藺帶來的人，老齊當時也給賈主任看了。但老齊端詳賈主任一眼，卻什麼都不說。賈主任有些奇怪，老齊雙掌合十：

「阿彌陀佛，貴不可言，就不言了。」

老藺：

「老齊，你搗什麼鬼，領導沒工夫再喝你十回茶。」

老齊笑了：

「天機不可泄漏。」

老藺上去踢老齊，賈主任倒笑著攔住老藺。這一晚就是喝茶，什麼都沒說。後來老藺又帶嚴格來喝茶，喝過十回茶，嚴格也讓老齊看。老齊看過，寫下兩句話：

「春打六九頭，雨過地皮溼。」

話雖通俗，是啥意思，嚴格解不透，老藺也解不透。問老齊，老齊又不說。嚴格反倒不放心，又追，老齊說了一句：

「好話。」

嚴格才不再追究。老藺和嚴格來「老齊茶室」喝茶，一開始是為了看相；久而久之，相也不能天天看，到這裡來，白天是圖個清靜，晚上是圖個熱鬧。再久而久之，腿往這走熟了，圖個省心；問起相聚的地方，如不吃飯，或吃過了飯，第一反應是：

「老齊那兒吧。」

也就老齊這兒了，不用再想別的地方。最近老藺和嚴格相聚，皆為那個U盤。這U盤本是一個交換，或一個威脅；沒想到一件事變成了另一件事；由威脅別人，變成了所有人的威脅。老藺嚴格二人，本已撕破了臉，為找這U盤，兩人又聯起手來，把該做的事都做了。老藺還開玩笑：

「啥叫狼狽為奸，這就叫狼狽為奸。」

說得嚴格倒不好意思。但一個禮拜過去，沒找到這U盤。賊找到了，卻不在賊身上。又找到一賊，也不在這賊身上。最後又引來了敲詐。直到劉躍進從四季青橋旁逃跑，接著失蹤，眾人才恍然大悟，原來這盤，就在這廚子身上。關鍵時候誰跑？賊跑；失蹤不說明失蹤，說明劉躍進才是真正的賊。明白誰是賊的時候，賊卻失蹤了。這時不但嚴格老藺等人後悔，「智者千慮調查所」的調查員老邢也後悔；不但他們後悔，連被打的青面獸楊志也後悔。找賊找了一圈，真正的賊，原來就在自己身邊。嚴格埋怨老邢：

「賊都找著了，又讓他跑了，這叫不叫智者千慮？」

老邢嘆口氣：

「叫。」

又說：

「真沒想到，一個廚子，這麼沉得住氣。」

又勸嚴格：

「事到如今，著急也沒用，我再慢慢找。」

嚴格氣得差點哭了：

「事到如今，還不著急，等他把盤弄到不該弄的地方，著急也晚了。」

這時怪自己，找偵探徹底找錯了人。老藺知道U盤在一個廚子身上，廚子失蹤了，著急又與嚴格不同。兩人約在午後三點，「老齊茶室」見面。嚴格先到，「老齊茶室」夜裡熱鬧，午後三點，格外清靜。老齊也不在。老齊夜裡照顧生意，白天在家讀經。但據老齊老婆說，沒見他白天讀過經，就是在家睡覺。老齊說：

「睏了就睡，也是得道之理呀。」

接著老藺來了，兩人在一雅間坐下。老藺先感嘆「失控」，又說：

「廚子失蹤，也是件好事。」

看嚴格有些吃驚，老藺：

「起碼知道U盤沒在別人身上，在一廚子身上。在一廚子身上，總比在別人身上好。」

嚴格聽明白了，點頭。老藺又感嘆：

「惟一的問題，不知道這廚子看過這U盤沒有？你太太說，這U盤沒密碼。如沒看，還是U盤的事；如看了，就不光是盤的事，就成了人的事。」

這一層嚴格倒沒有想到；經老藺提醒，出了一身冷汗。先是憤怒自己的老婆：

「真沒想到，她敢背後這麼搞我。」

一掌劈在桌子上：

「真想一刀劈了她。」

待情緒平定下來，才說：

「一個廚子，想他不懂U盤。」

老藺：

「別心存僥倖，還是做好另一手準備。」

嚴格擦著頭上的汗，點了點頭。突然說：

「既然來了老齊茶室，咱把老齊喊來，讓他看一看？看這廚子跑到哪裡去了，丟的東西何時能找回來？」

老藺搖頭：

「老齊那些鬼把戲，是騙沒事人的。有事，找他沒用。這事已經弄得全天下都知道了，就別讓老齊再摻乎了。」

嚴格又點點頭，這時佩服老藺：

「你比我強，遇事想得比我全面，也比我深。」

老藺嘆息：

「強什麼呀，亡羊補牢，就不叫強。強的人，早把羊殺了，都在啃羊骨頭呢。賈主任苦惱的，就是這個。」

這時告訴嚴格一個消息，五天前，賈主任出國了，去了歐洲，再有五天回國。在賈主任回來之前，兩人一定要把這廚子找到，把U盤拿回來。上次給嚴格規定十天，再放寬五天。屆時如再找不到，要麼事情發了，大家一塊完蛋；就是事情沒發，屆時他也做不了主了，就看賈主任怎麼想了。聞知賈主任出國了，嚴格吃了一驚，以為賈主任出去避這風頭；但他這想法，被老藺看出來了，老藺止住他的想：

「主任不是避這風頭，是避另外的風頭。」

又說，嚴格找調查公司也不靠譜。不是事不靠譜，事到如今，人靠不住；人靠不住，找到這盤，還不如沒找到。事情鬧到這種地步，就得親力親為；就像廚子丟包，自個兒親自上街找一樣；找著找著，不就撿了個包嗎？這時問：

「人來了嗎？」

嚴格：

「來了，在我車裡候著呢。」

接著打了個電話。片刻，嚴格的司機小白，帶進來兩個人。一個是任保良，一個是韓勝利。韓勝利受曹哥之託，到建築工地找劉躍進；劉躍進失蹤了，韓勝利卻被任保良扣下了。因任保良也在找劉躍進。任保良找劉躍進不是又要跟他計較挑唆民工鬧事的事，而是嚴格知道U盤在劉躍進那裡，劉躍進失蹤了，便把任保良叫去，讓他兩天之內，找到失蹤的廚子。找到廚子，馬上給他打工程款；找不到廚子，就把任保良換了。任保良的廚子，拿了嚴格家的東西，任保良也有責任。但一個大活人，突然丟了，哪裡找去？是仍藏在北京，還是跑回了河南老家，或是去了別的地方，任保良也猜不透劉躍進的去向；連去向都猜不透，何論找？正焦躁處，韓勝利自個兒撞了過來，也在找劉躍進；任保良便把韓勝利扣下了。扣人並不是向韓勝利要人，劉躍進不是韓勝利放跑的；韓勝利也在找他；但任保良認為，劉躍進當廚子的時候，與這個韓勝利過從甚密，韓勝利是個賊，近朱者赤，近墨者黑，劉躍進人本老實，就是跟他學壞的；給食堂買菜的時候，學會了做手腳；後來發展成，公然偷嚴格家的東西；韓勝利對這事也負有責任。全忘了劉躍進並沒偷東西，瞿莉那包，劉躍進是撿的。任保良又認為，既然韓、劉是一種人，鼠有鼠道，賊有賊心，韓勝利肯定比他更能猜透劉躍進的心事，更能摸得清劉躍進的去向。全不知韓勝利也不知劉躍進是咋想的。八天前，知道他丟了個包；剛才在曹哥鴨棚，知道他又撿了個包；到了建築工地，才知道劉躍進失蹤了；知道的還沒有任保良多。但被任保良逼著，韓勝利蹲在地上想了半天，突然說：

「我知道他藏在哪兒。」

任保良一陣驚喜：

「帶我去，抓住他，給你一千塊錢。」

聽說任保良給錢，韓勝利又吃了一驚。一千塊錢不算什麼，曹哥那裡，找到劉躍進，消除的債務是一萬六千塊；但因為一個劉躍進，開始四處有人給他送錢，令韓勝利沒有想到。當初劉躍進欠他三千六百塊錢，他天天找劉躍進，只要回二百；沒想到劉躍進一失蹤，三千四百塊錢之外，開始有人給他送錢。失蹤的劉躍進，倒給他帶來了財運。也算禍兮福焉。這比偷東西合算多了。同時知道，失蹤的劉躍進，已不是他認識的劉躍進；過去劉躍進是隻蝦米，現在變成了一條大魚。蝦米變魚並不是因為劉躍進，而是因為他撿那個包。自己偷東西這麼多年，咋就撿不著這種包呢？接著又動了心思，既然劉躍進是條大魚，就不能輕易送人；一千塊錢，打不動韓勝利；韓勝利又作出為難的樣子說：

「我也就是這麼一說，找到找不到，還難說呢。」

死活不去。任保良看出韓勝利在吊腰子，又往上漲了一千塊錢。韓勝利還是不去。任保良又懷疑韓勝利真是那麼一說，並不知道劉躍進的去向，在這裡詐錢。韓勝利抬腿要走，任保良又擔心他真的知道，便不放他去；把這情況，打電話告訴了嚴格。嚴格把這情況又告訴了老藺。老藺倒重視這個情況，要跟這人見上一面。嚴格便讓司機小白，來接任保良和韓勝利，徑直把他們拉到了「老齊茶室」。先在車裡待了半個小時，小白接了一個電話，便把他們帶進茶室。韓勝利和任保良，都是頭一回來喝茶的地方。待拉開一雅間門，小白回去了，韓勝利看到裡面坐著兩個人。這兩人韓勝利都不認識，一個胖，一個瘦，都戴眼鏡；從穿戴，知是上等人。任保良似認識其中那位瘦子，指著韓勝利對那人說：

「嚴總，就是他，一開始說知道，後來說不知道，我看他欠揍！」

又說：

「幾天前，他還天天來找劉躍進。」

又說：

「劉躍進過去不偷東西，自從接觸他，就學壞了。」

韓勝利馬上跟任保良急了：

「你認錯人了吧？劉躍進偷不偷東西，我不知道，我從來不偷東西。」

任保良也火了：

「咦，你們河南人中，誰不知道你是個賊？你不偷東西，咋被人打了？」

兩人戧在一起。嚴格止住任保良：

「你回去吧，沒你事了。」

把人帶到，自己反倒出局了，任保良有些尷尬。但嚴格說讓他走，他又不敢不走；磨磨蹭蹭，出了雅間；出了雅間，還不死心，又扭頭說：

「嚴總，那工程款……」

嚴格皺了皺眉：

「下個星期，准打給你。」

任保良才走了。這時戴眼鏡的胖子招呼韓勝利，讓他坐在他的身邊，和藹地問：

「你跟劉躍進是好朋友？」

韓勝利頭一回到這種環境，手腳有些無放處。但他聽出，這兩人也在找劉躍進；心裡算出，這是第五撥找劉躍進的。而且他們是上等人。看來這事兒更大了。看來劉躍進不但是條大魚，還是頭鯊魚。事兒小韓勝利不怕，事兒一大，韓勝利反倒害怕了。本來能找到劉躍進，現在往後縮了。韓勝利開始裝傻：

「你們別聽任保良胡說，我跟劉躍進熟是熟，但不是朋友，是仇人，他欠我錢。」

那胖子笑了：

「仇人好哇，找起仇人，比找朋友起勁。」

韓勝利一愣，沒想到這人有話在這裡等著他。韓勝利明白，自己說不過人家。只好說：

「劉躍進躲在哪裡，真不跟我商量。」

那胖子沒理這茬，徑直說：

「找到他，把一包偷回來，只要包裡的東西齊全，給你兩萬塊錢。」

兩萬塊錢，又比曹哥銷債的一萬六千塊錢要多。但第三回有人給錢，韓勝利就不敢要了。不敢要不單是怕事兒越鬧越大，引火燒身；而是收人錢，就要替人消災；他怕應下這事，找不到劉躍進；雖然想著劉躍進會躲在哪裡，但並不敢料定；應下不該應的話，拿了不該拿的錢，回頭都要付出血的代價；就像在魏公村偷了不該偷的東西一樣；在這上頭，韓勝利是有教訓的。比這些更重要的是，尋找劉躍進，一開始他是為了曹哥；曹哥既給他消了災，找到劉躍進，還會給他銷債；曹哥鴨棚裡的人，對韓勝利來說，比這幾撥人更不好惹；這就不單是錢的事了；他不敢一女許兩家。但話趕到這兒了，當著這兩人的面，韓勝利又不敢說不找；面前這兩人，也不像好惹的；他便想出一個退路：

「找是可以找，按道上的規矩，得先交一萬定金。」

韓勝利以為他們會拒絕，過去素不相識，今天頭一回見面，擔心韓勝利騙他們；他們一拒絕，就給韓勝利一個脫身的藉口；沒想到那個叫嚴總的瘦子，馬上拿過提包，從裡邊掏出一遝整錢，扔給了韓勝利：

「兩天偷回來，除了補另一萬，再給你一萬獎金。」

韓勝利傻了。過去傻是欠人錢，如欠新疆人的錢；現在傻是人給錢。欠人錢讓人騎虎難下，誰知人給錢也會讓人騎虎難下。

第二十八章 老齊

事情談完，老藺最後一個離開「老齊茶室」。韓勝利先離開，老藺與嚴格緊接著也離開了。兩人走到樓口，老藺說：

「你先走，我去趟廁所。」

嚴格下樓，老藺進了廁所。進廁所卻沒撒尿，而是掏出手機，撥了一個電話，只說了兩個字：

「跟上。」

也不知是讓對方跟上嚴格，還是跟上韓勝利。掛上電話，這才撒尿。哩哩啦啦，沒撒出多少。出廁所，正好碰上老齊。老齊剛從家裡來店裡，趿拉一鞋，睡眼惺忪，手裡拿著一卷書。老藺以為是一卷經，近前看，卻是一卷《紅樓夢》，線裝罷了。老齊法號叫「絕塵」；法師本該看經，怎麼看上了這種塵世的閒書？但他顧不上糾正老齊這個；剛才嚴格提出，既然來到老齊這裡，賊和U盤去了哪裡，該讓老齊看看，被老藺止住；現在剩下老藺一個人，老藺突然又想問問。老藺攔住老齊，拉他進了雅間，說正在找一人；找這人，為找一東西，讓老齊看看，這東西可能找到？老齊的睡眼看了老齊一下，隨口說：

「俗話說得好，色即是空，空即是色，一個東西，不找也罷。」

老蘭想笑，「色」「空」這話，是俗話嗎？但正色說：

「老齊，沒跟你開玩笑，這東西一定得找。」

老齊又看了老蘭一眼，又似隨口說：

「事情很快就會結束。」

雖知老齊又在胡說，但聽說事情很快就會結束，老蘭心裡還是輕鬆一大塊。這才叫病急亂投醫。當時以為老齊是胡說；老蘭問他，也是解個心病；待到事情真的結束時，老蘭再想起老齊的話，突然出了一脊梁涼汗。碰巧他手裡拿著一卷《紅樓夢》，老蘭又想起《紅樓夢》裡的一句話，知道世上一切事情，皆非湊巧。或者，皆湊巧。

第二十九章 劉躍進

劉躍進被曹哥鴨棚的人捉住了。曹哥能捉住劉躍進，並不是韓勝利的功勞。劉躍進失蹤了，能不能找到劉躍進，韓勝利心裡既有底，又沒底。如劉躍進還沒離開北京，韓勝利知道他會躲在兩個地方；不在這裡，就在那裡，心裡有底；如劉躍進離開北京，天下大得很，不知他會跑到哪裡去，心裡就沒底。但韓勝利這頭應承了曹哥，那頭應承了嚴格和老藺，一手托兩家；沒找劉躍進，先發愁找到劉躍進之後，把他送給誰；開始騎虎難下；但兩頭都逼得緊，又不敢不找；只好走一步看一步，權當劉躍進不會離開北京，先後去這兩個地方尋找；待找到，屆時送給誰，再見機行事。

頭一個地方韓勝利能想到，別人也能想到，就是「曼麗髮廊」。劉躍進丟包之前，韓勝利來跟劉躍進要帳，如劉躍進不在工地食堂，韓勝利穿過一條胡同找過來，劉躍進準在「曼麗髮廊」。當時韓勝利揣想劉躍進是否已與這髮廊的老闆娘上過床。要帳之餘，察言觀色，斷定兩人並沒有上床。其實也不用察言觀色，男的總往女處跑，就證明兩人沒事；如已經有了事，事情就會倒過來，該這女的尋男的。心裡還笑劉躍進白搭工夫。正是因為這樣，韓勝利又斷定劉躍進不會躲在這裡。一是這裡離建築工地太近，過去劉躍進天天往這髮廊跑，大家看在眼裡，躲在這裡太明顯，劉躍進不會這麼傻；二是劉躍進和這女人的關係沒到那個份兒上，遇到這種事，就是想躲，女人也不讓他躲。但事情又不能以常理論，為保險起見，韓勝利還是決定去「曼麗髮廊」一趟，以探虛實。韓勝利離開「老齊茶室」，先坐地鐵，又倒了三趟公交車，到了北京東郊，來到「曼麗髮廊」。因是傍晚，大家該吃晚飯，店裡沒有客人，馬曼麗也不在，就剩下洗頭按摩的胖姑娘楊玉環，把兩條胖腿伸到理髮台上，身子躺在理髮椅上，摁著手機在發短信。店裡很平靜，並沒有異常。但韓勝利多了個心眼，沒等馬曼麗，給楊玉環使了個眼色，直接進髮廊裡間按摩。身上有嚴格剛給的一萬塊錢，腰桿子也硬了。一時三刻，成就完好事，楊玉環欲起身，韓勝利又抱住她的光身子不放，似無意間問：

「玉環，這兩天劉躍進來過沒有？」

他知道楊玉環討厭劉躍進；劉躍進天天來髮廊，坐著不走，耽誤她按摩的生意；現在突然提起，楊玉環不會袒護劉躍進。楊玉環並沒有袒護劉躍進，但也推開韓勝利，起身穿衣服：

「沒見。」

韓勝利：

「知道他去哪兒了？」

楊玉環瞪了韓勝利一眼：

「他又不是我男朋友，找他，怎麼問上我了？該去工地食堂呀。」

韓勝利便知道，在楊玉環這裡，並不知道劉躍進出了事。穿上衣服到外間，馬曼麗提著一塑膠袋雞脖子進來。「曼麗髮廊」還是老規矩，老闆娘做飯，打工的楊玉環吃現成的。韓勝利又作出發愁的樣子：

「也不知劉躍進哪兒去了？」

又說：

「我發現偷他包那賊了。」

偷眼看馬曼麗，聽到「劉躍進」三個字，馬曼麗並無顯出異常；也沒搭理韓勝利，徑直到水池子那洗雞脖子；似乎事情與她毫不相干。韓勝利便斷定，劉躍進沒躲在這裡。再說，髮廊巴掌大一塊地方，裡間又是楊玉環的天地，劉躍進想躲，這裡也沒地方。

劉躍進另一個可能藏身的地方，韓勝利能想到，別人想不到，就是在魏公村三棵樹街邊開河南燴麵館的老高處。十多天前，韓勝利在魏公村偷東西，被新疆老賴的人拿住，老高還給他當過保人。韓勝利、老高、劉躍進，三人同是洛水老鄉，韓勝利知道劉躍進與老高好。韓勝利到老高飯館來，在這裡碰到劉躍進，不下十幾回。從北京東郊劉躍進的建築工地，到北京西郊魏公村，坐車得倒換五六回；平常不堵車，走一趟得兩小時；碰上周一周五堵車，仨小時五個小時就料不定了。周一周五，韓勝利也在這裡碰到過劉躍進，便斷定兩人關係不一般。有時碰到他們在一起，也不見他們說話，就蹲在一起抽菸。抽半天菸，從兩人的神色看，雖然啥也沒說，但好像啥都說了。如是晚上，到了十點，劉躍進怕誤了晚班車，站起身就走。老高把他送到門口，說上一句：

「過馬路小心。」

劉躍進回一句：

「下禮拜有事，不來了。」

大步流星，走了。如碰到他們是白天，飯館客人多，劉躍進還扔下菸頭，鑽到廚房幫老高做燴麵。韓勝利以為他們都是廚子，又是老鄉，所以對勁兒。韓勝利私下問老高，老高卻說，兩人在老家的時候，同在洛水縣城一個叫「祥記」的飯店當廚子，那時天天在一起，並不對勁。廚房丟過半桶油，「祥記」的老闆追查，老高懷疑是劉躍進偷的，劉躍進懷疑是老高偷的，兩人還吵過一架，半個月沒有說話。後來陸續來到北京，開始各幹各的，十天半個月見不著，反倒想在一起說話。這時再提起洛水「祥記」的舊事，兩人都「嘿嘿」一笑。如今劉躍進失蹤了，他沒別的地方可躲，剩下可以躲藏的地方，就是老高的燴麵館。說不定這劉躍進，正在老高的廚房做燴麵呢。韓勝利離開「曼麗髮廊」，又去了魏公村三棵樹。十多天來，因欠著新疆人的債，韓勝利一直躲著魏公村；如今與新疆人的事了結了，再來這裡，也顯得理直氣壯。待到了老高的燴麵館，老高不在，買菜去了，韓勝利先查看燴麵館的裡裡外外，並沒有劉躍進。韓勝利以為老高把劉躍進藏到別的地方去了，等老高買菜回來，剛要向老高打聽劉躍進的下落，沒想到老高扔下手裡一捆芹菜，先跟他急了；沒容韓勝利說劉躍進的事，仍說新疆人的事。韓勝利有些吃驚：

「那事不是了了嗎？」

老高瞪他一眼：

「你的事是了了，我的事剛剛開始。」

原來，自老高做了韓勝利的保人，因韓勝利每天交罰款不及時，韓勝利躲了，新疆人便來找老高的麻煩；一幫新疆小孩，十多年來，也隨父母在魏公村紮下了根；大人找老高麻煩，小孩便找老高兒子的麻煩。幾個十來歲的維族小孩，天天在街上賣維刀或擦皮鞋，如今臨時加了個活兒，路上截老高的兒子，向他要錢。給錢也讓走，如身上沒帶錢，就會被他們打一頓。身上帶錢，不准少於二十；少於二十，也打一頓。自老高做了韓勝利的保人，老高兒子被打過五回。身上不裝二十塊錢以上，不敢出門。自曹哥出面，還了新疆人的罰款，大人的事了結了，但小孩的事還沒煞住車。昨天，老高兒子上街買了個冰棍，又被截住打了一頓。今天早上，連學也不敢上了。韓勝利聽後，也很生氣：

「這還得了，他們太不遵守協定了，我回去就告訴曹哥。」

老高並不知道曹哥是誰，說：

「禍是你惹的，從明兒起，你每天接送孩子上學吧，反正你也沒事。」

韓勝利嘴裡嘟囔：

「我也正忙著呢。」

又說，所有這一切，不怪新疆人，也不怪韓勝利，全怪劉躍進。劉躍進欠著他的錢不還，韓勝利還不上新疆人的罰款，才出了新疆大人小孩的事。全不顧這話並不符合事實，劉躍進欠他的錢，和他欠新疆人的錢，還差一大截。也是急著找劉躍進，覺得找到劉躍進比老高兒子挨打重要；正是因為重要，韓勝利從口袋掏出二百塊錢，拍到桌子上：

「把這錢，給你兒子。二百，夠躲十回打了吧？讓過十回，新疆人再這麼幹，我真跟他們動刀子。」

看著桌上的錢，老高愣在那裡，不知韓勝利下的是哪齣棋。韓勝利又說：

「你把劉躍進找來，叫他還我錢，他還我錢，我再給你一千，當作精神損失費，不讓你白當保人。」

老高掉入韓勝利的陷阱。經過這事，覺得韓勝利仗義許多。他馬上說：

「你等著，我馬上去工地叫他。」

解下圍裙，就要出門。韓勝利馬上看出，劉躍進並沒躲在老高這裡。不但沒躲在這裡，老高連劉躍進失蹤都不知道，以為他還在東郊工地做飯呢；知道的還沒有韓勝利多；不知有漢，何論魏晉？韓勝利一把拉住老高：

「劉躍進多長時間沒來了？」

老高想了想，驚叫一聲：

「可不，都半個多月了。」

又奇怪：

「他欠你錢，不該躲我呀。」

看老高的神色，也不像裝的。韓勝利徹底洩氣了，不再跟老高囉嗦，抓起桌上的二百塊錢，轉身出了河南燴麵館。

「曼麗髮廊」沒有，老高的河南燴麵館沒有，韓勝利便斷定劉躍進已不在北京，逃往外地。不在北京也好；尋找劉躍進，曹哥著急，「老齊茶室」那兩個不認識的上等人著急，能看出任保良也著急，但韓勝利不著急。找不著有找不著的好處。韓勝利已使過兩頭人的錢，找不著，先白使著；真找到劉躍進，把劉躍進送給誰，是送給曹哥一頭，或是送給嚴格一頭，倒成了難題。韓勝利把這消息分別告訴了曹哥和嚴格；兩方面更加著急；韓勝利假裝著急。韓勝利明白，兩方面著急，各著急各的；韓勝利在兩方面之間，並不相互通氣。

但劉躍進被曹哥鴨棚的人抓住了。能抓住劉躍進，跟韓勝利沒關係，跟另一個人有關係，他就是躺在唐山幫住處養傷的青面獸楊志。那天晚上，在四季青橋下，青面獸楊志被嚴格的司機小白等人打斷了兩根肋骨；因為U盤，他才被打；因為U盤是假的，也才救了他一命。小白等人去集貿市場追趕劉躍進，青面獸楊志爬起來欲跑，又被小白留下的一人捺住，欲把他捉回去。還是瞿莉說：

「一個騙子，留他沒用。」

青面獸楊志這才掙扎著跑出四季青橋，攔了一輛計程車，逃了。他既感謝那U盤是假的，也感謝那個女主人。這兩根肋骨，斷得有壞處，也有好處。一是讓他徹底投奔了曹哥。筋骨斷了，短時間無法出門作業，總得有一個養傷處；過去投奔不投奔曹哥，還有些猶豫，現在徹底死了心。本來他也可以不投奔曹哥，石景山一帶，也有一個山西人的窩點，那裡也可以養傷；但那裡池淺王八少，從長遠看，要安身立命，還是要投奔高處。比這更重要的是，投奔誰不重要，重要的是，誰能替他找到那個真的U盤。他被人打傷了，拿U盤的廚子跑了；但U盤就是錢；上次他敲詐瞿莉，張口三十萬，幾個瞿莉沒打磕巴，證明這U盤能值五十萬；這樣的買賣，不能白放過手。要想找到廚子和U盤，幾個山西毛賊，難以值上；遇到大事，還是要靠曹哥這樣的人。加上他還欠著曹哥鴨棚的賭債；讓曹哥去找這U盤和錢，他從中提成；U盤找到，再與曹哥結帳；也算以子之矛，攻子之盾。各方面考慮，投奔了曹哥。待他躺到唐山幫的住處，渾身疼痛；但這天夜裡，突然發現，疼痛之餘，他下邊有所騷動。他下邊本來不行了，這些天著急的就是這事；為這事要去殺人；見到瞿莉的裸體，下邊起來了；接著被瞿莉發現了，瞿莉一聲尖叫，下邊又被嚇回去了；現在上身疼痛之際，下邊竟自個兒又起來了。過去心裡老怕，大概挨了小白等人一頓打，只顧怕小白等人，把心裡的另一種怕給忘了；或者，心裡的怕，被小白等人給打出來了。這時的起來，就跟前一次起來不一樣。青面獸楊志一陣驚喜，這場打也算沒有白挨，肋骨沒有白斷。下邊能起來，比找到U盤，對青面獸楊志還重要。青面獸楊志，又成了過去的青面獸楊志。雖然身子不能動，腦子又活泛了。腦子活泛後，開始想劉躍進的去處。從半夜想到清晨，終於想到一個地方。

首先他判定這廚子沒有離開北京。廚子沒有離開北京並不是因為U盤。從與廚子搭伴敲詐瞿莉的過程中，青面獸楊志就能看出，這個廚子膽小；膽小不說，整個敲詐過程中，廚子關心的不是U盤，仍是他丟的包，包裡那張欠條，欠條上那六萬塊錢，還是個顧小不顧大的人。如他顧大，看到青面獸楊志在四季青橋下挨打，這一切都是U盤惹的禍；加上膽小，剩下他一個人，他不敢拿著U盤繼續敲詐；為了不被人抓住，他會逃離北京；但是，正是因為顧小不顧大，不為U盤，為了自己的包，為了包裡的欠條，為了自己那六萬塊錢，他不會離開北京，還在繼續尋找。為了大事膽小，為了小事膽大；為了別人膽小，為了自己膽大；這是青面獸楊志分析出的廚子劉躍進。把人分析透了，或者說，知道了這人的想法，接著他的去處，就不難猜到了。

劉躍進還真讓青面獸楊志猜著了。劉躍進失蹤了，但並沒有離開北京；如青面獸楊志所分析的，沒有離開北京，並不是為了U盤，而是為了找到他丟的那包。那天深夜，馬曼麗與劉躍進一同看了U盤，就勸劉躍進馬上離開工地，離開北京，逃往外地；他們知道的U盤，與青面獸楊志知道的又有不同；青面獸楊志只知道它值錢，不知道它為啥值錢；知道被人打，不知道會要命；劉躍進過去也不知道，和馬曼麗看過U盤，便知道這不是錢的事，而是命的事；馬曼麗勸劉躍進，連河南老家都不能回，防止有人順藤摸瓜，在河南抓住他。馬曼麗這麼勸他，既是為了劉躍進，也是為了她自己；

因為她也看了這U盤。但劉躍進沒有聽她的話。表面聽了，背後沒聽；當面聽了，兩人分手後，又改了主意。也不是完全沒聽，聽了一半，從工地失蹤了，但沒離開北京。他雖然害怕U盤，但更害怕欠條丟了，那個賣假酒的李更生不認帳。包雖然丟過兩回，但找包的線索並沒有丟。如不知這包在誰手裡，劉躍進也許不找；知道這包又被甘肅的三男一女搶走了，上次他跟蹤青面獸楊志，也去過東郊那三男一女的小屋，知道賊的老窩，不找有些可惜。一邊是命，一邊是自己丟的東西，孰輕孰重？劉躍進掂量半天，取了個中間數；既不能不找，又不能找的時間過長；三天，再找三天，找到自己的包也好，找不到也好，他都離開北京。但離開工地，總要有個落腳處。劉躍進的想法，又與韓勝利不同。韓勝利以為他會去「曼麗髮廊」，或者是魏公村老高處；這兩個去處，劉躍進都想到過，但都沒有去。沒去不是覺得這兩個人不可靠；或者他答應馬曼麗離開北京，又沒離開，馬曼麗會跟他急；而是事到如今，如今的劉躍進，不是過去的劉躍進，懷裡揣著幾條人命，覺得那兩個地方都不保險。哪裡最保險？不是朋友的住處，而是人想不到的地方；不是人少的地方，而是人多的地方。哪裡人最多？火車站。人多，有躲藏處；有個閃失，也好喊人。所以，這兩天，劉躍進除了找包，就躲在北京西站；和南來北往的陌生人，雜睡在一起。

但曹哥鴨棚的人，抓住劉躍進，卻不是在北京西站。青面獸楊志想了許多地方，但和韓勝利一樣，沒有想到火車站。但他想到一個地方，韓勝利沒想到，卻和劉躍進想到了一起，就是甘肅那三男一女過去的老窩。就在這個老窩，青面獸楊志被甘肅那三男一女搶了。青面獸楊志又去這小屋報仇，劉躍進也跟蹤到這裡。但甘肅那三男一女，早已挪了窩；青面獸楊志又碰到那三男一女，恰恰不在東郊，而在石景山。但他們挪了窩，青面獸楊志知道，劉躍進並不知道。青面獸楊志猜想，如今劉躍進尋包，必尋找甘肅這三男一女；尋找這三男一女，必去東郊那過期的老窩。青面獸楊志把這想法告訴曹哥，曹哥馬上讓光頭崔哥帶上幾個人，去了東郊那條胡同。那條胡同，光頭崔哥倒也熟；幾天前，他曾在這裡堵住過青面獸楊志，讓他換上飯館的服裝，去貝多芬別墅偷東西。劉躍進的心思，果然讓青面獸楊志猜中了。這天夜裡一點，劉躍進鬼鬼祟祟，來到東郊那條胡同。從這條胡同轉到另一條胡同，到胡同底，到小屋前，見門上掛著一把鎖，劉躍進還有些失望；但他不死心，還想再蹲守一會兒；但沒來得及蹲下，早被已蹲在那裡的光頭崔哥等人給抓住了。劉躍進有些猝不及防，以為曹哥的人找他，是為別的事，劉躍進還想急；別因為別的事，耽誤自己的大事；但看光頭崔哥只管抓人，並不問話，又不敢惹他；待到了鴨棚，曹哥說起來，也是為了那個U盤，劉躍進才恍然大悟，尋找這盤的人，又多出一撥。曹哥做事講個師出有名，慢吞吞地對劉躍進講，聽說劉躍進撿到一包，而這包出自貝多芬別墅；貝多芬別墅，也在他的轄區；偷出這包的青面獸楊志，也是他派出去的；現在讓劉躍進把包還回來，也算物歸原主；包不重要，重要的是裡面有一個U盤，拿出來就行了，大家好說好散。劉躍進聽曹哥這麼一說，就知道曹哥沒看過這U盤；曹哥找它，也是為了錢；但曹哥只知道這盤值錢，不知道這盤要命；看似是個U盤，其實是顆炸彈。但劉躍進既不好向曹哥解釋這盤，又不好解釋自己的苦衷；不給曹哥這盤，是對曹哥好；給了曹哥，曹哥身上，也綁上了這顆炸彈。他倒不怕曹哥被炸彈炸死，如自己拿出這盤，證明這盤從自己手裡過過，炸彈一響，也會炸著自己。一件事，就會變成第三件事。劉躍進只好裝傻，說自己沒撿這包，更沒見過曹哥說的U盤，和上次跟青面獸楊志說的一樣。上次青面獸楊志相信了，這次曹哥卻不相信。曹哥讓劉躍進再想想，別傷了和氣。劉躍進急著說，如撿了這包，拿了這U盤，這麼多人找，早交出去了；自己是個廚子，那盤對自己沒用。曹哥見劉躍進不說，嘆口氣，背著手，轉身出了鴨棚。曹哥背著手離開，光頭崔哥等人便將劉躍進吊起來，開始拷打。拷打中誰下手最重？韓勝利。韓勝利下手重，並不是劉躍進欠他錢，一直沒還；或劉躍進失蹤，沒躲在「曼麗髮廊」或魏公村老高處，讓他白費半天工夫；而是他斷定劉躍進離開北京，劉躍進並沒有離開北京；劉躍進沒讓他抓住，讓青面獸楊志抓住了；韓勝利感到很沒面子。曹哥交給他的第一樁事，就讓他辦砸了，等於讓曹哥白替他還了新疆人一萬六千塊錢。曹哥雖然沒說什麼，韓勝利心裡忐忑不安。現在多踹兩腳，多搧幾個嘴巴子，除了解氣，也算將功補過。韓勝利劈頭蓋臉打人，不但劉躍進感到吃驚；大家知道他和劉躍進，過去是好朋友；光頭崔哥也感到吃驚：

「這孫子，倒六親不認。」

劉躍進被打得鼻口出血，仍咬定牙關，說他沒撿那包，也沒拿那盤。光頭崔哥等人以為他嘴硬，又接著打。韓勝利打得起勁，抄起一木板子，欲拍劉躍進；還是曹哥從鴨棚外踱回來，止住了眾人。曹哥感冒還沒好，眼睛老流淚；用淚眼湊上來，打量劉躍進。劉躍進以為曹哥也要打他，本能地躲閃。曹哥倒沒打他，拍拍他的臉：

「吊你一夜，明兒早上還不說，我就服了你。」

又用衛生紙擦眼，對眾人說：

「天兒不早了，都回去歇著吧。」

又對小胖子說：

「你留下看他。」

眾人應諾，陸續離開鴨棚。小胖子並不願留下看人，但曹哥的吩咐，又不敢反對；他不敢反對曹哥，把火發在了劉躍進身上，從殺鴨子的案子上，抄起一塊抹布，塞到了劉躍進嘴裡。

第三十章 小胖子

劉躍進昏了過去。劉躍進自生下來，昏過四次。頭一回，一九六〇年，劉躍進兩歲，全中國沒得吃，村裡餓死許多人；劉躍進有個舅舅是個賊，會到地裡偷東西；仗著這個舅舅，劉躍進才沒被餓死；但地裡東西也不多，又有人看著，舅舅也不是天天得手；舅舅不得手時，劉躍進被餓昏過。第二回，老婆黃曉慶與造假酒的李更生通姦，劉躍進捉姦在床，又被李更生打了一頓。當時只顧忿恨，回到家裡，突然昏倒；是被氣昏了。還有一回是前幾天，在劉躍進的小屋，聽青面獸楊志說，他丟那包，又被甘肅那三男一女搶走了，急火攻心，昏了過去；是被急昏的。這一回在曹哥的鴨棚，又與前三回不同，是被打昏了。也不是被打昏的，是吊昏的。人被吊在頂棚的鋼架上，身子懸著，腳不沾地，血走不上去，臉被憋得煞白，喘氣越來越粗。也不是被吊昏的，是熏昏的。小胖子怕他喊叫，塞到他嘴裡一塊抹布；抹布塞到嗓子眼；這抹布不是一般的抹布，它日常的用處，是殺過鴨子，用來抹刀；血腥味和惡臭氣，混在一起；抹布塞進嘴，立馬就被熏暈了。昏過去，並沒有昏死，還做了一個夢。夢中，似乎回到了十幾年前，他還沒有與老婆黃曉慶離婚。他和老婆，牽著五六歲的兒子劉鵬舉，在一集市上走。集上人擠人，兒子突然被擠丟了。接著老婆也不見了。他在人中著急，但腳下挪不得步。嘴裡想喊，也出不來聲。焦急中醒來，一時不知自己身在何處。等認出這裡是曹哥的鴨棚，漸漸將昏前昏後的事，連在一起，這才明白了目前的處境。鴨棚裡的燈亮著，小胖子躺在曹哥常躺的籐椅上，已經睡著了。嘴裡吹著氣。劉躍進身邊，還吊著一只鳥籠。籠裡有一隻八哥。這八哥是曹哥養的，只會說四句話。因耳朵被蠟封著，聽不到世界上的聲音，所以睡覺也有些顛倒，牠白天睡覺，夜裡醒來。劉躍進醒來之前，牠已經醒了，在籠子裡蹦。蹦累了，將頭探出來，端詳劉躍進。待劉躍進醒來，八哥衝他打了個招呼：

「過年好。」

劉躍進倒被牠嚇了一跳。但他沒工夫搭理八哥，拚命踢騰自己的腿，嘴裡「嗚哩哇啦」地喊。小胖子被他折騰醒了，上來掏出劉躍進嘴裡的抹布，看他要幹什麼。劉躍進喘著氣：

「喝水。」

又說：

「沒讓打死，渴死了。」

小胖子看看劉躍進，倒端起曹哥留在桌子上的大茶缸，餵劉躍進水。劉躍進「咕咚」「咕咚」喝了個飽，小胖子又要給他塞抹布，劉躍進：

「想解手。」

小胖子：

「解吧，這兒又沒女的。」

劉躍進明白，小胖子是讓他就這麼吊著解，直接尿到褲裡。劉躍進：

「不是小手，是大手。」

小胖子看劉躍進。劉躍進：

「要不不嫌臭，我就這麼解了。」

小胖子想了想，解開拴在三角鐵上的吊繩，將劉躍進順了下來。又拎過一只盛鴨血的塑膠盆，替劉躍進脫褲子。劉躍進：

「手上的繩不解呀？待會兒你替我擦屁股呀？」

小胖子：

「解開繩子，你跑了咋辦？」

劉躍進：

「老弟，人打成這樣，還咋跑呀？」

又說：

「咱倆也算老熟人了，你在幫我，我能害你嗎？」

小胖子想了想，先去案上拿了把殺鴨子的尖刀；然後將劉躍進手上的繩解開；用刀逼住劉躍進的臉：

「別動壞心思，不然宰了你。」

手上的繩子被解開，劉躍進就不怕小胖子了。一邊繫上褲子，一邊將身子往前湊：

「兄弟，實話告訴你，早不想活了。快，給哥來個痛快的。」

小胖子往後退著，急得臉通紅：

「你別逼我，我真動刀了啊。」

劉躍進猛地將刀從小胖子手裡奪過來：

「算了吧你，鴨子都不敢殺，還敢殺人？」

又說：

「我到了這分上，別說你，誰我也敢殺。」

一腳將小胖子踹倒，用繩子將小胖子捆住；撿起抹布，塞到他嘴裡；將他吊在鳥籠旁。接著脫掉自己的血衣服；靠牆繩子上，搭著曹哥一身衣服；劉躍進換上這衣服；又從小胖子口袋裡，摸出二百多塊錢；將刀揣到懷裡，打開鴨棚門，左右看看，跑了。

但劉躍進沒有想到，他出鴨棚剛跑，光頭崔哥帶著兩個人，從鴨棚後身閃出，悄悄跟了上去。

第三十一章　方峻德

劉躍進離開曹哥的鴨棚，拚命往「曼麗髮廊」跑。去「曼麗髮廊」不為去那裡躲藏，為跟馬曼麗說一句話。被曹哥鴨棚的人吊打一頓，劉躍進知道自己那包，是不能再找了。再找就沒命了。捉住劉躍進吊打的是一撥，還在捉劉躍進的，不知有多少撥呢。原以為自己那包，比撿到那包重要；起碼對自己更重要；才沒有離開北京，執意要找到它；現在終於明白，別人包裡的東西，還是比自己包裡的東西重要。東西就像人一樣，重要不重要，不是自個兒說了算。這時後悔當初沒聽馬曼麗的話；如早點離開北京，也就沒有鴨棚裡的驚險。但他去找馬曼麗，並不是要說後悔的話，而是要說U盤的事。從曹哥鴨棚裡逃出來，曹哥早晚會發現；如再被曹哥抓住，大概就不是吊打的事了，而是要命的事了。這個時候去找馬曼麗，也算冒死一句話。「冒死一句話」，在河南村裡聽鼓書的時候，聽說書的人說過；大都發生在戰場上，朝廷的宮殿上，或牢獄裡，或法場；沒想到朗朗乾坤，清平世界，這情狀讓劉躍進趕上了。也算與眾不同。也是急切之中，也是剛被吊了半夜，腦袋有些懵，也有些亂，劉躍進鑽過兩條胡同，突然發現自己跑錯了路。又折回頭跑，突然發現，另一條胡同裡，影影綽綽，似有幾條身影，在忙著躲藏。劉躍進驚出一身汗。這時明白，自己逃離鴨棚，後邊有人跟蹤。逃出曹哥鴨棚時，劉躍進先是感到慶幸，接著還感到疑惑，曹哥好不容易把他抓住，咋又這麼輕易讓他逃走了呢？吊打一番，將眾人都支走，就留下一個窩囊的小胖子看他；但他當時只顧逃跑，並沒深想；現在明白，原來是個圈套，曹哥是故意讓他逃走的，後邊好有人跟蹤。就像劉躍進當初跟蹤青面獸楊志一樣；跟蹤並不是目的，目的是找到他的老窩；找到老窩並不重要，重要的是，從老窩裡，就能找到自己那包；現在曹哥也在讓人跟蹤，也在找他的老窩，接著再找到那個U盤。這時劉躍進多了一條心，發現有人跟蹤，但又假裝沒發現，繼續往前跑。如被人發現他發現了，又會被捉回鴨棚；假裝沒有發現，你還可以繼續跑；跑中，再想別的辦法。跑出這條胡同，劉躍進突然轉了方向。本來要去「曼麗髮廊」，現在不去了，開始拚命往大街上跑。大街上，總比胡同裡寬敞；雖是後半夜，街上也過車；有人的地方，就比沒人的地方安全。待跑到大街上，又往公交站跑。公交站有人等夜班車，與人在一起，安全又多了幾分。待跑到公交站，正好過來一夜班車，劉躍進跳上夜班車，去了北京西站。原來他往大街和公交站跑，也不是盲目的，也是有目的的，為了去火車站。

但是，劉躍進能順利逃到北京西站，並不是因為劉躍進警覺，發現了光頭崔哥幾人的跟蹤；或發現了假裝沒發現，仗這些小聰明；從跳上第一輛夜班車，到北京西站，他還要倒三回車；每一回倒車時，他都有可能再次被光頭崔哥等人抓住。光頭崔哥等人跟蹤他，為了讓他去取U盤；看他跳上夜班車，雖然不知道他到哪裡去，但不像去取U盤，便想將他捉回。光頭崔哥等人想捉回劉躍進，幾次倒車的過程中，都是機會。劉躍進從胡同裡跑到公交站，他到了，夜班車也到了；但後兩回倒車，劉躍進跟夜班車卻沒有那麼默契；他到了，夜班車還沒影兒；第三回倒車，足足等了半個小時，車還沒來；劉躍進害怕夜長夢多，趕緊打了個出租，這才到了北京西站。光頭崔哥等人想抓回劉躍進，甚至不用等這些機會，夜班車上，也能把他捉住；刀逼在劉躍進臉上，劉躍進不敢聲張，夜班車的司機和售票員也不敢聲張。最後劉躍進沒被光頭崔哥等人捉回，與劉躍進聰明不聰明沒關係，跟另一個人有關係。

這人叫方峻德。方峻德像老邢一樣，也在一調查所工作。老邢的調查所叫「智者千慮調查所」，方峻德的調查所叫「萬無一失調查所」。雖然都是調查所，但兩人調查的事情不一樣。老邢主要調查第三者，男女私情，拆散的是人的家庭；替嚴格調查賊，還是頭一回；方峻德主要調查私人恩怨，有冤報冤，有仇報仇，拆的是人的胳膊腿。老邢的調查所是公開的，方峻德的調查所是地下的。兩人和曹哥鴨棚的人一樣，都是為了找到U盤；但兩人受僱的人不同，老邢受僱於嚴格，方峻德受僱於老藺。無非幾天下來，大家都沒找到U盤罷了。自知道U盤在一廚子身上，廚子又失蹤了；老藺一方面怪嚴格找老邢找錯了，找來劉躍進的朋友韓勝利，讓韓勝利去找劉躍進；同時讓方峻德跟蹤韓勝利；欲通過韓勝利，找到劉躍進；待找到劉躍進，橫插一刀，不讓劉躍進落到韓勝利手裡，直接劫走劉躍進，繞過嚴格這一關，直接拿到U盤。這樣做雖然麻煩，讓更多的人摻乎了此事；但麻煩有麻煩的好處；半道把糧劫走，不再受制於人。總體講，利大於弊。也算螳螂捕蟬，黃雀在後。沒想到韓勝利拿了嚴格的錢，並沒有找到劉躍進。但通過跟蹤韓勝利，方峻德找到了曹哥的鴨棚。便帶著一個弟兄，日夜盯著這鴨棚。沒想到這工夫沒有白費，通過青面獸楊志，劉躍進被曹哥他們捉住了。劉躍進在曹哥鴨棚裡時，方峻德不知鴨棚的深淺，不敢貿然橫插一刀；待劉躍進逃出鴨棚，方峻德就有了機會。這時又發現，跟蹤劉躍進的不只他們倆，還有鴨棚裡三個人；便知道他們放出劉躍進，是個圈套。同時知道，欲截劉躍進，先得截住曹哥鴨棚的人。劉躍進在八王墳倒夜班車時，光頭崔哥帶兩個人欲從橋下衝出來，捉回劉躍進；還沒等他們衝出來，方峻德二人來到他們面前。光頭崔哥見來者不善，以為碰到了搶劫的，還怪他們有眼不識泰山；光頭崔哥還惦著捉劉躍進，沒工夫跟他們囉嗦，直接從身上掏出了刀。真打起來，方峻德兩個人，光頭崔哥三個人，兩個人打不過三個人。見他們掏刀，方峻德二人直接從身上掏出兩把鋼珠手槍。拿刀的幹不過拿槍的，光頭崔哥愣在那裡，這才知道遇到了對手。光頭崔哥忙收起刀：

「大哥，要錢給錢，我們還另外有事。」

方峻德：

「不要錢，要人。」

指了指在遠處公交站候車的劉躍進。光頭崔哥這才明白，這是另一撥尋找劉躍進的人；但不知是哪一撥，主人又是誰。忙說：

「其實是一回事，大家都是為了錢。能不能合計合計，大家說開？」

方峻德搖搖頭，用槍指著他們：

「不合計，滾。」

光頭崔哥在道上，也見過一些人。方峻德說「滾」的時候，雖然聲音不高，但面無表情；便知道碰上了硬主，是個說得出做得來的人，不是虛張聲勢；便帶著兩個弟兄，喪氣地離開。

第三十二章 老邢

劉躍進進了北京西站候車大廳，看到椅子上，地上，睡滿了人；人間，有一個巡夜的警察，打著哈欠，走來走去；才知道自己逃出了虎口；像受驚的兔子，回到自己老窩一樣，心裡才稍稍安定下來。那個巡夜的警察，看到劉躍進驚惶失措，臉上還有血痕，倒對劉躍進產生了懷疑；隔著睡夢中許多人，先用手點住劉躍進，不准他動；又繞過幾排椅子，慢慢踱過來，打量劉躍進的臉：

「你怎麼回事？」

就劉躍進目前的處境來說，雖然投奔警察最安全，但劉躍進卻不敢對警察說出實情。他丟了個包，又撿了個包，包裡有一個U盤；因為這個U盤，他被人追，被人打，說不定還會要命；但因為這個U盤，他也參與過敲詐；攪在一起，根根葉葉，說不清楚。同時，事情發展到這個地步，不光追他的幾撥人著急，劉躍進自己還有事急著處理；跟警察，耽誤不起那麼多工夫。但被警察叫住，又不能不解釋臉上掛傷的原因。也算急中生智，劉躍進用河南話說：

「老婆被人拐走了，出門找了半個月了；昨天晚上在王府井抓到他們，沒成想，又被那姦夫打了一頓。這事不能就這麼算了。」

劉躍進說的，也算是實情，符合自己的經歷。只不過把時間、地點給改了。雖然改了，因是實情，說起來倒不顯得假；說著說著，勾起了往事；也是這些天被事情逼的，思前想後，竟動了真情；一把抓住警察的手說：

「大哥，你得幫我找到他們，替我報仇哇。」

警察倒被他說得一愣。看看劉躍進，一臉苦相，既不像偷東西的賊，也不像殺人放火的搶劫犯；用力甩著劉躍進的手：

「放開。」

又說：

「你這是家務事，還沒發展到要警察來管。」

又打了一個哈欠，搖搖晃晃走了。打發走警察，劉躍進買了一張電話卡，慌忙去打電話。電話是打給馬曼麗的。這時找馬曼麗，和剛才從曹哥鴨棚裡逃出來，跑去找馬曼麗又有不同。剛才找她，是為說一句話，現在這句話也顧不得了；剛才找她是為了U盤，現在連U盤也顧不得了。他找馬曼麗，是為了找存在髮廊的一個帆布提包。劉躍進離開工地那天，把自己的細軟，塞到這個提包裡；把這個提包，存在了「曼麗髮廊」。找提包不為細軟，為找裡面的一件西服。找西服也不為西服，為找西服口袋裡的一張名片。這張名片，還是幾天前，「智者千慮調查所」的調查員老邢留下的。那天，任保良帶老邢到劉躍進的小屋找包，劉躍進裝傻充愣，說自己丟包了，並沒撿包；任保良急了，老邢沒急；臨走時，給劉躍進留下一張名片，讓劉躍進再想想，如知道包在哪裡，給他打電話。劉躍進逃往火車站時，還沒想到要找老邢；到了火車站，打算坐明天一早的火車回河南，突然想起了老邢。馬曼麗當初勸劉躍進逃跑，不但勸他離開北京，也勸他不要回河南，防止有人順藤摸瓜；上回沒聽馬曼麗的話，留在了北京，才有今天的歷險；這回也不準備聽，雖然要離開北京，仍想回河南。他回河南，也有自己的打算。正是因為這個打算，他突然想起了老邢。找老邢並不是為了老邢，告訴他自己撿了那包，包裡有一個U盤；還是為了自己丟的那包，包裡那張欠條。劉躍進想著，老邢是個偵探，又見過偷劉躍進那包那賊；不但見過第一個賊青面獸楊志；也見過第二批賊，甘肅那三男一女；如今包丟了，欠條丟了，劉躍進怕老家賣假酒的李更生賴帳，便想讓老邢跟他一塊去趟河南，找到那賣假酒的李更生，給他當一個證人。欠條上的六萬塊錢到手，回頭再說那個U盤。那個U盤，劉躍進並沒帶在身上，還放在北京一個地方；讓老邢去河南，等於在騙老邢；但劉躍進撿到那包，卻被兒子劉鵬舉和他的女朋友麥當娜帶到了河南，單說這包，也不算騙人。或者說，騙也算騙，但只騙了一半。馬曼麗的電話打通了。但深更半夜，馬曼麗接到電話，立馬慌了。沒容劉躍進說西服和名片的事，馬上問U盤的事是不是發了。如果發了，她把自己的提包也收拾好了，準備立馬逃往外地；這個外地，不包括她的東北老家。關於逃亡的去處，馬曼麗倒說到做到，不回老家。事情確實如馬曼麗所說，U盤的事發了，幾撥人都在找劉躍進；但劉躍進認為，U盤還沒被人找到，事情就不算發。也是為了穩住馬曼麗，劉躍進給馬曼麗也撒了謊，說自己並沒有離開北京；為什麼沒離開北京？因為這事的風聲又小了，他在找甘肅那三男一女；昨夜找見了，又讓他們跑了；知道老邢也見過這三男一女，便想請老邢幫忙。馬曼麗這才找出名片，將上邊的電話，告訴了劉躍進。

老邢接到劉躍進的電話，有些吃驚。老邢這兩天也在找劉躍進。上次找到劉躍進，讓他蒙了，以為U盤不在他身上，還在青面獸楊志身上，又回頭尋找青面獸楊志，耽誤了兩天時間。直到聽說劉躍進失蹤了，也才明白，U盤就在這廚子身上，又回頭尋找劉躍進。老邢尋找劉躍進，與其他幾撥人尋找劉躍進，又有不同；不但與別人不同，與他以前的尋找也不同。首先，老邢對人說了假話。老邢並不是「智者千慮調查所」的調查員，而是一個警察。十多天來，也在扮演另一個人，也在演戲。另外，幾撥人尋找劉躍進皆是為了U盤，老邢尋找劉躍進也是為了U盤，但不僅是為了U盤，U盤只是他尋找中的一部分。或者說，他在尋找更重要的東西。或者說，他不知道U盤裡藏的到底是什麼，找這U盤，是否比找別的重要。他扮作調查員欺騙嚴格，並不是為了調查嚴格，而是為了調查老藺和賈主任。或者說，調查嚴格只是一個切口；除了這個切口，還有許多切口。或者說，調查老藺和賈主任，也不是為了調查老藺和賈主任，而是為了調查另一個人。總而言之，老邢是在調查一個西瓜，劉躍進和U盤，在老邢的棋盤上，就成了一粒芝麻。只是因為別的切口一時難以找到，這有一個現成的切口，也不能放過去，於是就扮作調查員，先來調查這個。於是，他對劉躍進和U盤的調查，並無其他幾撥人急切。老邢做事不著急，還有另外一個原因。他當警察十幾年了，工作起來，天天都在找人；這一點倒和調查員沒有區別；無非調查員調查的是第三者，他調查的是人命。天天都在找壞人，壞人永遠也找不完；找來找去，有些疲了，心就自然慢了。但這還不是慢的主要原因，老邢當了十幾年警察，仕途上並不順利；與他一起大學畢業進警察系統的，有當處長的，有當局長的，老邢還是一個警長。當警長並不是能力不行，十幾年算下來，同進警局的人，誰也沒有他抓人多。但光在外邊抓人有啥用？要想升遷，得會在單位活動人。會活動者，會給上頭送錢者；送錢，人家又收者；很快就當了處長、局長，成了老邢的上司。老邢這時才明白，幹活和升遷，原來是兩回事。認識到這一點，已經晚了；處長和局長的位置，已經被別人占據了。這時再想活動和送錢，已經來不及了。當了處長和局長，就能收更多的錢，老邢還在街上抓人，二者的差距越來越大。看著別人榮華富貴，自己十幾年如一日，老邢心中有些不平。天天抓壞人，壞人就在自己身邊呀。只抓與自己毫不相干的人，不抓自己認識的壞人，讓老邢心裡又有些鬱悶。怎麼老抓生人呀，該抓熟人呀；怎麼老抓被抓的人呀，該抓抓人的人呀。可左右打量，這種情況，並不是一處兩處；這種局面，也不是一天兩天形成的，一個人兩個人形成的；天下不是一個壞人，天下烏鴉一般黑；而為了一般黑去抓烏鴉，或者為了這幫烏鴉去抓另一幫烏鴉，老邢懷疑自己工作的意義。但天下如此之大，老邢又扭轉不了；想不通，白想不通。這回老邢扮作「智者千慮調查所」的調查員，「智者千慮調查所」的所長，就是他過去的同事；正是因為過去是同事，才給老邢提供了這樣的方便；這個同事，過去也像他一樣想不通，才辭了職，用己之長，開了這麼個調查所；過去調查人命，現在調查第三者。再見這位同事，果然比以前吃胖了，花錢比以前大方了；接著住上了別墅，開上了「賓士」。與這位所長比，老邢心裡又有了另一種不平；人家天天找人是為了錢，自己天天找人是為了烏鴉；為錢就想得通，為烏鴉就想不通；十多天來，雖然扮調查員是假，但扮著扮著，真有心像過去的同事一樣，也辭了職，來調查第三者。與嚴格頭一回見面，他說自己做生意不得志，才當了調查員，此話是假，但心情是真。人在矛盾的狀態中，人一有私心雜念，心慢了不說，還會影響對事物的判斷力。尋找一個U盤，出了這麼多陰差陽錯，跟老邢內心的陰差陽錯大有關係。表面看八杆子打不著，根上卻有千絲萬縷的聯繫。只是到劉躍進失蹤，看到嚴格驚慌失措的樣子，他才意識到這U盤的重要；這個切口，也許比別的切口重要；自己過去有些大意了。但回頭再找劉躍進，又有些晚了。晚了也就晚了，過去也不是沒晚過，老邢心裡，倒不像嚴格等人那麼著急；反正早晚要去調查所，待那時再著急還來得及。夜裡他倒睡得著。但凌晨五點，他接到了劉躍進的電話，又讓他吃驚，也重新燃起了對這事的熱情。重新燃起熱情不是因為天下和烏鴉，而是劉躍進一番話。劉躍進在電話裡說得很快，河南話，有一半他沒聽懂，只聽出一個大概：這包劉躍進撿到了；但包不在他手裡，被他兒子拿回了河南；為了這包，幾撥人在找他；剛剛被一撥人吊打過，好不容易逃了出來；逃的時候，發現後邊有人跟蹤；過去不知道這包的厲害，現在知道了；不是萬般無奈，他不會給老邢打電話；給老邢打電話不是為了別的，是為了把這包交給老邢；交給老邢不為老邢，為自己早一點擺脫干係；為了交給老邢，讓老邢跟自己去河南一趟；去河南不是自己一個人不能走，而是害怕路途上有人截他。如此這般，說了一番。雖然這話半真半假，所有的人找包，都是為了找那個U盤；包和盤本已分離，讓老邢去河南找包，等於在騙老邢；也是急切之中，老邢聽後，上了劉躍進的當不說，精神也抖擻起來。精神抖擻不是斷線的風箏，如今自動飛到了自己手裡；而是老邢的好奇心起了作用。過去對U盤不那麼重視，現在倒想看看，U盤裡到底藏著什麼，讓從上到下一圈人這麼緊張。電話裡馬上答應劉躍進，跟他去一趟河南。劉躍進：

「我到哪裡找你呢，我怕有人截我呀。」

老邢本想告訴劉躍進，最好的辦法，是立馬去找車站的警察；因老邢也是警察；但怕說出這話，又打草驚蛇，嚇著劉躍進；劉躍進本來信任自己；只知道老邢是個調查員；一聽這話，又不信任，轉頭跑了，找起來就難了；可聽說有人跟蹤劉躍進，又不敢讓劉躍進在火車站死等；擔心有人趁這個空隙，把劉躍進截走。想到這裡，老邢又感到好笑，真沒想到，一個工地的廚子，陡然之間，竟變得這麼重要，讓上上下下的人圍著他轉。因為這個，老邢又覺得這個劉躍進有點意思。於是告訴他，不要在車站停留，趕緊買張火車票去石家莊；買過車票，再打電話告訴老邢車次，老邢會讓石家莊的朋友，在石家莊站台接他；老邢也馬上開車去石家莊；兩人在石家莊聚齊後，再一塊開車去河南。

第三十三章　劉躍進

劉躍進上了火車，看看左右，不像有人跟蹤，心裡才踏實下來。就是有人跟蹤，火車是個行進的東西，也不好一下把人劫走；加上火車上都是人，過道裡，時不時有乘警走來走去，有人下手，他也好喊人。離開北京，就等於離開了危險之地。但望著窗外漸漸退去的北京，劉躍進又有些傷感。六年前，他離開河南，來到北京；雖然北京跟他不沾親不帶故，來這裡就是為了掙錢；也不光為了掙錢，是為了躲開老家那傷心之地；但六年下來，就是一塊鐵，在懷裡也焐熱了。夜裡做夢，夢見自個兒在北京，比夢見自個兒在河南還多。也想著總有一天會離開北京，或好著離開，或歹著離開，無非是掙錢多少而已，從來沒想到自己會逃離北京，北京會要他的命。這種結果，說起來跟六年也沒關係，跟近十幾天有關係。自己丟了個包，又撿了個包，一件事就變成了另一件事，接著又變成了第三件事。這種變化，過去也遇到過，無非小事變成了大事，或大事變成了小事；但變來變去，都是同一件事；一隻螞蟻，變成了另一隻螞蟻；頂多變成一隻蒼蠅；但一隻螞蟻，突然變成了一隻老虎，老虎轉頭撲過來吃人；四十多年來，劉躍進還沒遇見過。本來是劉躍進丟了東西，變成了劉躍進要丟命。

這其間的道理，是怎麼轉換的，劉躍進一下還沒想通。丟包沒人管，撿了個包，就開始大禍臨頭，許多人在找劉躍進。但劉躍進又感嘆，也多虧撿了個包，許多人開始找他；找他的人中，有個老邢；老邢知道他丟了包，也見過搶他包的那兩撥賊；劉躍進用話騙了老邢，老邢答應跟他去河南；包裡的欠條丟了，沒有老邢這樣的當事人作證，老家那個賣假酒的李更生，不會痛快地把錢拿出來；一個賣假酒的，連別人的老婆都敢拐走，到錢上，更不敢相信他的人品；如果這六萬塊錢要不回來，等於六年前，劉躍進的老婆，白被人拐走了。但又想，就是有老邢做證，那個賣假酒的李更生，不見欠條，會不會賴帳呢？如果他要賴，老邢只是個偵探，人在河南，又不在北京，老邢也是沒轍。出現這種情況，又該咋個料理呢？關於這一層，劉躍進一時還沒想出更好的對策；也只好走一步看一步，死馬當成活馬醫了。但又想，如果賣假酒的被老邢唬住，六萬塊錢到手，情況就大不一樣了。劉躍進的一番宏圖，就可以大展了。等兩個包的風聲過去，劉躍進準備再殺回北京，用這錢打底，開個飯館；劉躍進是個廚子，做飯不用求人；過去不敢在北京開飯館，一是沒錢，二是地生；如今在北京待了六年，行市上也熟了；老黃就在魏公村開了個飯館；老黃做飯的手藝，還不如劉躍進；老黃卻說，每一個月能賺一萬多；劉躍進手藝比老黃強，一個月不說多賺，賺兩萬，一年下來，就是二十多萬；馬上就是有錢人了。賺錢事小，從此不再受人欺負，活個揚眉吐氣，才叫風光呢。到了那個時候，讓前妻黃曉慶看看，劉躍進到底是什麼人；也讓兒子劉鵬舉看看，劉躍進從來不說瞎話，有錢就是有錢。心裡又高興起來。突然又想起留在北京的馬曼麗；劉躍進回了河南，她還不知道，她還蒙在鼓裡；劉躍進有一個裝細軟的提包，還落在「曼麗髮廊」；待自己開了飯館，發了財，把馬曼麗叫來，讓她當老闆娘；但又不敢擔保她能同意。她跟人好，似乎不完全在錢。但是，她也看不上窮光蛋。窮光蛋不光說明窮，也說明他本事不如別人。劉躍進是個工地廚子，馬曼麗看不上；等劉躍進成了飯館的老闆，說不定她就會另眼相看。除了窮富，馬曼麗還在乎這人會不會說話；劉躍進當廚子時嘴笨，那是說話處處要看人臉色，被人壓住了；等自個兒能做自個兒主的時候，膽子一大，說起話來，說不定也舌底生風。這樣想東想西，一陣悲一陣喜，火車過了豐台，到了涿州。在涿州停了五分鐘，火車又往南開。火車過道裡，有人推著飯車賣盒飯，劉躍進突然感到肚子餓了。從昨天夜裡到今天上午，只顧逃命，忘了肚子餓；現在好不容易安定了，看到飯車，便覺餓了。問了一下盒飯的價錢，一盒米飯，上邊鋪些豆芽，豆芽上臥著兩塊肥肉，五塊，劉躍進又覺不值。劉躍進就是個廚子，知道這飯的成本，不會超過五毛錢；五毛錢的東西賣五塊，感嘆火車上賣飯的，心也太黑了；仗著火車在跑，人下不得車，就拿刀宰人。劉躍進身上，原有二百多塊錢，還是在曹哥鴨棚搶小胖子的；昨夜打出租花了二十多，買火車票花了三十多，身上剩下一百四左右，不知前邊還有什麼用錢處；雖然問過價錢，但沒買這盒飯；餓先忍著。待火車到了保定，看到車下站台上，也有人賣盒飯，有人在買，也是米飯豆芽，臥兩塊肥肉，兩塊五一份；雖然心也黑，但比車廂裡便宜一半，便下車去買盒飯。交了錢，挑了一盒分兒足的，邊吃，邊回車廂。這時一人叼著一根菸，來到他跟前：

「大哥，有火嗎？」

原來是個借火的。劉躍進從口袋裡掏出火機，那人點著菸，這時低聲問：

「你叫劉躍進？」

劉躍進大吃一驚，心裡陡然緊張起來。突然意識到什麼，急忙往車廂門口走：

「我不認識你。」

那人笑了，快步跟著劉躍進，這時又說：

「如果你是回河南找你兒子，我勸你就別去了，我們去過了，你兒子不在河南。」

劉躍進大吃一驚，原地站住：

「你是誰？」

那人：

「我是誰不重要，重要的是，我們不但知道你兒子不在河南，還知道你找你兒子，是為找一包；這包我們也找到了，裡邊沒有要找的東西。」

劉躍進身上的汗毛，陡然豎了起來。劉躍進慌忙問：

「我兒子在哪兒？」

那人抽著菸，笑而不答。劉躍進突然明白，兒子被這人綁架了。兒子被人綁架，比起丟個包和欠條，事情又大；事情又變了；由老虎又變成了一頭鱷魚。這頭鱷魚不但要吃劉躍進，還要吃他兒子。同時知道這陌生人，是找U盤的另一撥人。這撥人屬於誰，劉躍進又不知道。接著擔心這人話中有詐，這人並沒找到他兒子，無非是拿他兒子威脅他。那人看穿劉躍進的心思，摟著劉躍進的肩膀，開始往站台一圓柱後走；邊走，邊掏出自己的手機，撥了一個電話，遞給劉躍進。劉躍進拿過電話，剛問了一句：

「你誰呀？」

對方在電話裡就哭了：

「爸，是我。」

電話那頭，真是兒子劉鵬舉的聲音。還沒待劉躍進再問話，劉鵬舉在電話那頭就急了：

「爸，你從那包裡，又偷了啥？讓人抓我們，給關到這黑屋裡。」

接著似乎「啪」地一巴掌，劉鵬舉開始哀求；不是哀求劉躍進，而是哀求電話那頭的人：

「叔叔，別打了，我真沒拿。」

話筒裡，還傳來兒子女朋友麥當娜啜泣的聲音：

「大哥，把我放了吧，我跟這事沒關係。」

劉躍進手裡的盒飯，「啪」地掉在地上，臉也一下變得煞白。又看那人，那人吸溜一下鼻子，笑瞇瞇地收回電話。有了這十幾天的遭遇，劉躍進也學會了看人。凡是遇到殺人越貨還笑瞇瞇的人，就是心狠手辣的人；劉躍進對這人有些發怵，磕磕巴巴地問：

「你們想幹嘛呢？」

這話等於明知故問。那人又摟劉躍進的肩膀，似摟著自己的親兄弟：

「快把那東西給我，我好叫他們放你兒子。」

事到如今，劉躍進見他們捉住了兒子，又拿到了那包，劉躍進不敢再說假話，說：

「可那U盤，不在我身上呀。」

那人指火車：

「在火車上？」

劉躍進搖搖頭，如實說：

「還在北京。」

那人倒不著急，指指火車：

「上去，把行李拿下來，咱一塊回北京。」

第三十四章　老邢

老邢跟石家莊的警察，在石家莊火車站找了一下午，沒有找到劉躍進。石家莊的兩個警察，也穿著便服；說中午那列火車上，沒有劉躍進。在車廂門口沒接著，又上車找；為找劉躍進，讓火車晚發了十分鐘；整個列車找了個遍，沒有這個人。老邢的手機一直開著，再不見劉躍進給他打電話。劉躍進沒有手機，老邢也無法跟他聯繫。打發走石家莊兩個警察，老邢又自個兒在火車站找了半天。雖然知道找是白找，火車上沒有，火車站咋會有呢？但煮熟的鴨子，又一次讓它飛了，老邢又有些不死心。也心存僥倖，萬一劉躍進中途換了車，乘另一輛火車到了石家莊呢？但火車等了一列又一列，在火車站找到傍晚，還不見劉躍進，老邢這才死心，劉躍進不會來石家莊了。不來有兩種情況，要麼老邢再一次被這廚子騙了，要麼這廚子中間又出了岔子。如果出了岔子，不知是在北京出的岔子，還是在半路出的岔子。如是半路出的岔子，就怪會面的地點，約得離北京太遠；路途中，給了別人可乘之機。但在石家莊車站碰面，是老邢提出來的，又怪不得別人。老邢來石家莊時心情還很激動，現在又恢復到平靜。但老邢也不沮喪。在火車站附近飯館，吃了兩個驢肉燒餅，又開車回了北京。

第三十五章 劉躍進

回北京的路上，劉躍進跟綁架他兒子那人，聊了一路。回北京沒坐火車，開車。那人三十多歲，瘦，帶一司機。劉躍進和他，坐在後座，邊走邊聊。原來這人跟了劉躍進一天一夜，知道劉躍進昨夜在曹哥鴨棚的事；又跟到北京西站；劉躍進上了火車，他也上了火車；他指指司機：

「他叫老魯，開車跟到保定。」

老魯開著車，面無表情，也不搭話。

事情說透了，大家無冤無仇，他追劉躍進也好，綁架劉躍進他兒子也好，都不為害命，就為圖財；對已經發生的事情，雙方都知根知底；現在事情有了結果，雙方倒說開了；兩人聊著聊著，發覺竟投脾氣。如不是搭上這事，平日裡碰上，說不定還能成為好朋友。聊間，劉躍進問：

「你貴姓？」

那人也不掖著藏著，說：

「免貴姓方，叫我老方好了。」

劉躍進又問老方，咋想起找他兒子，咋想起去了河南；在河南沒找到他兒子，又在哪裡找到了他兒子。那人一笑，從頭說起。說他受僱於人，尋找U盤；待劉躍進失蹤，大家知道U盤在劉躍進身上；許多人在北京尋找劉躍進，他卻兵分兩路，一邊讓人在北京找，自己帶人去了一趟河南洛水，防止劉躍進回了老家；到了洛水，發現劉躍進沒回老家；順便找他兒子，發現他兒子十天前去了北京，也沒回來。一開始並沒想綁架他兒子，只是想找到他兒子，就會找到劉躍進；於是扮作劉躍進在北京工地的朋友，找到他兒子的朋友，打聽出他兒子的手機。又扮作洛水人，用洛水街頭的電話，給他兒子手機打電話；上來就問他在哪裡，他兒子說在北京；兒子再問他們是誰，他們說電話打錯了。待回到北京，又用北京的電話給他兒子打電話，說劉躍進被車撞了，讓他趕緊過來；他兒子匆匆過來，算是抓住了他兒子。這時才知道，原來他兒子，也十多天沒見劉躍進；劉躍進失蹤了，他還不知道；還沒有老方知道的多。他兒子看上去高高大大，膽子卻小，老方扮作警察，說劉躍進偷了一個包，正在通緝；抓不到劉躍進，先拿他兒子頂替；待找到劉躍進，找到這包，再放了他。兩句話，就把他兒子給唬住了，主動交代，這包在他手裡；也不在他手裡，在他女朋友手裡；五天前，女朋友與他鬧了彆扭，跑了；他兒子也在找他女朋友；這也是他至今沒有離開北京的原因。老方又帶著他兒子，開始在北京找他女朋友。他女朋友倒也有手機，但不接他兒子的電話。老方又故伎重演，用自己的手機，給他女朋友發了個短信，說他兒子出了車禍，從他兒子的手機上，知道了她的電話；讓她趕緊趕過來。女朋友趕到紅領巾橋下，就被老方等人抓住了，也找到了那包。但找包並不是目的；找包，是為了包裡的U盤。但把包翻遍了，裡面並沒有U盤，只好先留他兒子和女朋友幾天，又回頭找劉躍進。前因後果，老方講了，劉躍進也聽懂了。聽懂不是首先著急他兒子被綁架；本來著急，現在忘了；開始氣憤他兒子騙他：

「這個王八蛋，沒有一回不騙我，說回了老家，誰知還在北京。他被抓，他活該呀。」

想起那包，又罵：

「做夢也沒想到，兒子也敢偷我。這回知道東西不是好偷的吧？」

老方倒不這麼認為：

「你的包，他是你兒子，這叫拿，不叫偷。」

劉躍進又憤恨：

「我一眼就看出，他那女朋友不是東西；偷我，準是她的主意。」

老方笑了：

「那女的沒偷錯，你知道那包值多少錢？」

劉躍進一愣：

「一個包，能值幾個錢？」

老方：

「那包在世界上沒幾個，世界名牌，合成人民幣，值十幾萬。」

又說：

「只是你兒子的女朋友，也不知道罷了。」

劉躍進大吃一驚。當初丟了一包，又撿了一包；撿到這包，還罵青面獸楊志，怪他不會偷東西，偷窮人偷錢，偷富人偷些女人的東西；當時只顧翻包裡的東西，忘了看這包；就是看了，劉躍進也看不出這包值錢；看上去，也就是個普通的包；沒想到富人和窮人，用錢的地方就是不一樣。早知這樣，劉躍進撿到這包，就不用再找自己丟的那包了。丟的包裡雖然有張欠條，但欠條上才寫著六萬塊錢；而撿這包，本身就值十幾萬。轉了一圈，世界又跟劉躍進開了個玩笑。丟了頭羊，本來撿了匹馬，自己牽著馬，卻不知道。這才叫騎驢找驢。看來不但劉躍進不知道，偷包的青面獸楊志也不知道。看劉躍進在那裡懊悔，老方又笑了。這些閒篇扯過，老方才切入正題；有前邊的閒篇鋪墊，現在切入正題，倒不顯得突兀，好像隨意一問：

「你把包裡的U盤，又藏到哪兒了？」

老方這時才問U盤，劉躍進才想起兩人聊天不是白聊；從一個談話，劉躍進就知道這個老方不簡單。事到如今，劉躍進知道自己逃不過去，便說：

「在曹哥鴨棚裡。」

這回輪到老方大吃一驚。他想著廚子會把U盤放到工地，放到朋友處，放到世界上任何一個地方，沒想到會放到找這東西的人的老窩。老方一開始有些不信，以為劉躍進唬他；但又沒直接發火，而是盤問細節：

「怎麼放進去的？」

劉躍進：

「那盤一直在我身上，昨天晚上被他們抓住了，趁他們不注意，我扔到了鴨毛筐裡。」

老方仍不相信：

「你昨晚逃走時，為啥不帶走？」

劉躍進：

「怕再被人抓住，放賊窩裡，賊才找不著。」

老方看劉躍進。劉躍進：

「反正我把實話說了，信不信由你。」

老方想了想，這事有些不合邏輯；正是因為不合邏輯，老方信了；老方點頭：

「你這個廚子不簡單。」

但老方並不這麼簡單，對劉躍進的話，仍持懷疑態度；但劉躍進和他兒子在他手裡，想他不敢說假話；就是說了假話，劉躍進和他兒子在他手裡，老方也不怕；待假話揭穿時，老方就不是現在的老方了。一路說著，車進了北京。這時是中午兩點。老方又與劉躍進商量，怎麼拿回這U盤。兩人共同認為，U盤在曹哥鴨棚裡，曹哥的鴨棚，不是一般的地方；只能智取，不敢硬奪。大白天，明顯不合適；老方不是擔心打不過曹哥鴨棚的人，鴨棚裡有刀，老方身上有槍；而是打起來，容易被人發現；便決定等到夜裡，去鴨棚裡偷出來。老方：

「夜裡那鴨棚有人嗎？」

劉躍進：

「不知道哇。誰知他們今晚有事沒事呀？」

老方想了想，事是不能再等了，遂決定，拿回U盤，就在今天夜裡；沒人拿，有人也拿；沒人，就偷；有人，就來硬的。等到了夜裡兩點，三人開車來到東郊集貿市場。夜深了，集貿市場一個人都沒有。車停在離鴨棚百米開外，往鴨棚打量，鴨棚關著燈，無聲無息，看上去沒人。於是決定偷。誰去偷，車上三人意見不一致。老方和開車的老魯，對鴨棚的環境都不熟悉，劉躍進對鴨棚熟；老方覺得，劉躍進去偷最合適；可以神不知鬼不覺；但劉躍進不願去偷：

「看著沒人，萬一有人呢？他們身上可有刀。」

又說：

「告訴你們U盤在哪兒，怎麼拿出來，是你們的事了。」

老方：

「你放心去，真有人，等鬧起來，還有我們倆呢。」

又說：

「早點找到U盤，早點放你兒子，咱們也好說好散。」

見老方提到兒子，劉躍進才磨磨蹭蹭欲下車；但開車的老魯，一把抓住劉躍進，問老方：

「他要趁機跑了呢？」

老方一笑：

「老劉是厚道人，絕不會不要兒子。」

見老方提到兒子，開車的老魯才放心了。劉躍進下車，悄悄接近鴨棚，趴門上往裡聽了聽；聽了一枝菸工夫，不聞動靜，才轉到鴨棚後身，撥開窗戶，跳了進去。但自劉躍進進去，待了半個鐘頭，還沒有出來。開車的老魯，在車裡開始著急；老方看看錶，說：

「再等一等，也許鴨棚裡的人，把鴨毛篦挪了地方呢。」

又說：

「也許，廚子在偷別的東西呢。」

又等了一刻鍾，劉躍進還沒有出來，老方也開始覺得不對勁。兩人欲下車上前觀察，突然發現，「忽啦」「忽啦」，一陣風似地，跑到車前一堆人，為首的是鴨棚的光頭崔哥；老方兩人掏出鋼珠槍，但光頭崔哥等人，已端著兩桿獵槍，對著車的前玻璃。昨天晚上，老方與光頭崔哥，已在八王墳橋下碰過面；當時光頭崔哥拿著刀，老方，也就是方峻德拿著槍；方峻德把光頭崔哥逼了回去；現在槍對著槍，光頭崔哥人多，方峻德沒轍了。方峻德收回槍，搖下車玻璃，有些不解：

「你們咋知道的？」

光頭崔哥笑了，用獵槍指指鴨棚：

「廚子在鴨棚，給我們打了個電話。」

韓勝利也在車外的人中，這時掏出手機，有些自得：

「打的我的手機。」

方峻德這才知道上了劉躍進的當。原來他一路說話，也沒有白聊；剛才磨磨蹭蹭，不願去鴨棚，也是做做樣子。方峻德搖搖頭，跟光頭崔哥笑了：

「這個廚子不簡單。」

劉躍進背叛老方，又投奔曹哥鴨棚的人，並不是覺得曹哥比老方好。昨天晚上，曹哥鴨棚的人吊打過他。從保定回北京，他與那個老方，還挺聊得來。老方和曹哥，都是道上的人；兩者對劉躍進，差別不大。他們的目的，都是找那個U盤；老方手裡，還握著劉躍進的兒子；老方對劉躍進的威脅，比曹哥還大。但劉躍進對這個老方不熟悉，不知道他找這個U盤，只是為了錢，還是找到U盤之後，還要人的命。如僅是為了錢，U盤給誰都一樣；如還要命，U盤交出去，不但他沒命了，兒子劉鵬舉和他的女朋友的命也沒了。從保定回北京，雖然老方也說，找這U盤，就是為了錢；找到U盤，就放他兒子；但劉躍進看老方說起殺人越貨的事，一直笑瞇瞇地，並不拿這事當事，劉躍進反倒不敢信他。而曹哥鴨棚裡的人找這U盤，卻純粹是為了錢。昨天晚上，劉躍進被鴨棚裡的人吊打，聽曹哥和鴨棚裡的人說話，就知道他們只知要錢，不知道U盤裡藏的是什麼；當時還替曹哥捏了一把汗。現在投奔曹哥，首先自個兒沒有生命之憂。下一步怎麼辦，劉躍進也盤算好了。先通過曹哥，抓住老方和開車的老魯；接著用老方和老魯，換回他的兒子和他兒子的女朋友；接著再說U盤的事。待說U盤這事時，與曹哥開個價碼，把自個兒丟包的錢，再找補回來。記得曹哥鴨棚裡，有一部電話；自己去鴨棚偷U盤，就有了機會。從保定到北京，劉躍進一路盤算的，就是這個。

光頭崔哥把方峻德二人，押進了鴨棚，打開了鴨棚的燈。方峻德這時發現，鴨棚的血案子上，果然蹲著一部電話。劉躍進正蹲在地上，悶頭抽菸呢。見眾人進來，劉躍進也沒起身，把自己一整套想法，和交換的條件，都與光頭崔哥說了。沒想到光頭崔哥一條也沒答應，反倒說：

「你把事說亂了。」

指著方峻德和開車的老魯：

「他們是他們的事，你兒子是你兒子的事，U盤是U盤的事，仨事；不能因為前兩樁事，耽誤要緊的。」

劉躍進急了：

「那倆事不辦，我就不交U盤。」

光頭崔哥一愣，倒有些遲疑：

「先交U盤，再說換人。」

劉躍進：

「先換人，再說U盤。」

兩人爭執起來。這時方峻德對光頭崔哥說：

「我知道U盤在哪兒。」

光頭崔哥看方峻德。方峻德：

「找到U盤，就放了我們。」

光頭崔哥點點頭。方峻德：

「他在路上說了，U盤在鴨毛筐裡。」

光頭崔哥讓人把幾筐鴨毛，都倒在地上。一地鴨毛中找遍了，沒有那個U盤。方峻德和光頭崔哥，都知道上了劉躍進的當。光頭崔哥從殺鴨子的案子上拿了把刀，來到劉躍進跟前：

「那盤呢？」

劉躍進又開始裝傻：

「當時看它沒用，扔了。」

光頭崔哥用刀逼住劉躍進的臉，沒想到劉躍進不怵：

「殺了我，也是沒見。」

光頭崔哥這時收起刀子，拍拍劉躍進的肩膀：

「不怕你嘴硬，讓你見見另一個人。」

劉躍進吃了一驚：

「還有誰？」

第三十六章 馬曼麗

馬曼麗被吊在一地下室的黑屋子裡。為找U盤，轉到抓馬曼麗，是韓勝利的主意。一開始誰也沒想到抓她，這個腦筋急轉彎，是韓勝利想出來的。韓勝利自投奔曹哥，啥也沒幹成。曹哥讓他找劉躍進，他找了兩天，沒有找到，認為劉躍進離開了北京；最後青面獸楊志腦筋急轉彎，想起甘肅那三男一女的小屋，又在北京把劉躍進抓到了；弄得韓勝利很沒面子。抓住劉躍進，曹哥又故意把他放了，讓光頭崔哥跟蹤；半道上，又讓人給截走了；曹哥急了，光頭崔哥也沒面子。大家走投無路，韓勝利突然想起馬曼麗。劉躍進被抓到鴨棚時，身上並沒有U盤，證明U盤放在另外一個地方。曹哥故意把劉躍進放走，讓光頭崔哥跟蹤，也是等他去取U盤。劉躍進半道被人劫走，等於那個地方也被人劫走了。曹哥焦躁，韓勝利突然想起了馬曼麗，猜想劉躍進會把U盤放到她那裡。北京雖大，劉躍進可放東西的地方並不多。他在工地食堂的小屋，青面獸楊志曾跳進去搜過，沒有；剩下可靠的地方，只有兩處，一處是魏公村賣羊肉燴麵的老高處，另一處就是「曼麗髮廊」。地方可靠，先得人可靠。上次找劉躍進，韓勝利曾經去過這兩個地方。去「曼麗髮廊」，馬曼麗裝作沒事人；去老高那裡，知道劉躍進半個月沒去魏公村；這才判定劉躍進離開北京。直到在甘肅那三男一女的小屋，又抓住劉躍進，韓勝利才重新回想自己的尋找，懷疑馬曼麗和老高，是不是對他說了假話。看老高的神情，不像做假；也不是看神情，是看他幾十年的為人；過去不會說假話，臨時讓他說，他不會裝得那麼真。接著懷疑馬曼麗欺騙了他。這個東北女人，風裡雨裡過來，不是個省油的燈。劉躍進要把U盤放到一個可靠處，如魏公村的老高說的是真，劉躍進半個月沒去老高處，剩下一個地方，就是「曼麗髮廊」了。曹哥聽完韓勝利的分析，覺得也有道理。也是走投無路，死馬當作活馬醫，便讓垂頭喪氣的光頭崔哥，去把馬曼麗抓來。欲通過她，或直接找到U盤，或再次找到劉躍進的下落。看曹哥認可他的想法，韓勝利心裡，才舒一口氣。

抓到馬曼麗，是在今天凌晨一點。抓馬曼麗時，馬曼麗剛與人吵完架。吵架不是為了U盤或劉躍進，是為另外一件事。過去她的前夫老來吵架，這回也不是跟她前夫。在「曼麗髮廊」按摩的小工叫楊玉環；按摩賺錢多，剪髮掙錢少；按摩掙的錢，馬曼麗與楊玉環三七分成；楊玉環便認為是自己支撐著「曼麗髮廊」，平日不把馬曼麗放在眼裡；在「曼麗髮廊」，小工像老闆，老闆像小工。隔過「曼麗髮廊」三條街，有一個洗車鋪。洗車鋪有一個小工，湖北人，姓什麼馬曼麗不知道，只知道他小名叫麻生。因他長得像日本人，又留一撮小鬍子，大家都叫他「麻生太郎」。麻生太郎洗車，一個月也就掙八九百元；除去吃，就來「曼麗髮廊」按摩；把錢都花在了楊玉環身上。楊玉環按摩一次八十，麻生太郎隔一天來一回，馬曼麗替他算帳，一個月洗車的錢，就是不吃飯，也不夠給楊玉環。就懷疑他還幹別的勾當，或楊玉環不收他錢，還替他交三成的台費。但馬曼麗收過三成的台費，客人在外邊幹什麼，按摩到底誰付的帳，馬曼麗又管不著。雖然管不著，但覺得裡面有蹊蹺。這事果然被馬曼麗猜中了。前天夜裡，麻生太郎又來按摩。平日按摩也就半個小時，或一個小時；這回一氣兒按摩了仨鐘頭。馬曼麗敲了兩回牆壁，催到腫了，楊玉環在裡間還不耐煩。終於按摩完，麻生太郎走了，楊玉環也下班走了。昨天楊玉環沒來上班。馬曼麗以為她病了，或有別的事；過去也有這種情況，楊玉環說不來就不來，並不事先打招呼；就沒有在意。但到了晚上，楊玉環的男朋友來了，說楊玉環跟人跑了。馬曼麗大吃一驚，明白是前晚按摩的事。楊玉環的男朋友叫趙本偉，東北人，圓腦袋；因是老鄉，趙本偉平日還給馬曼麗叫「大姊」。楊玉環幹按摩的事，他並不在意；每天夜裡，還用摩托車來接楊玉環。也是湊巧，這兩天趙本偉跟朋友去太原做生意。生意也不是什麼大生意，從太原往北京拉豬肉。回來時，車壞在了高速路上。車是冷凍車，車的發動機壞了，不但車走不了，車也無法製冷。到晉陽城裡找到修車的師傅，回到高速路上修車；原以為是發動機壞了，誰知連傳動軸也壞了，修車的師傅，沒帶傳動軸的配件，又回晉陽取配件；來來回回，耽擱一天多，車才修好；車修好能跑了，但車上的豬肉，大太陽底下，已經臭了。本來這事正在倒楣，回到北京，女朋友又跟人跑了。馬曼麗過去發現，趙本偉在他的朋友圈中，說話並不算數；話怎麼說，事怎麼做，還要看別人的臉色；還心裡暗笑，胖姑娘楊玉環，怎麼找了這麼窩囊一人。趙本偉平日窩囊，見女朋友丟了，卻耍起橫來。楊玉環已經跑了，無法跟楊玉環橫；便跑到馬曼麗的髮廊，跟馬曼麗急了。說楊玉環在「曼麗髮廊」打工，人從這裡跑了，就該馬曼麗還人。聽說楊玉環跑了，馬曼麗慌忙進了裡間；剝開櫥櫃的夾層，發現自己一包，也被楊玉環偷走了。那包裡，有自己的細軟。雖然這些耳墜兒、項鏈、戒指等都是便宜貨，但也都是真金白銀，合在一起，也值不少錢。也與趙本偉急了。他的女朋友偷了東西，女朋友跑了，這東西就該他還。兩人各吵各的，直吵到夜裡十一點，也沒個結果。趙本偉氣哼哼走了，又有客人來洗頭，馬曼麗無心再做生意，將人攆走，關了店門。躺在床上，還兀自生氣，早知道楊玉環為人不地道，也沒防著她。只顧生氣這事，倒把劉躍進和U盤的事給忘了。到了凌晨一點，好不容易睡著了，稀裡糊塗間，又被光頭崔哥給抓走了。光頭崔哥也正沒好氣，抓馬曼麗沒多廢話。開了一個拉鴨子的帆篷車，來到「曼麗髮廊」；直接撥開窗戶，跳了進去；裡間床上的馬曼麗，還沒明白怎麼回事，嘴裡就被塞了塊布，手腳被繩子捆上；光頭崔哥等人將她拖出髮廊，扔到帆篷車上，關上後門，直接拉到這地下室的黑屋子裡。沒問來由，先將她吊在房頂的暖氣管上，暴打一頓。接著才說來由，讓她交出U盤。但無論如何吊打，馬曼麗就是不承認自己藏了那盤。不但不承認藏，說壓根就沒見過；不但沒見過那盤，只知道劉躍進丟了包，連劉躍進撿包，都不知道；推得倒也乾淨。馬曼麗不承認這一切，並不是經得住吊打，而是像劉躍進一樣，因看過這盤，害怕丟命。不說見過只是挨打；一說見過，怕連命也保不住了。U盤拷打不出來，又問劉躍進的去處。馬曼麗像推U盤一樣，說自從劉躍進丟了個包，再沒見過他。也是生怕與劉躍進沾邊，扯起來沒有個完。打了三輪，都沒結果，光頭崔哥懷疑抓人抓錯了。而抓馬曼麗，是韓勝利的主意，等於韓勝利在中間裹亂；裹亂不說，還耽誤了尋找劉躍進的時間。光頭崔哥上去踹了韓勝利一腳，接著還想搧他幾耳光解氣；正在這時，韓勝利的手機響了，是劉躍進從鴨棚打來的。倒是劉躍進，解救了韓勝利。

待光頭崔哥把方峻德兩人擒住，押到鴨棚；劉躍進想用方峻德兩人，換回他的兒子；光頭崔哥卻不願這麼幹；不願這麼幹不是信不過劉躍進，而是用方峻德兩人換人，怕驚動另一撥尋找U盤的人，引起另外的麻煩；便讓劉躍進先交盤，後換人。劉躍進卻信不過光頭崔哥，這時裝傻充愣，說自己見過那U盤，覺得沒用，當時就把它扔了。光頭崔哥倒沒打劉躍進，也沒廢話，直接把劉躍進帶到了地下室的黑屋子裡。從鴨棚到地下室，開著方峻德的車。劉躍進一見馬曼麗被吊在屋裡；因把馬曼麗堵到了被窩裡，馬曼麗只穿了一件吊帶裙；現在吊帶裙被抽打成絲絲縷縷的布條，胡亂掛在身上；上邊沒戴乳罩，露出兩個小乳頭；大家不知道的事，現在全知道了；下邊的三角褲，也露了出來，竟穿了一條紅色的；加上臉上是血，渾身是傷；劉躍進聽到兒子被綁架沒暈，看到這場面，一屁股蹲到地上。馬曼麗嘴裡塞著一塊布，見到劉躍進，嘴裡「嗚哩嗚啦」亂叫；但聽不清叫的是啥。光頭崔哥沒讓劉躍進跟馬曼麗說話，只讓他看了一下場面，接著又把劉躍進帶回鴨棚。光頭崔哥告訴劉躍進，馬曼麗已經招了，說見過那U盤，那盤仍在劉躍進手裡，沒扔；讓劉躍進看看馬曼麗，也是給劉躍進一個機會；拿出U盤，就用人換回他兒子；如果這時候還耍花招，就重新吊打劉躍進。上回吊打劉躍進讓他跑了，但那是故意的；這回不會讓他跑了。劉躍進果然上了光頭崔哥的當。剛才在地下室黑屋子裡，見馬曼麗「嗚哩嗚啦」想說話，以為是讓劉躍進救他，趕快拿出U盤；豈不知馬曼麗的意思，是想說千萬別拿出U盤；她沒說，也不讓劉躍進說；不說，大家還活著；一說，說不定命就沒了。但劉躍進說了，告訴光頭崔哥U盤藏在哪裡。劉躍進說出U盤，並不完全是為了救馬曼麗；交出U盤後，還想用方峻德，把他兒子換回來。剛才不相信光頭崔哥，事到如今，不信也得信了。就是不為馬曼麗和他兒子，再次吊打劉躍進，劉躍進也受不了了。

第三十七章 曹哥

瞿莉丟失的U盤，被劉躍進藏在建築工地二號塔吊駕駛室的座墊海綿裡。這塔吊能升至五十層樓高；塔吊的司機每天坐在屁股底下，竟不知道。劉躍進一說，不但光頭崔哥佩服他，方峻德也佩服他，覺得他藏的是個地方。韓勝利自告奮勇，要去偷回這U盤。這時是凌晨五點，工地還沒上班。去工地，仍開著方峻德的車。一個小時，韓勝利回來了，手裡果然拿著一個U盤。方峻德幫著看了看，說型號、顏色，和僱他的人交代他的，一模一樣。聽說U盤找到了，曹哥也來到鴨棚。光頭崔哥有些興奮，急著向曹哥說尋找的過程；曹哥止住他，先與方峻德和開車的老魯握了握手，又與劉躍進握了握手：

「辛苦了。」

劉躍進指著方峻德和開車的老魯：

「曹哥，東西找到了，趕緊用他們，把我兒子換回來吧。」

又說：

「還有開髮廊那女的，也一塊放了吧。」

又膽怯地囁嚅道：

「你們可不能說話不算話。」

曹哥皺了皺眉。皺眉不是皺劉躍進自認為有功，在指手劃腳，而是「說話不算話」幾個字，曹哥不愛聽；平日，曹哥最討厭說話不算話的人。光頭崔哥見曹哥生氣了，上去要踹劉躍進；曹哥止住光頭崔哥，問劉躍進：

「你說我找這玩意，圖個啥？」

劉躍進想了想：

「錢。」

曹哥嘆息：

「說得對，也不對。如果為了錢，我就和別的賊一樣了；除了錢，我還為了江東基業。」

啥是「江東基業」，曹哥的「江東基業」又是啥，劉躍進弄不清楚，也不想弄清楚，他關心的是換人和放人。曹哥眼睛不好，但從殺鴨子的案子上，拿起那U盤，湊到眼上看，就像看麻將牌一樣；看完說：

「正是為了江東基業，我得把它賣個好價錢。」

然後拍了拍劉躍進的肩膀：

「等把它賣了，我就放人。」

劉躍進鬆了一口氣，倒催曹哥：

「曹哥，要賣就趕緊賣吧。時間一長，再讓人發現了。」

曹哥撫掌：

「說得有理，事不宜遲，咱現在就賣。」

讓人把劉躍進押回唐山幫的住處。唐山幫在一居民樓裡，租了一個三居室。青面獸楊志，也躺在裡邊養傷。劉躍進與他，倒又碰面了。

送走劉躍進，曹哥開始賣這盤。曹哥賣這U盤，有兩條途徑，可以賣給不同的人。一頭通過韓勝利，可以賣給嚴格；為找這盤，嚴格給了韓勝利一萬塊錢；後來韓勝利沒找著劉躍進，也瞞下那一萬塊錢沒說。另一條途徑，通過方峻德，賣給另一個人。另一個人是誰，曹哥不知道，也不打聽。幸虧抓住了方峻德，讓U盤有了兩個出路；一個東西可以賣兩家，這東西就比原來升值了，就可以競拍了。曹哥先讓給嚴格打電話，不過沒讓韓勝利打這電話，把人換成了光頭崔哥。曹哥眼睛雖然不好，看人卻不會有誤；看來他對韓勝利並不信任。韓勝利又覺得沒面子，可又不敢說什麼。光頭崔哥用韓勝利的手機，給嚴格撥通電話，對嚴格說，他是韓勝利的朋友；韓勝利沒找到U盤，他卻找到了，想跟嚴格做個小生意，讓嚴格出個價。嚴格先是在電話裡一愣，愣不是愣U盤找到了，而是愣找U盤的人換了；接著明白，上次他給韓勝利說，找到U盤，加上獎金，再給他兩萬塊錢；現在換人打電話，是要討價還價。嚴格不知對方的深淺，便讓光頭崔哥先出價。光頭崔哥張口五十萬。嚴格便知道對方不是省油的燈；不是遇到了小毛賊，而是遇到了經過事的大盜；不像韓勝利那麼好糊弄。既然是大盜，就不能用對付小毛賊的價錢來談。嚴格便說到二十萬。經過一番討價還價，定到三十五萬。光頭崔哥提出五十萬，嚴格不是出不起，當初他給「智者千慮調查所」的調查員老邢的價格，是以天計；兩天找到，也出到二十萬；如今拖了十來天，這盤也該升值；而是因為對電話裡的人不熟，一是擔心對方手裡沒盤，是在敲詐；同是擔心出價太高，對方得寸進尺，再出新的么蛾子；三十五萬不高不低，既打消了對方的奢望，也能穩住對方。雙方談妥，約定，今夜十一點，京開高速西紅門出口，往西七公里，鐵匠鋪環島見面，一手交錢，一手交貨。光頭崔哥放下電話，曹哥讓人把方峻德的手機還給方峻德，又讓方峻德給老藺打電話。打電話之前，方峻德問曹哥的底價；曹哥有嚴格三十五萬墊底，又往上長了長，把手指撚成一撮，是七十萬的意思。方峻德說，剛才三十五萬，到他這兒長到七十萬，一下翻了一倍，就算是競拍，也有些不公平。方峻德這麼說，並不是要替老藺省錢，而是擔心把這個價格說給老藺，老藺一口回絕。老藺讓他找U盤，開價也就十八萬。如老藺回絕，生意做給了另一方，方峻德在曹哥手裡，接下來的下場，就難說了。大家都在道上混，知道一個人的命，活著還是死去，也就是別人轉念之間的事。但曹哥皺了皺眉：

「不願談就算了。」

方峻德馬上害怕了，開始給老藺打電話。電話打通，說U盤自己沒找到，被別人找到了，開價七十萬；沒想到老藺並不關心錢數，關心的是U盤。老藺：

「見到U盤了嗎？」

方峻德看看曹哥，看看放到殺鴨子案子上的U盤：

「見著了。」

老藺：

「真嗎？」

方峻德：

「在工地塔吊司機座位下找到的，五十層樓高，不會有假。」

老藺：

「成。」

生意就這麼做成了，倒出方峻德的意料。老藺這麼痛快答應，並不是老藺大方；老藺平日為人，比嚴格吝嗇多了；而是知道還有很多人在找這盤，想在別人之前，也在嚴格之前，獨自拿到U盤；或者，拿到U盤還不主要，主要是為了另外一件事。而這件事，是賈主任從歐洲打電話布置的。雙方價錢談定，又約定，今夜一點，在「老齊茶室」會面，一手交錢，一手交貨。談完生意，已是早上七點，老藺便去單位上班。中午吃過飯，到銀行取了錢，放到車的後備箱裡。晚上有個應酬，又去跟朋友吃飯。到了夜裡十二點，老藺開車去了「老齊茶室」。在雅間坐下，他接到一個電話。老藺聽完，半天沒有說話，在猶豫。猶豫半天，終於說：

「幹。」

第三十八章 嚴格

嚴格與找到U盤的人，約在夜裡十一點，鐵匠鋪環島見面。約到鐵匠鋪環島，是嚴格提出來的。所以約到這裡，一是這裡離嚴格的馬場不遠，來這裡方便；二是這裡是郊區，周圍都是菜地，夜裡很少過車，僻靜。夜裡十點，嚴格就安排小白等人，藏到鐵匠鋪環島周圍的菜地裡；待雙方交易時，如果出了岔子，有個準備。嚴格十點半就到了鐵匠鋪環島。但等到十一點，並不見有人來送U盤。也駛過幾輛轎車，幾輛卡車，皆呼嘯而去，連停車的意思都沒有。到了十一點半，還沒人來。嚴格給白天與他交易的人打電話；那電話，倒是上次在「老齊茶室」見過的韓勝利的電話。但韓勝利的手機關機了。嚴格又不知道與他交易的人的電話。嚴格預感事情出了岔子。等到十二點，嚴格不等了，決定去找任保良；找到任保良，再找韓勝利；然後再找到打電話那人。由於心焦，自己開車走了，把藏到菜地裡的小白等人給忘了。由鐵匠鋪環島往東，上了京開高速；由京開高速，上了五環路。這時擱在副座上的手機響了。嚴格一陣驚喜，以為是找到U盤那人打來的，忙接起，卻是藏在菜地裡的小白；這才想起菜地裡還藏著人。小白：

「還等嗎？嚴總？」

嚴格只好說：

「先撤了吧。」

掛上電話，又想起該給任保良打電話；別去了工地，他不在工地；電話通了，任保良在工地；便對任保良說，趕緊找到上次帶到「老齊茶室」的韓勝利；找韓勝利不為找韓勝利，為找另外一個人。任保良聽得糊塗，問另外一個人是誰。嚴格火了：

「我要知道，還找你幹嘛？」

嚴格打電話間，沒有注意後邊有輛「陸虎」吉普，一直跟著他的「賓士」轎車。一過夜裡十二點，五環路上充滿了拉貨的大卡車。有東北過來的，有內蒙過來的，有山東過來的，有河北過來的，有山西過來的；白天到了北京，或要路過北京，白天五環路之內卡車禁行，皆在城外等候；一過夜裡十二點，這些卡車，全湧上了五環路。五環路上，比白天還繁忙，成了一個卡車大集市。嚴格的車，便在這卡車的車流中。臨近一立交橋，嚴格還在跟任保良發火，後邊的「陸虎」，猛地在車流中超車；待與嚴格的「賓士」並行，猛地撞向嚴格的車頭。嚴格猝不及防，失控地撞向立交橋的橋墩。從橋墩彈回來，旁邊車道上的車也猝不及防，一輛山西大同的運煤車，又將嚴格的車撞飛了。這回嚴格的車翻了幾個滾，越過隔離帶，到了另一側的逆行路上。逆行路上也充滿了大卡車；一輛內蒙的運羊車，又撞上嚴格的車；嚴格的車又打了幾個滾，飛出五環路，撞到路溝裡一棵樹上，反彈回來，落到溝裡，顛了兩顛，不動了。他車的周圍，像下雨一樣，落下幾十頭羊。羊從車裡飛出，落到溝裡摔死了；車裡的嚴格，血肉模糊，頭歪在方向盤上，也死了。正打著的手機倒沒摔壞，落在副座的座位下，裡面傳出一個人的聲音：

「怎麼了？怎麼了？」

嚴格的車被連環相撞時，兩方向車道上的車皆猝不及防。「砰」「砰」「砰」「砰」，幾十輛大卡車或小轎車，又發生連續追尾。五環路上，發生了大面積的堵車。

第三十九章　老藺

一人出七十萬，一人出三十五萬，曹哥把生意做給了老藺。曹哥自開鴨棚以來，或自鴨棚轉為唐山賊的小天地之後，還沒有一樁生意，能超過七十萬的。讓青面獸楊志去貝多芬別墅偷東西，雖然是曹哥的決定；但入室偷竊，誰家也不會把錢放到家裡等著偷；也沒想著有這麼大收穫。青面獸楊志在偷的時候，被人發現，跑了，也躲了曹哥，曹哥也沒在意。直到幾天之後，青面獸楊志投奔曹哥，曹哥看他遍體鱗傷，才知道這U盤值錢。東西是青面獸楊志丟的，偷的又是貝多芬別墅；貝多芬別墅，正好在曹哥的管轄範圍；曹哥覺得收回U盤，天經地義。撿這東西的人，是工地一廚子；只要找到他，就能收回這盤。於是找來了韓勝利。但沒想到，尋找的過程還很複雜；接著發現，尋找這盤的人，也不是曹哥一撥；曹哥這時才明白這盤的重要。就是明白其重要，也沒想到它那麼重要。讓光頭崔哥給嚴格電話，嚴格能出三十五萬，已出曹哥的意料；轉到方峻德給老藺打電話，曹哥用手撚了一個七，也是乍著膽子那麼一撚。沒想到，一撚，竟撚成了。重要的還不是錢，不是七十萬；而這七十萬，是一個奠基禮，事業開始越做越大了。不是圖錢，是圖個江東基業。還多虧這些個青面獸楊志、韓勝利、方峻德，還有那個廚子劉躍進；沒有他們，就沒有這新的開始；是大家共同努力，開創了這麼一個嶄新的局面。高興之餘，曹哥的感冒也好了。曹哥準備事成之後，聽書三天，以示慶賀。曹哥生來愛讀書。在唐山，還當過中專的教員。只是後來眼睛壞了，看不得書，也看不得黑板，才改行賣魚。與人爭鬥，以為打死了人，才逃到北京，開了個鴨棚。顛沛流離間，忘了讀書。待鴨棚變成唐山賊的老窩，曹哥創下一番小天地，生活安定後，才想起荒廢了學業。但曹哥眼睛壞了，看不得書；看報紙，也得拿放大鏡；於是改為聽書。但鴨棚裡的人，從小都不是讀書的料；如是讀書的料，也不來鴨棚；讓他們偷東西成，殺人放火也成，讓他們給曹哥讀書，還不如拿刀殺了他們。曹哥也想培養他們讀書的習慣，讓他們給曹哥讀過兩回；而曹哥聽書，一聽還是《史記》、《漢書》、《後漢書》、《資治通鑑》等；說起來這些書並不難讀，過去私塾時候，六歲的孩子，就開始讀《前論語》和《後論語》；但這些賊，還不如私塾的孩子，捧著這些書，皆讀得磕磕巴巴，錯字連篇；不讀還好，一讀讀成了另外一本書；曹哥不聽還清楚，一聽更糊塗了。這時搖頭感嘆：

「還真應了一句話，劉項從來不讀書。」

這話讀書的賊也沒聽懂，只是見曹哥擺手，不讓讀了，忙放下書，歡天喜地忙別的去了。曹哥想聽書，只好另想辦法；乾脆離開鴨棚，僱一女大學生，一塊到郊區去，坐在農家小院，聽這女大學生讀書。讀完書，再吃一頓農家飯。雖是一女大學生，但讀書就是讀書，沒有別的意思。女大學生還感到奇怪。過去聽書就是一天，俟這U盤的生意做成，準備連聽三天。待到夜裡一點，光頭崔哥等人，拿著U盤，押著方峻德去「老齊茶室」做生意；那個開車的老魯，留下當人質；曹哥與方峻德分別之際，拉住方峻德的手，先說：

「來日方長，後會有期。」

接著又問：

「你喜不喜歡讀書？」

這話問得有些突然，方峻德愣住。想了想，搖了搖頭。曹哥：

「要讀啊，不然適應不了形勢；我準備成立一個讀書會，歡迎你來參加。」

方峻德更加糊塗，不明白這個殺鴨子的老傢伙，葫蘆裡賣的什麼藥；但表面又不敢違抗，假裝願意地點了點頭。自被曹哥鴨棚裡的人抓住，方峻德心裡想的也是來日方長，但來日方長是：媽拉個×，別以為我是吃素的，回頭再收拾你們。但一天多來，見曹哥說話漫無邊際，一大半他聽不懂，又覺得這老傢伙不好對付。

待方峻德帶著光頭崔哥等人來到「老齊茶室」，老藺已經在雅間裡等候。老藺身邊，放著一個沉甸甸的提包。雙方見面，老藺並沒多說話，也沒正眼看光頭崔哥等人，只是把提包，遞給了方峻德；方峻德把提包，扔給了光頭崔哥。光頭崔哥打開提包，點了點錢數；一萬一遝，十萬一捆，共七捆；拉上提包，從身上掏出U盤，遞給了老藺。老藺從另一皮包裡，掏出一手提電腦；開機，插盤。待將盤打開，愣了，原來這盤是空的。老藺的腦袋，「嗡」地一聲炸了。炸了不僅因為這盤是假的，而是老藺聽信方峻德的話，說這盤是從五十層樓高的塔吊司機座位下取出的，不會有假，便信以為真，一個小時前，已經讓另一撥人，在五環路上製造車禍，把嚴格給撞死了。讓嚴格死，並不是老藺的主意，是賈主任的指示。自從嚴格和那女歌星的照片上了報，到嚴格說出U盤，賈主任表面屈服了，說要幫嚴格，其實不是真心話。從那時起，他就想讓嚴格像他的副總一樣，也出個車禍；只是礙著還有U盤，在嚴格手裡，才沒敢動手。讓嚴格去死並不是賈主任心毒，或嚴格威脅他，惹惱了賈主任；而是如果讓他活著，繼續幫他，這事就永遠沒個完。就像落在水中的人，如果落在岸邊，手裡又有竹竿，能救則救；如果出海打魚，船破了，大家都落水在海中央，就不能向別人伸手；你一伸手，他一把抓牢了你；救他的結果，連自己也被拖死了。不如主動按他的腦袋，早點把他淹死，少了一個拖累不說，船怎麼破的，別人永遠不會知道。一個人早晚要死，不如讓他早死；早死大家都解脫了，他也早死早托生。賈主任在北戴河海邊說過：

「要是死幾個人，就好了。」

說的就是這個意思。當然，不只是這個意思。讓嚴格死，老藺起初不同意。不同意不是可惜嚴格，而是怕出了比U盤更嚴重的後果。死一個人，不是件小事。但他後來又同意了。同意不是想通了賈主任的理論，而是擔心U盤本身。從U盤裡的視頻看，他不但跟著賈主任受賄，在搞女人和外國女人時，從時間上看，他都在賈主任前邊。而這些，過去只有嚴格和他知道，背著賈主任。上回嚴格給他了一個電腦和六個U盤，他沒敢讓賈主任看，把擔心都推到了丟的那個U盤身上；丟了一個U盤，也算暫時解救了老藺。現在擔心救了嚴格，嚴格緩過勁兒來，與賈主任和好了，哪天報復老藺，跟賈主任說出這些事，老藺就得吃不了兜著走。還不如等找到丟失的U盤，同時讓嚴格死了，自己把所有的U盤都付之一炬，讓這事永遠成個謎。或者，他也不會付之一炬，也會留下一個備份；待到關鍵時候，讓它成為要挾賈主任的一個把柄。但賈主任選擇讓嚴格出車禍的時間，又讓老藺吃驚。賈主任出國之前，U盤已經找了五天；臨出國時，交代老藺，必須在十天之內，找到那個U盤；U盤找到之日，就是嚴格出車禍之時。而嚴格出車禍時，賈主任並不在國內，一下擺脫了干係。就是將來出事，人命的事，也成了老藺一個人的責任。老藺又覺得這個老狐狸，心腸毒辣不說，事事還用心良苦，且六親不認。這也是嚴格生前，一直想不通的原因：為什麼賈主任規定，必須在十天之內，找到U盤；先是十天，後又放寬了五天。現在U盤找到了，但是一個假的。眼前是個假的，證明真的U盤，還流落在外。老藺端起桌上的茶杯，將一杯熱茶，潑到了方峻德臉上：

「笨蛋，假的！」

方峻德被燙了個滿臉花。方峻德一開始想急，等明白U盤是假的，腦袋也炸了。找東西以假充真，他知道這事情的後果。顧不上自己臉被燙傷，回身踢了光頭崔哥一腳，又對老藺說：

「我再找去。」

轉身就要出門。這時老藺慢慢收回身，倚著炕榻，嘆了口氣：

「晚了。」

晚了不是說失落在外的U盤不能再找；明天賈主任就從巴黎回來了，不好向賈主任交代；而是U盤是假的，型號、顏色又對，證明是個陰謀；嚴格家別墅失盜時，他就懷疑是個陰謀；現在這兩個陰謀對接上了。陰謀也不重要，重要的是，證明U盤已經落到不該落的人手裡。比這還重要的是，在找到真U盤之前，嚴格已經死了。嚴格本該死在找到U盤之後，誰知死在了找到U盤之前；事情前後顛倒，這事便由一件事，變成了另一件事；或者說，事情所有的次序都亂了，事情已經變得無法收拾了。

第四十章 劉躍進

老藺第二天沒有上班。老邢帶人抓捕老藺時，在老藺單位撲了個空。又去老藺家，老藺家保母說，老藺一大早上班去了。老邢以為老藺逃了，怪抓捕晚了一步。這回晚了一步卻不怪老邢，怪老邢的局長。老邢本想昨天晚上在「老齊茶室」抓捕老藺等人，將情況向局長彙報，局長卻說，等到明天。為什麼再等一天，局長又沒說。等了一天，就讓老藺跑了。但到了晚上，從「喜君酒店」傳來消息，老藺沒逃，一直待在「喜君酒店」；不過已經自殺了。「喜君酒店」是個六星酒店，在北京僅此一家。從前台登記發現，老藺早起入住。傍晚，服務員整理晚床。摁房間的門鈴，屋裡無人應，以為客人出去了；開門，房間一股酒氣。沙發前的圓桌上，倒著兩個空的「茅台」酒瓶。服務員也沒在意，晚床整理好，又去收拾衛生間。推開門，「啊」地一聲，嚇昏過去。一人吊在浴缸上邊的噴頭架上，雙腳離地。浴缸裡，吐著一大攤，已經結痂。服務員醒來又大叫，引來了保安；保安將人卸下來，人早已死了。上吊的繩子，是睡衣的帶子。保安叫來了派出所的警察。警察從這人手包裡找出工作證，看到老藺的單位和姓名，一方面打電話給老藺的單位，一方面通知了局裡。

人雖然死了，但案子總算破了。老邢能這麼快破案，並不是老邢運籌帷幄的結果，也是得益於劉躍進。前天晚上，劉躍進被方峻德從保定帶回北京，進鴨棚偷U盤時，多了一個心眼，既給韓勝利打了電話，又給老邢打了電話。給老邢打電話，並不是為了老邢；打電話時，他還不知道老邢是警察，仍以為他是個偵探；而是為了多讓一個人知道自己被人綁架了，如果與曹哥這邊的人談不攏，他仍有一個退路。劉躍進在電話裡說，昨天讓老邢跟他去河南，是在騙他，U盤並不在河南，為了讓他給丟了的欠條作證；但這回命快沒了，不再騙人，U盤就在北京；如果他明天中午沒再給老邢打電話，讓老邢想辦法，把他從曹哥的鴨棚裡救出來；把他救出來，他就把U盤交給老邢。但這不是劉躍進開出的全部條件，他還留下一部分沒說；待老邢救出劉躍進，他再往上加碼，再讓老邢把他兒子和他的女朋友救出來，再把馬曼麗救出來，才給他U盤。老邢接劉躍進電話時，剛從石家莊趕回北京。他沒等到明天中午，車都沒停，打電話通知幾個便衣，在曹哥鴨棚的集貿市場集合。待到了集貿市場，老邢卻沒有立即救劉躍進。沒救並不是老邢不想救，而是為了放長線釣大魚。從鴨棚出去的人，都被老邢的人跟蹤了。光頭崔哥和方峻德等人去「老齊茶室」做生意，老邢的人就跟到了「老齊茶室」。曹哥無與嚴格做生意，就無人跟到鐵匠鋪環島；接著就出了車禍。如曹哥和嚴格做生意，後邊有老邢的人跟著，說不定這車禍就不會出了。這樣說起來，嚴格是被曹哥害死的。但劉躍進卻蒙在鼓裡，與曹哥鴨棚的人沒有談攏，便開始焦急，不知明天中午，老邢是否說話算數。劉躍進給曹哥鴨棚的人說，那U盤藏在建築工地塔吊裡；韓勝利自告奮勇取了回來；那個U盤，卻是假的。從老邢到方峻德，從曹哥到光頭崔哥，再到韓勝利，都沒看過這U盤；U盤裡是啥，只有劉躍進和馬曼麗看過。劉躍進知道，交出U盤，說不定命就沒了；後來發展到，不但他會沒命，交出U盤，說不定他兒子和他的女朋友，連同馬曼麗，命都會沒了；現在交出一個假U盤，也是緩兵之計，拖延一下時間。劉躍進能這麼做，還是跟青面獸楊志學的。當初兩人去四季青橋下敲詐瞿莉，青面獸楊志就買了一個U盤，以假亂真；無非不知道真盤的模樣和顏色，當時就被人識破了；劉躍進有真U盤在手上，第二天去商場，買了個一模一樣的，故意放到了塔吊裡。沒想到這盤用上了。

真U盤放在哪裡？放在另外一個地方。劉躍進不說，世界上的人，沒一個人會想到。那天和馬曼麗一起，看過這U盤，兩人都感到害怕，不知該把它藏到哪裡。沒看過這U盤，劉躍進藏到自己身上；看過這U盤，知道它是個炸彈，就不敢整天帶著它。但把它放到哪裡呢？工地食堂不敢放；知道U盤是炸彈，又知道許多人在找他，劉躍進也要離開工地；能放的地方，就是「曼麗髮廊」。韓勝利猜他會放到魏公村老高處，後來又否定了；這否定是對的，劉躍進不會去找老高；不找老高不是信不過老高，而是不願這事擴大範圍，知道的人越少越好；只能局限在他和馬曼麗之間。但馬曼麗卻不同意放到她那裡；一方面她像劉躍進一樣，沒看過，敢藏；看過，就不敢藏了；同時，大家都知道劉躍進愛去「曼麗髮廊」，放到那裡，也易被人猜到。想來想去，想不出地方。兩人在一起沒想出來，兩人分手後，劉躍進想出一個地方：「曼麗髮廊」後身的一個廁所。眾人既想不到，U盤又離馬曼麗不遠；遇到緊急情況，也有個照顧處。劉躍進悄悄去了「曼麗髮廊」後身；一個男廁所，一個女廁所；劉躍進想了想，進了女廁所。大半夜，廁所沒人。劉躍進把這U盤，藏在女廁所左數第三個蹲坑上方，上數第五第六塊磚之間、左數第八第九塊磚之間的牆縫裡。

第四十一章　曹哥　八哥

老邢雖沒抓住老藺，但順利抓住了曹哥鴨棚的人。當天夜裡，局長不讓抓老藺，但說到抓曹哥鴨棚的人，局長倒同意了。曹哥還在鴨棚裡等著光頭崔哥從「老齊茶室」回來；待回來，就會帶回七十萬；七十萬不重要，重要的是奠基禮；第二天一早，曹哥還要去郊區聽書；凌晨四點，光頭崔哥回來了，但同時進鴨棚的，還有許多警察。曹哥有些吃驚，知道反抗沒用，也就不反抗了；只是有些不解，抬眼問為首的老邢：

「你們是咋知道的？」

老邢倒沒說出劉躍進給他打了電話，看著曹哥模糊的眼睛：

「殺鴨子就好好殺鴨子，咋又發展成了黑社會？」

曹哥沒理老邢；思索半天，兀自嘆息：

「小天地，還是鬥不過大天地呀。」

老邢不明白他說的是啥；這時棚裡的八哥，插了一句話；歪著小腦袋，對老邢氣沖沖地說：

「去死吧。」

老邢吃了一驚，曹哥也吃了一驚。曹哥買這八哥時，擔心牠像唐山的八哥一樣，跟人學壞了；只教會牠三句好話，就用蠟把牠的耳朵封上了。大概這蠟沒有封死；或一開始封死了，後來這蠟鬆動了，散落了，曹哥也沒注意；原來牠耳朵一直能聽見，又學了許多壞話；只是怕再封耳朵，一直不說。這八哥也一直在裝傻。曹哥聽了這話，不怪自己大意，也不怪八哥裝傻，對八哥點頭：

「是這意思。」

老邢再打量鴨棚裡其他人，都不懼老邢，皆像八哥一樣，對老邢和一幫警察怒目而視。今日之前，老邢與他們素不相識；素不相識的人怒目而視，怒的就不是過去的事，怪有人破壞了他們現在的生活。從他們仇恨的目光中，能看到他們對目前生活的留戀，及這鴨棚日間的其樂融融。老邢抓他們並無私仇，抓的也是陌生人。老邢當警察早當煩了，找陌生人也找煩了；從私人論，老邢對鴨棚裡的氣氛，倒充滿了嚮往。

第四十二章 老邢

老邢在局裡受到了表揚。局長表揚他，並不是老邢陰差陽錯，把該抓的人抓住了；而是陰差陽錯，該抓的人，一直沒抓住，拖延了破案的時間。正是因為拖了時間，才沒有打草驚蛇。這期間賈主任在國外，如及時破案，賈主任聞到風聲，說不定就外逃了；恰恰拖了十五天，拖到賈主任回國的前一天，案子才告破。抓前邊那些人，是為了抓賈主任；賈主任抓不到，只抓前邊那些人，就不算破案；或者，是壞了這個案子。正是因為這樣，老邢那天要抓老藺，局長又讓他拖了一天。雖然第二天老藺自殺了，但等到了賈主任。但賈主任出國期間，案子又不能停止；恰恰是因為他出國，破案才少了一些阻礙。但案子的進程，並不完全由人控制；老邢拖的時間，恰恰是賈主任在國外的期限，也是老藺給嚴格規定的日子；老邢拖得恰如其分，賈主任就一直蒙在鼓裡；案子及時破了，拿到了證據，又能及時抓住賈主任，不給他留活動的空間。第二天，賈主任隨代表團回國，飛機在首都機場落地，賈主任剛下飛機，就被逮捕了。

抓住賈主任，這個案子還僅僅是個開頭。抓賈主任不是目的，目的是為了抓住賈主人身後的另外一個人，或幾個人。本來案子還要接著追下去。老邢已做好準備，準備順藤摸瓜，接著摸下去，看到底能摸出誰。老邢對這一層的陌生人，倒感興趣。但上邊突然來了指示，這個案子到此為止，不再查了。

到底是誰讓停止這案子的，老邢不清楚，局長也不清楚。雖然不清楚，但上邊讓停，又不能不停。這時老邢有些後悔，後悔不是後悔前邊的破案，而是前邊的案子，等於白破了。但老邢後悔頂什麼用？這種事，過去也不是沒遇見過。老邢只好從這個案子脫身，又去破別的案子，又開始找另外素不相識的人。

第四十三章　孫悟空

老邢覺得從這個案子脫身了，其實並沒有脫身。建築工地的廚子劉躍進，開始天天找他。案子雖然白破了，但白破的案子，跟劉躍進拿出U盤大有關係。去「曼麗髮廊」後身廁所取U盤前，劉躍進跟老邢做了個小生意。劉躍進這時知道，老邢是個警察。過去的老邢，也是在演戲。正因為老邢是警察，劉躍進更要跟他做生意。劉躍進說，他可以交出U盤，但交出U盤，老邢得幫他找回二十天前丟的那包。劉躍進：

「不能光說你們的事，也該說說我的事了。」

第二回搶劉躍進包的人，甘肅那三男一女，老邢倒見過；第一回偷劉躍進包的人，青面獸楊志，也抓捕歸案；抓捕鴨棚的人時，青面獸楊志並不在鴨棚，和劉躍進一起，在唐山幫的住處；警察用腳踹開住處的門，放到過去，青面獸楊志會跳窗戶逃跑；如今斷了兩根肋骨，只能躺在床上束手就擒；而他，因為下邊被嚇住過，為了報仇，曾跟蹤過甘肅那三男一女；老邢覺得找到這三男一女並不困難；再難，也沒找到U盤難；便答應了劉躍進。待案子告破，老邢回頭再找甘肅那三男一女，青面獸楊志交代的地方都去了；東郊小屋去了，西郊石景山也去了；通惠河邊去了，山西人「沂州食府」也去了；經心找了五天，沒有。加上還有別的案子在身，案子裡也有人命；局長覺得老邢適合破人命案子，便又交給他一個人命案子；心漸漸慢了。老邢的心本來就慢。劉躍進再找老邢，老邢說話就不似以前：

「整個北京都找了，沒有。」

又說：

「可能他們離開北京，去了別的地方。」

生意上吃了虧，劉躍進感到自己受了騙；欠條上的日期，再差十來天就到了，劉躍進也有些著急：

「賊找不著，你跟我去趟河南也行，給賊當個證人，把那錢要回來。」

老邢哭笑不得：

「破案講證據，沒有欠條，單憑我一句話，頂啥用呢？」

又說：

「再說，河南也不歸我管呀。」

以後再找老邢，老邢開始躲劉躍進。劉躍進給老邢打電話，老邢也不接。劉躍進覺得老邢這人也不地道。但老邢是個警察，劉躍進也不能拿他怎麼樣。劉躍進找不到老邢，便撇下老邢，又開始上街找賊。但一個禮拜過去，沒見賊的蹤影。時間越拖越長，賊是越來越難找了。但劉躍進還不死心，一邊仍在工地食堂當廚子，一邊又斷斷續續，找了一個禮拜。讓劉躍進不解的還有，嚴格死了，工地馬上換了新主人，施工並沒有停，好像什麼事都沒有發生。新主人來工地接手時，也來食堂看了一下，劉躍進見過他一面，大胖子，方頭，歡天喜地的。聽任保良說，新主人叫隋意。但劉躍進顧不上隋意，仍在找包。在北京待了六年，對北京並不熟；包丟的時候，劉躍進找過二十來天；現在又找了半個多月；總共加起來，三十多天；三十多天下來，北京的大街小巷，旮旮旯旯，凡是賊易去的地方，劉躍進全熟了。找賊找了三十多天，這賊也沒找著；突然有一天知道，這賊也白找了。找賊是為了找包，找包是為了找裡邊的欠條，找到欠條，是為了讓老家那個賣假酒的李更生，還他六萬塊錢；誰知欠條沒有找到，欠條期限一到，那個賣假酒的李更生，沒見著欠條，就把錢按欠條上的數目付了。不過不是付給劉躍進，而是付給了劉躍進的兒子劉鵬舉。劉躍進丟包時，劉鵬舉還待在河南老家，對這事並不知道；等劉躍進撿包時，劉鵬舉和他的女朋友來到了北京；這包被劉鵬舉和他的女朋友拿走了；為了這包，劉鵬舉和他的女朋友被綁架了；綁架中，挨了不少打。兩人胸脯上，大腿上，被菸頭燙傷好多處。這事結束後，劉鵬舉大為惱怒，怪劉躍進沒告訴他真相，把他害苦了。這時由第二個包，又知道了第一個包的事。由U盤，知道了欠條的事。不知道這中間的埋伏還好，知道了這事情的前因後果，劉鵬舉覺得這打不能白挨。但他沒跟劉躍進糾纏，劉躍進還在找包找欠條；劉鵬舉徑直回了河南，徑直找到後爹李更生，要李更生付他六萬塊錢。他說，不知道六年前的事他還蒙在鼓裡，知道了六年前的事，他就不能善罷甘休；如李更生付錢，這事還罷；不付，爹窩囊，兒子不窩囊，他就要為爹報仇。有點像哈姆雷特，有點像王子復仇記。李更生也聽說了劉躍進丟包找包的事，知道那張欠條丟了；欠條丟了，他開始耍賴，說六年前壓根就沒這事；還故作憤怒的樣子：

「這個劉躍進，就會說瞎話。」

又說：

「下回見到他，再打他一頓，他才知道瞎話不能白說。」

要帳碰了壁，劉鵬舉的女朋友麥當娜，便勸劉鵬舉去找母親黃曉慶。李更生耍賴，黃曉慶不會不知道六年前的事；爹是後爹，娘卻是親娘。但劉鵬舉沒找黃曉慶。第二天中午，趁黃曉慶出門去街上做頭髮，悄悄將李更生和黃曉慶生下的兒子給偷走了。這兒子剛生下兩個多月。偷走的時候，兒子倒睡熟了。劉鵬舉把孩子帶到洛陽，在一旅店住下，給李更生打電話，三天之內付錢，就還他們兒子；三天一過，他就掐死這個野種。李更生傻了，當時就要報警。黃曉慶卻跟李更生不幹了，大哭大鬧，說起六年前的事，怪李更生害了他們全家。李更生一邊怪自己大意，大風大浪都經了，在陰溝裡翻了船；一邊只好自認倒楣，乖乖付給劉鵬舉六萬塊錢。欠條上的錢，已經被兒子劉鵬舉拿走，劉躍進還不知道，還在北京找賊；知道這事，還是聽在魏公村開河南燴麵館的老高說的。劉躍進這天又找了一天賊，仍沒找到，路過魏公村，到老高的燴麵館歇腳，也順便訴說一下心中的煩惱；丟了一包，又撿了一包，人命關天的事都經歷了，到頭來卻是竹籃子打水一場空。老高剛回了一趟河南老家，沒容劉躍進訴說，告訴了他這個震動縣城的消息。聽老高一說，劉躍進的腦袋，「嗡」地一聲炸了。事情出現這種結果，大出劉躍進的意料。劉躍進二話沒說，從老高燴麵館出來，沒回建築工地，直接去了北京西站，買張車票，回了河南。在洛陽下了火車，又倒長途汽車，回到洛水。李更生雖然付了欠條上的錢，但這錢應該付給劉躍進，不該付給劉鵬舉。劉躍進在這六萬塊錢上頭，還有好多想法呢。這六萬塊錢，牽涉著他的下半輩子呢；也牽涉著他跟馬曼麗的事呢。經過這場事，馬曼麗不再理劉躍進，怪劉躍進把她拖進了U盤的事，差點丟了命。但兩人經過這場生死大事，關係已經不一般了；理與不理，已經不重要了。待自己有了這六萬塊錢墊底，在北京開起飯館，成了有錢人，才讓她另眼相看；有錢並不重要，重要的是，不再看人臉色，劉躍進也會舌底生風，不愁不能與馬曼麗成就好事。正是打著這樣的算盤，劉躍進才又找了半個多月的包。通過這場生死歷險，劉躍進還有一個變化，過去劉躍進遇到想不開的事，總想自殺；包丟的時候，他也想自殺；待到撿一個包，開始有人找他，他倒一次沒想到自殺。事後回想，過去想自殺的時候，都是一個人在那裡想不開；現在有人殺他，容不得他自殺；或者，U盤的事太大，過去自個兒的事太小，小事，讓這大事給嚇回去了。更重要的是，過去總在陰溝裡撐船，遇事易想不開；如今大海裡九死一生，反倒把事情看開了。大海裡不易淹死人，陰溝裡容易翻船。劉躍進又明白了這個道理。劉躍進過去愛自言自語，現在還愛自言自語；過去自言自語皆因想起後悔的事，說的是懊悔的話；現在動不動愛說：

「去球！」

但六萬塊錢這事，不能去球。六萬塊錢上頭，還有他下半輩子的夢想呢。這夢想沒被賊打破，被兒子打破了。誰是賊？兒子才是賊。待劉躍進回到洛水，才知道兒子並不在洛水；早在六天前，拿上這六萬塊錢，和他的女朋友去了上海。臨走時撂下話，要用這六萬塊錢，在上海打下一片天地；本想去北京發展，但北京讓他傷心了，只好去上海。劉躍進聞知，腦袋又「嗡」地一聲炸了。炸了不是兒子離開洛水，還得去上海尋他，而是知道兒子的深淺，哪裡是去上海發展，就是去上海胡混。又趕緊離開洛水，去上海找兒子。怕找得晚了，找到，六萬塊錢也被他和他的女朋友花光了。六萬塊錢對劉躍進是錢，對上海或北京，連蝨子的皮都不算。事情緊急，劉躍進既沒見李更生，也沒見黃曉慶；如今見他們也沒用。本來想見舅舅牛得草；像北京鴨棚裡的曹哥一樣，牛得草四十歲之後眼睛不好；如今老了，兩隻眼全瞎了，住在牛家莊；人生自舅舅始；但也顧不上了。也像在保定車站抓他的老方一樣，劉躍進找到劉鵬舉的同學，打聽出劉鵬舉新的手機號碼；為防打草驚蛇，劉躍進沒給劉鵬舉打電話，欲到了上海，再與他聯繫，一下堵住他的老窩；像在北京堵賊一樣。從洛水又到洛陽，買了去上海的火車票。車是過路車，離火車到站，還有兩個鐘頭。劉躍進這時感到肚子餓了。這才想起，從北京到洛水，又折回洛陽，一夜一天，只顧趕路，忘了吃飯。一個多月來，有多少回忘了吃飯。便走出車站，過了馬路，到一羊肉燴麵館，買了一碗燴麵，邊吃，邊想到了上海，如何向兒子要錢。兒子也不是省油的燈，直來直去，不編個圈套，這錢要不回來。圈套怎麼編，一時還沒想好。吃間，一個女人坐在桌子對面，也要了一碗燴麵在吃。劉躍進只顧想自個兒的心事，沒顧上打量對面。一碗麵吃下肚，沒吃出個滋味。吃過結帳，欲起身，無意中看了對面女人一眼，突然驚了：原來對面坐著的女人不是別人，竟是嚴格的老婆瞿莉。一個多月前，因為嚴格和女歌星照片的事，嚴格重演過一遍街頭戲，劉躍進扮過賣煮玉米的安徽人，見過瞿莉。在北京四季青橋下敲詐時，也遠遠看到她的身影。不過現在的瞿莉，已不是過去的瞿莉。過去瞿莉胖，細皮嫩肉；現在瘦，瘦得脫了相，倒又顯出她苗條的身形；皮膚也晒黑了。劉躍進吃驚之餘，弄不清兩人是偶然碰到，還是瞿莉有意找他，說話有些結巴：

「你咋在這兒哩？」

瞿莉看劉躍進：

「在這兒見你合適。」

劉躍進出了一身冷汗，知道瞿莉是有意找他；又感到奇怪：

「你咋知道我在這兒哩？」

瞿莉一笑：

「上回出事時，不是跑了一個韓勝利？」

劉躍進明白了，瞿莉找他，是先找到韓勝利，接著在這兒找到了他。上回老邢抓捕鴨棚的人時，韓勝利正好去廁所拉屎；待回來，見鴨棚四周停滿了警車，知道事情發了，一個人逃了。韓勝利與在北京魏公村開羊肉燴麵館的老高熟，大概從老高處，知道了劉躍進的行蹤。這時往窗外看，韓勝利就站在飯館外，衝劉躍進比劃手勢；先比了一個三，又比了一個四；還在說劉躍進欠他三千四百塊錢的事；本來欠他三千六，曾還了他二百；韓勝利又比了個三，大概是說借錢時講好的三分利。劉躍進有些愣怔。瞿莉：

「在北京不敢找你，怕你把我賣了。」

劉躍進又明白，瞿莉跟蹤自己好長時間了。越是這樣，劉躍進心裡越是發毛。瞿莉找他，不會為劉躍進欠韓勝利那幾千塊錢。瞿莉的丈夫嚴格，一個月前，被人用車撞死了；雖然撞嚴格的不是劉躍進，但枝枝葉葉，追根溯源，也跟劉躍進有關係。劉躍進以為瞿莉要說這事，忙說：

「那事，真不是有意的。」

又說：

「嚴總這人，其實不錯。」

瞿莉擺擺手：

「那事，跟你沒關係。」

劉躍進趕忙說：

「要不全怪那大貪汙犯，連累了嚴總。」

瞿莉：

「也不怪他。官當那麼大，弄點錢算啥？譬如一個廚子，守著廚房，偷吃兩嘴東西，算大事嗎？」

劉躍進對這比喻想了想，搖搖頭：

「那怪啥哩？」

瞿莉嘆口氣：

「怪他想要別的東西。」

這話劉躍進就聽不懂了，也不敢再問。瞿莉掏出一枝菸，點上：

「本來這事該完了，但人一進監獄，就成了慫人，該說的，不該說的，都說了。由這事，又牽出了別的事。」

劉躍進聽出，這是指被抓的那個大貪汙犯。那個胖老頭，劉躍進從U盤裡見過。但那貪汙犯牽不牽別的，跟劉躍進有啥關係呢？劉躍進並不貪汙，他眼下想做的，是趕緊去上海，從兒子手裡，拿回那六萬塊錢；兒子去上海六天了，估計那六萬塊錢，已糟蹋得剩了四萬。但瞿莉說：

「上回你撿我那包，包裡還有些卡，對吧？」

當時劉躍進撿了那包，在食堂小屋翻看時，除了U盤，確實還有幾張銀行卡。但卡沒密碼，等於無用；就是知道密碼，對方一掛失，也不敢去銀行冒險；劉躍進沒拿這些卡。劉躍進將這道理說了；瞿莉：

「我說的不是這些卡。還有一卡，比他們短半截，上面畫了個孫悟空，弄哪兒去了？」

原來是在找這個。這卡劉躍進也見過，那卡確實比銀行卡短許多，一邊金黃色，畫了朵紫荊花；一邊彩色，畫了個孫悟空，舞著金箍棒。當時劉躍進看它小巧玲瓏，有些稀罕，便也揣到了懷裡。待大家找U盤時，無人找這卡，劉躍進也沒在意；待劉躍進看過U盤，擔心這卡也像U盤一樣，早晚會出事，慌亂之中，把它扔了。孫悟空這卡，劉躍進跟馬曼麗都沒說。U盤這事被人追得緊，劉躍進已經把這卡和孫悟空給忘了；沒想到過去一個多月，這事又被瞿莉翻出來了。劉躍進本想裝傻，瞿莉率先止住他：

「千萬別說你沒拿。包裡的東西，我也調查一個多月了，別的東西都有去處，單單少了這張卡。」

事到如今，劉躍進不敢再扯謊，但忙說：

「這卡我見過，可我怕它是個禍根，扔了。」

瞿莉：

「那卡裡不是錢，有些另外的東西，也牽涉到幾條人命呢。」

又說：

「找你，就是請你幫個忙，把這卡找回來。」

劉躍進「噌」地從凳子上躥起來；扔卡，已是一個多月前的事；記得把卡扔到了北京東郊八王墳一垃圾桶裡；事到如今，哪裡找去？再說，自己還要到上海找兒子呢。也是情急之中，劉躍進突然急了：

「我就是一廚子，孫悟空的事，別再找我行不行？」

瞿莉嘆口氣：

「我也不想找你，可少了孫悟空，有人不幹呢。」

劉躍進抱著頭，又坐回凳子上。這時火車站一聲汽笛長鳴，開往上海的列車，已經進站了。

二〇〇七．七．北京

版權所有 翻印必究

劉震雲作品集 ③

我叫劉躍進

著　　者：劉　震　雲
責任編輯：何　亭　慧
發 行 人：蔡　文　甫
發 行 所：九歌出版社有限公司
臺北市八德路3段12巷57弄40號
電　　話／02-25776564・傳眞／02-25789205
郵政劃撥／0112295-1
九歌文學網：www.chiuko.com.tw
登 記 證：行政院新聞局局版臺業字第1738號
印 刷 所：崇寶彩藝印刷有限公司
法律顧問：龍躍天律師・蕭雄淋律師・董安丹律師
初　　版：2008（民國97）年3月10日

定　價：320元

ISBN：978-957-444-474-8　　Printed in Taiwan
書 號：LK003
（缺頁、破損或裝訂錯誤，請寄回本公司更換）

國家圖書館出版品預行編目資料

我叫劉躍進／劉震雲著. -- 初版.
-- 臺北市：九歌，民97.03
面； 公分 —（劉震雲作品集；3）

ISBN 978-957-444-474-8（平裝）

857.7 97001149

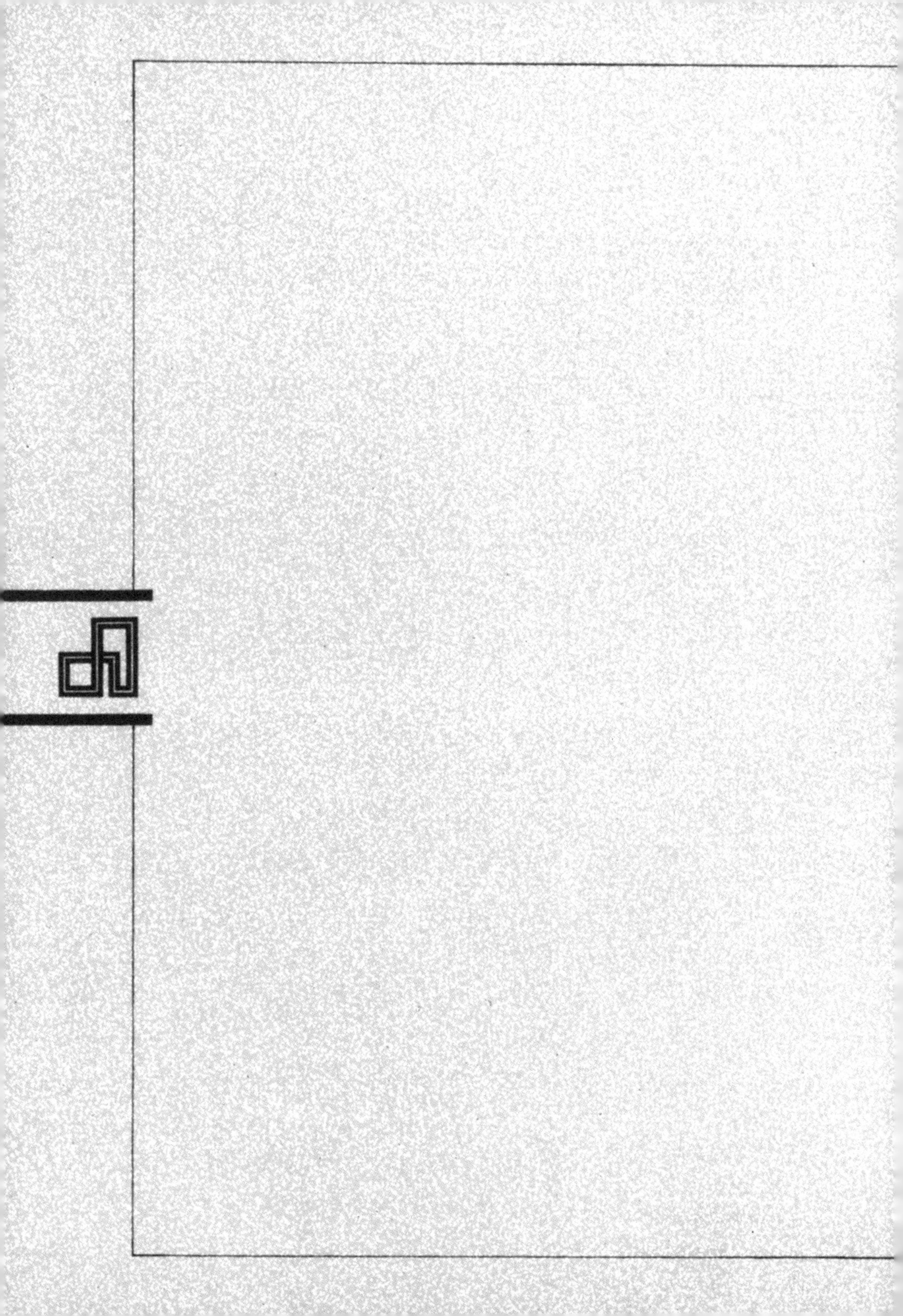